Hyewon World Best

황금을 바구니에 가득 담아
후손에게 물려 주는 것보다
한 권의 책을 가르쳐 주는 것이 낫다.
재물은 쓸수록 없어지지만
지식과 지혜는 사용할수록 늘어나기 때문이다.

Hyewon World Best

황금을 바구니에 가득 담아
후손에게 물려 주는 것보다
한 권의 책을 가르쳐 주는 것이 낫다.
재물은 쓸수록 없어지지만
지식과 지혜는 사용할수록 늘어나기 때문이다.

L´etranger La Chute

이방인 · 전락

A. 카뮈 지음 / 송진희 옮김

惠園出版社

내가 외롭지 않다는 것을 느끼기 위해서
나에게 남은 소원은 다만 내가 사형 집행을 받는 날
많은 구경꾼들이 증오의 함성으로
나를 맞아 주었으면 하는 것뿐이다.

이방인 • 전락

차 례

⋮

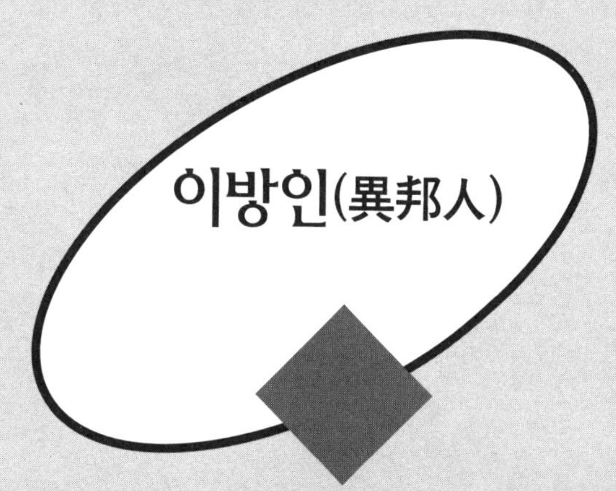

이방인(異邦人)

뜨거운 햇볕에 뺨이 타고
땀방울이 눈썹에 맺히는 것을 느꼈다.
그것은 어머니의 장례를 치른
그날과 똑같은 태양이었다.

제 1 부

1

오늘 어머니가 세상을 떠났다. 아니 어쩌면 어제였는지도 모르겠다. 양로원에서 전보가 왔다.

'모친 사망, 내일 장례식. 조의를 표함.'

그것만으로는 확실하지가 않다. 아마 어제였는지도 모르겠다.

양로원은 알제리에서 약 20킬로미터 떨어진 마랑고에 있다. 2시에 버스를 타면 날이 저물기 전에 도착할 수 있을 것이다. 그러면 밤샘을 할 수도 있을 것이고, 내일 저녁에는 돌아올 수 있으리라. 나는 사장에게 이틀 동안의 휴가를 신청하였다. 사장은 이유가 이유인만큼 거절하지는 않았지만 썩 마음 내켜하지 않는 눈치였다. 나는 이런 말까지 하였다.

"그건 제 탓이 아닙니다."

사장은 아무 대답도 하지 않았다. 그때에야 나는 그런 소리는 하지 않았어야 했다고 생각했다. 결국 내가 변명을 할 필요는 없었던 것이다.

오히려 그가 나를 위로해 주는 것이 마땅한 일이었다. 아마 모레, 내가 상복을 입고 있는 것을 보고서는 무슨 말이 있겠지. 지금은 어쩐지 어머니의 죽음이 실감나지 않는다. 장례식이 지난 다음에는 그 반대로 기정 사실이 되어 모든 것이 더 격식을 갖추게 될 것이다.

2시에 버스를 탔다. 날씨가 몹시 더웠다. 나는 늘 하는 버릇대로 셀레스트의 레스토랑에서 점심을 먹었다. 레스토랑 사람들은 모두 나를 가없게 여겨 슬퍼해 주었고, 셀레스트는 이런 말까지 하였다.

"어머니란 하나밖에 없는 거요."

내가 레스토랑을 나올 때는 모두들 현관까지 바래다 주었다. 나는 좀 멍해 있었던 것 같다. 왜냐 하면 도중에서야 생각이 나서 엠마누엘의 집에 들러 검은 넥타이와 완장을 빌리지 않으면 안 되었기 때문이다. 엠마누엘은 몇 달 전에 그의 아저씨를 여의었다.

버스를 놓치지 않으려고 나는 뛰어갔다. 그처럼 서두르며 뛰어다니고, 버스에 흔들리고, 게다가 가솔린 냄새, 하늘과 길 위에 반사하는 햇빛, 그러한 모든 것이 뒤죽박죽이 되어 나는 잠이 들었던 모양이다. 버스 안에서 거의 내내 자 버렸다. 눈을 떴을 때는 어떤 군인의 어깨에 기대어 있었는데, 그는 나에게 웃어 보이며 먼 데서 오느냐고 물었다. 나는 더 말하기가 싫어서 그렇다고 대답했다.

양로원은 마을에서 2킬로미터쯤 떨어진 곳에 있다. 나는 걸어서 갔다. 곧 어머니를 보려고 하였으나, 관리인이 하는 말이 원장을 만나지 않으면 안 된다는 것이었다. 원장은 바빠서 조금 기다려야만 하였다. 그 동안 관리인은 줄곧 이야기를 하였고, 이윽고 나는 원장을 만났다. 원장은 자기 사무실로 나를 맞아 주었다. 레지옹 도뇌르 훈장을 단, 키가 작은 노인이었다. 그는 맑은 눈초리로 나를 쳐다보았다. 그리고는 내가 내민 손을 붙들고 너무나 오랫동안 놓지 않았기 때문에, 어떻게 손을 빼내야 할지 매우 난처했다. 원장은 서류를 뒤적이고 나서 말했다.

"뫼르소 부인은 이 곳에 3년 전에 들어왔었습니다. 의지할 사람이라고는 다만 당신 하나밖에 없었던 것입니다."

나는 그가 나를 나무라는 것이라고 생각하고, 사정을 설명하기 시작했다. 그러나 그는 말을 가로막았다.

"변명할 필요는 없어요. 나는 당신 어머니의 서류를 읽어 봤는데, 어머님을 부양하실 수가 없었더군요. 어머님을 돌봐 줄 사람이 필요했지만, 당신의 월급은 적었지요. 어쨌든 어머님께서는 여기 계셔서 더 행복하셨습니다."

"네, 원장님."

하고 나는 말하였다. 그는 덧붙였다.

"어머님께서는 같은 연배의 친구분들 때문에 이 곳에 계셨습니다. 그들과 함께 지나간 옛날 이야기를 할 수도 있었던 것입니다. 당신은 젊으니까, 당신과 함께 살았으면 아무래도 적적하셨을 것입니다."

그것은 사실이었다. 집에 계셨을 때, 어머니는 아무 말없이 나를 바라보기만 하며 시간을 보냈던 것이다. 양로원으로 들어가고 난 처음 며칠 동안은 가끔 우는 일도 있었다. 그러나 그것은 습관 때문이었다. 몇 달 뒤에는 양로원으로부터 모셔 오겠다고 했더라도 역시 습관 때문에 우셨을 것이다. 마지막 해에 내가 별로 양로원을 찾지 않은 것은 그런 이유도 조금 포함되어 있었다. 그것은 또 일요일을 허비해야 하고, 버스 정류장까지 가서 차표를 산 뒤 몇 시간 동안이나 여행해야 하는 게 귀찮았기 때문이기도 했다.

원장은 다시 이야기를 계속하였다. 그러나 나는 거의 듣고 있지 않았다. 그러더니 그는 이렇게 말했다.

"물론 어머님을 보고 싶으실 테지요."

나는 아무 대답도 하지 않고 일어섰고 그는 방문 쪽을 향해 걸음을 옮겼다. 계단 위에서 그는 나에게 설명했다.

"시체는 조그만 빈소(殯所)로 옮겨 놓았습니다. 다른 노인들을 자극하지 않기 위해서 그렇게 하는 것입니다. 원내에서 사망자가 생길 때마다 다른 사람들은 2, 3일 동안 신경이 날카로워져서 일을 어렵게 만들어 버리니까요."

우리는 안뜰을 지나갔는데, 거기에는 늙은 사람들이 많이 있었다. 두서넛씩 모여서 이야기들을 하고 있었다. 우리가 지나갈 때에는 잠시 말이 없다가, 지나간 뒤에는 다시 이야기를 시작하는 것이었다. 마치 재잘거리는 앵무새들의 소리와도 같았다. 조그만 집 문 앞에 이르러 원장은 나를 두고 가 버렸다.

"그럼 저는 가겠습니다. 뫼르소 선생, 언제든지 사무실로 오시면 뵙겠습니다. 장례식은 내일 아침 10시로 예정되어 있습니다. 밤샘하실 것을 생각해서 그렇게 정한 것입니다. 끝으로 한 말씀 드리겠는데, 어머님께서는 가끔 동료들에게 장례식은 종교 예식대로 해 주었으면 하는 희망을 표시하였던 모양입니다. 매장에 필요한 모든 준비는 제가 해 놓았습니다. 미리 알려 드립니다."

나는 원장에게 사례를 하였다. 어머니는 무신론자랄 것도 없었지만, 생전 종교를 생각한 적은 없었다.

나는 안으로 들어갔다. 하얗게 회칠을 하고, 천장에 유리창이 달린 매우 밝은 방이었다. 의자들과 X자 모양의 버팀대들이 놓여 있었다. 방 한가운데 있는 두 개의 버팀대 위에는 뚜껑이 덮인 관이 놓여 있었다. 호두 기름을 칠한 판자 위에 대충 박아 둔 번쩍거리는 나사못만이 드러나 보였다. 관 곁에는 흰 블라우스를 입고 머리에 짙은 빛깔의 스카프를 쓴 아라비아 인 간호사가 있었다.

그때 관리인이 내 뒤로 들어왔다. 뛰어온 모양이었다. 그는 조금 더듬거리며 말했다.

"입관을 했습니다만, 보실 수 있도록 뚜껑을 열어 드려야죠."

그러면서 관으로 가까이 다가갔지만 나는 그를 붙잡았다. 그는 말했다.

"안 보시렵니까?"

"그만두겠습니다."

그는 말을 끊었고, 나는 그런 말을 하지 말았어야 했을 것이라고 느껴져서 어색해졌다. 조금 뒤 그는 나를 쳐다보고 물었다.

"왜 보고 싶지 않으십니까?"

그러나 나무라는 어조는 아니었고, 그저 이유를 알고 싶은 것 같았다. 나는 말했다.

"글쎄 모르겠습니다."

그러자 그는 흰 수염을 어루만져 비틀면서, 나를 보지도 않고 말하였다.

"하긴, 그러실 겁니다."

푸르고 맑은 그의 눈은 아름다웠으며, 얼굴빛은 조금 붉었다. 그는 나에게 의자를 권하고, 내 뒤에 조금 떨어져서 앉았다. 간호사가 일어서서 문으로 걸어갔다. 그때 관리인이 나에게 말하였다.

"종기가 나서 저렇답니다."

나는 무슨 말인지 알아차리지 못하고 간호사를 쳐다보았다. 간호사는 눈 밑을 붕대로 감고 있었는데 그것이 머리까지 둘러싸고 있었다. 코 끝 언저리에도 붕대를 평평하게 감고 있었는데, 그녀의 얼굴에는 다만 하얀 붕대만이 보일 뿐이었다.

간호사가 나가자 관리인이 말했다.

"그럼, 저도 가 보겠습니다."

내가 어떤 몸짓을 했는지 모르겠지만, 그는 그 자리에 멈춰 선 채 나가지 않았다. 그가 내 등 뒤에 서 있는 것이 나를 거북하게 했다. 방 안은 저녁이 가까운 오후의 아름다운 빛으로 가득 차 있었다. 말벌 두 마리가 유리창에 부딪치며 붕붕거리고 있었다. 나는 졸음이 엄습해 오는 것을 느꼈다. 고개를 돌리지 않고 나는 말했다.

"여기 오신 지 오래 되십니까?"

"5년 됐습니다."

그는 곧 대답했다. 마치 처음부터 그 물음을 기다리고 있었다는 듯이.

그리고 그는 수다스럽게 이야기를 하였다. 마랑고 양로원에서 그가 관리인으로 일생을 끝마치게 될 것이라고 말했다면, 아마 그는 매우 놀랐을 것이다. 그의 나이는 60살이며 파리 태생이라는 것이었다. 그때 나는 그의 이야기를 가로막고 말하였다.

"그래요? 이 고장 사람은 아니시군요."

그리고는 그가 나를 원장실로 인도하기 전에 어머니의 이야기를 했던 생각이 떠올랐다. 그는 나에게 산이 없는 평지에서는, 더구나 이 지방은 몹시 더우니까 속히 매장을 해야 한다고 말했었다. 그가 파리에 살았었고, 파리는 좀처럼 잊혀지지 않는다고 말한 것도 그때였다. 파리에서는 시체를 사흘이고 나흘이고 놓아 두는 수도 있지만, 여기서는 서둘러야 한다. 비감을 느낄 겨를도 없이, 곧 영구차를 따라가야 한다는 것이었다. 그때 그의 아내가 그에게 말했다.

"여보, 그만둬요. 그런 것은 이분에게 할 이야기가 아니에요."

영감은 낯을 붉히고 사과를 하였다. 나는 그들의 대화를 끊고,

"천만에, 그러실 필요는 없습니다."

하고 말했던 것이다. 관리인의 이야기는 그럴 듯하고 재미있는 것이라

고 생각되었기 때문이다.

　관리인은 조그만 빈소에서 그가 양로원에 극빈자로서 들어왔다는 이야기를 했다. 그는 건장하여 일을 할 수 있으리라 생각하였으므로, 그 관리인의 자리를 자원하였다는 것이었다. 나는 그에게, 결국 그도 역시 재원자(在院者)의 한 사람이 아니냐고 지적했더니, 그는 아니라고 했다. 나는 그가 재원자의 이야기를 하면서 '그들', '그네들', 또 간혹 어쩌다가는 '늙은이들'이라는 말투를 쓰는 것을 듣고 놀랐다. 재원자 중에는 그보다 나이가 많지 않은 사람들도 있었던 것이다. 그러나 그는, 물론 그들과는 같지 않다. 그는 관리인이니까, 어느 정도 그들에게 대하여 권리를 가지고 있는 것이었다.

　그때 간호사가 들어왔다. 갑자기 땅거미가 내렸다. 그리고는 무척 빠르게 어둠이 유리창 위에서 번져 갔다. 관리인이 스위치를 켰을 때, 별안간 쏟아지는 불빛 때문에 나는 앞이 캄캄하도록 눈이 부셨다. 그는 식당으로 저녁 먹으러 가자고 권하였으나, 나는 배가 고프지 않았다. 그는 카페올레(밀크 커피)를 한 잔 가져오겠노라고 말했다. 나는 카페올레를 매우 좋아했으므로 찬성하였다. 조금 뒤에 그는 쟁반을 하나 들고 돌아왔다. 나는 커피를 마셨다. 커피를 마시고 나니 담배가 피우고 싶어졌으나, 어머니의 시체 앞에서 담배를 피워도 괜찮은 것인지를 몰라 주저하였다. 생각해 보니 조금도 거리낄 이유가 없었다. 나는 관리인에게 담배 한 대를 권하고, 둘이서 함께 피웠다.

　그가 느닷없이 말하였다.

　"자당(慈堂)님의 친구들도 밤샘을 하러 올 겁니다. 관습이 그러니까요. 의자와 블랙 커피를 가져와야겠습니다."

　나는 전등 두 개 중 하나를 끌 수 없겠느냐고 물었다. 담벼락에 반사한 불빛이 견디기 어려웠던 것이다. 관리인은 그럴 수 없다고 말하였다.

전기 가설이 그렇게 되어 있어서, 다 켜든지 아주 꺼 버리든지 하는 수밖에 없다는 것이었다. 나는 더 이상 그에게 주의를 하지 않았다. 그는 나갔다가 들어와서 그 둘레에 찻잔을 두 개 놓았다. 그러고 나서 어머니 쪽으로 가서, 나와 마주 앉았다. 간호사도 방 한구석에 등을 돌리고 앉아 있었다. 그녀가 무엇을 하고 있는지는 보이지 않았으나, 팔을 놀리는 것으로 보아 털실로 무엇을 짜고 있다는 것을 짐작할 수 있었다. 방 안은 훈훈했고, 커피를 마셔서 몸도 따뜻했다. 열린 문을 통해서 밤의 그윽한 꽃 향기가 흘러들어오고 있었다. 나는 잠시 졸았던 모양이다.

무엇인가 스치는 소리에 나는 눈을 떴다. 눈을 감았던 탓으로 방의 흰 빛은 더욱 눈부셔 보였다. 내 앞에는 그림자 하나 없었고 모든 것들이, 모서리 하나하나 곡선 하나하나가 눈에 아프게 새겨질 정도로 뚜렷이 드러나 보이고 있었다. 그때 어머니의 친구들이 들어왔다. 모두 여남은 명쯤 되었는데, 그들은 아무 말 없이 그 눈부신 빛 속으로 살며시 미끄러져 들어왔다. 그들은 의자 하나 삐걱거리지도 않고 앉았다. 나는 그때 그들을 본 것처럼 자세히 사람을 본 적은 일찍이 없었으며 그들의 얼굴, 옷차림의 사소한 모습 하나까지도 나의 눈에 띄지 않은 것은 없었다. 그러나 그들은 말을 하지 않았으므로 이 세상 사람들이라고는 믿기 어려웠다.

여자들은 거의 모두 앞치마를 두르고 허리를 끈으로 졸라매, 그들의 불룩한 배를 더욱 드러내고 있었다. 나는 그때처럼 늙은 여자들의 배가 얼마나 커질 수 있는 것인가를 목격한 일이 없었다. 남자들은 거의 모두 몹시 야위고 지팡이를 짚고 있었다. 그들의 얼굴을 보고 놀란 것은, 눈은 보이지도 않고 다만 주름 바탕 한가운데 희미한 빛만이 보이는 것이었다. 그들은 앉으면서 거의 모두가 나를 쳐다봤다. 이가 빠져 버린 입속으로 입술이 말려들어간 얼굴들을 어색하게 기울였는데, 그것이 내게 대한 인사인지 혹은 그들의 버릇인지는 알 수 없었다. 나에게 인사를 한 것이 아닌가 생각한다. 그들이 모두 관리인을 둘러싸고 나와 마주 앉아서 고개를 끄덕거리고 있는 것을 내가 본 것은 바로 그때였다. 잠시 나는, 그들이 나를 심판하기 위해서 거기에 와 앉아 있다는 어처구니없는 인상을 받았다.

조금 뒤 한 여자가 울기 시작하였다. 둘째 줄에 앉은 여자였는데, 앞에 앉은 다른 여자에게 가려서 잘 보이지 않았다. 짧은 소리를 잇따라 내며 하염없이 우는 것이었다. 나에게는 언제까지나 그녀가 울음을 그치지 않을 것처럼 생각되었지만, 다른 사람들에게는 들리지도 않는 것 같았다. 그들은 맥없이 침울한 낯으로 묵묵히 앉아 있었다. 모두들 관이라든지, 지팡이라든지 무엇을 들여다보고 있었으며, 또 그저 그 한 가지만을 보고 있는 것이었다. 여자는 그냥 울고 있었다. 그렇게 울고 있는 여자가 나에게는 알지도 못하는 사람이라는 것이 자못 이상스러웠다. 나도 그 울음소리가 듣기 싫었다. 그렇다고 그런 말을 할 수도 없었다. 관리인은 그 여자에게로 고개를 숙이고 무슨 말을 하였으나 그녀는 머리를 흔들고 뭐라고 중얼거리고 다시 그 한결같은 울음소리를 계속 내었다. 관리인이 그때 내 곁으로 와서 앉았다. 잠시 아무 말 없이 있더니 나의 얼굴을 보지 않고 말했다.

"저 사람은 자당님과 매우 특별하게 지냈답니다. 자당님은 원내에서 그녀의 유일한 벗이었는데, 이제는 그야말로 혼자가 되고 만 것입니다."

우리들은 그렇게 오랫동안 앉아 있었다. 여자의 한숨과 흐느낌은 차차 사이가 뜸해졌다. 그녀는 몹시 훌쩍거리더니 마침내 울음을 그쳤다. 졸음은 오지 않았으나 나는 피곤하고 허리가 아팠다. 오직 대면하고 있기가 거북한 그 모든 사람들의 침묵이 있을 뿐이었다. 다만 때때로 이상한 소리가 들렸는데, 나는 그것이 무슨 소리인지 알 수가 없었다. 결국 알고 보니 그것은 그 중의 어떤 늙은이들이 뺨의 안쪽을 빨아서 내는 야릇한 입 소리였다. 그들 자신은 그런 소리가 나는 것을 깨닫지 못하고 있었다. 제각기 깊은 생각에 잠겨 있었기 때문이다. 그들 앞에 누워 있는 시체는 그들의 눈에는 아무런 의미도 없다는 인상까지 나는 받았었다. 그러나 지금 생각해 보면 그것은 틀린 인상이었던 것 같다.

우리들은 모두 관리인이 따라 준 커피를 마셨다. 그리고는 무슨 일이 일어났는지 모르겠다. 밤이 지나갔다. 한 번 눈을 떠보았을 때 노인들은 모두 쭈그린 채 잠이 들어 있었는데, 한 사람만은 지팡이를 움켜쥔 손등 위에 턱을 괴고 마치 내가 깨기만을 기다리고 있었다는 듯이 나를 뚫어지게 바라보고 있었던 것을 나는 기억하고 있다. 그리고는 다시 잠이 들어 버렸다. 허리의 통증이 더욱 심해져 나는 눈을 떴다. 유리창 위로는 빛이 미끄러지고 있었다. 조금 뒤에 노인 한 사람이 잠에서 깨어 기침을 하였다. 그는 바둑 무늬가 있는 커다란 손수건에 침을 뱉고 있었는데, 침을 뱉을 때마다 그것은 뱉는다기보다는 마치 잡아 뽑는 듯하였다. 그는 다른 사람들을 깨웠고, 관리인은 갈 시간이 되었다고 알려 주었다. 그들은 일어섰다. 괴로운 밤샘 때문에 그들의 얼굴은 재처럼 부석부석해 있었다. 방문을 나서면서, 매우 놀라운 일이었지만, 그들은 모두 내 손을 잡고 악수를 하였다. 마치 서로 이야기 한 마디도 주고받지 않은 그 날 밤이 우리들의 친밀감을 두텁게 할 수 있었다고 믿는 것처럼.

나는 피곤했다. 관리인이 나를 자기 방으로 안내해 주어서 나는 간단히 세수를 할 수 있었다. 그리고 카페올레를 마셨는데, 무척 맛이 좋았다. 밖으로 나왔을 때는 해가 높이 떠올라 있었다. 바다와 마랑고 사이에 있는 언덕들 위에서 하늘은 붉은 빛을 가득히 담고 있었다. 언덕 위로 부는 바람은 소금기 풍기는 냄새를 실어 오고 있었다. 아름다운 하루가 시작되려는 것이었다. 나는 오랫동안 야외에 가 본 일이 없었으므로,

어머니의 장례만 없다면 산책하기가 얼마나 즐거울까 하는 생각이 들었다.

그러나 나는 뜰의 플라타너스 나무 밑에서 기다렸다. 신선한 흙냄새를 들이마셨고, 이제 졸음은 오지 않았다. 회사의 동료들 생각이 났다. 바로 이 시간에 그들은 회사로 가려고 일어날 것이다. 나에게는 언제나 그것이 가장 어려운 시간이었다. 나는 그러한 생각에 푹 잠겨 있었으나, 이윽고 집 안에서 울린 종소리 때문에 맑은 정신이 들었다. 창문 뒤에서는 한동안 소란하더니 다시 잠잠해졌다. 해는 좀더 높이 떠올랐다. 햇빛이 내 발을 쬐기 시작했다. 관리인이 마당을 건너와서, 원장이 나를 부른다고 일러주었다. 나는 원장실로 갔다. 원장이 시키는 대로 여러 가지 서류에다 서명을 하였다. 나는 그가 줄무늬 있는 바지에 검은 웃옷을 입고 있는 것을 보았다. 그는 전화기를 손에 들고 나에게 말했다.

"장의사(葬儀社) 사람들이 좀 전에 왔습니다. 관을 닫아야겠습니다만, 그전에 한 번 더 어머님을 보시겠습니까?"

나는 보고 싶지 않다고 말했다. 원장은 수화기에 대고 목소리를 낮추어서 지시했다.

"피작, 인부들에게 일을 하라고 말하게."

그리고는 장례식에 참석하겠노라는 말을 하기에, 나는 그에게 사례를 하였다. 그는 자기 책상 뒤에 걸터앉아 짧은 다리를 포갰다. 우리 두 사람 외에 당번 간호사도 참석하게 될 것이라고 그는 덧붙여 말했다. 원칙적으로 재원자들은 장례식에 참석할 수가 없었다. 밤샘만 시킨다는 것이었다.

"그건 인정(人情) 문제입니다."

하고 그는 말했다. 그러나 이번에는 특별히 어머니와 절친한 친구였던 토마 페레라는 노인에게 장지(葬地)까지 따라가는 것을 허락했다고 말했다. 원장은 빙그레 웃고 나서 말했다.

"그야 좀 어린애 같은 감정이지요. 그와 어머님은 떨어져 있는 일이 거의 없었습니다. 원내에서 놀리느라고 페레에게 '당신의 약혼자로군요.' 하면 그는 웃곤 했어요. 그렇게 말하여 주는 것이 그들에겐 좋았던 것입니다. 그러니까 뫼르소 부인이 세상을 떠난 것을 몹시 슬퍼하고 있는 것은 사실입니다. 그래서 장례식에 참석하는 것을 허락해야 한다고 생각한 것이지요. 그러나 왕진 의사의 권고에 따라서 어젯밤의 밤샘만은 금하였습니다."

우리들은 꽤 오랫동안 말없이 있었다. 원장은 일어서서 사무실 창문을 통해 밖을 내다보았다. 문득 그는 말하였다.

"마랑고 신부님이 벌써 오십니다. 꽤 이르시군."

마을에 있는 성당까지 가자면 적어도 45분은 걸릴 것이라고 그는 나에게 알려 주었다. 우리는 내려갔다. 빈소가 있는 건물 앞에서 신부와 복사(服事) 아이 둘이 있었다. 하나는 향로(香爐)를 들고 있었는데, 신부는 은줄의 길이를 조절하려고 그에게로 허리를 굽히고 있었다. 우리가 앞으로 가자 신부는 몸을 일으켰다. 그는 나를 '아들'이라고 부르면서 몇 마디 이야기를 하였다. 그리고는 안으로 들어갔다. 나도 그 뒤를 따랐다. 방 안에는 나사못이 박힌 관과 인부 네 사람이 있었다. 영구차가 길에서 기다리고 있다는 원장의 말과 기도를 시작한 신부의 목소리가 들렸다. 그러고 나서는 모든 것이 매우 빨리 진행되었다. 인부들은 큰 보자기를 들고 관 앞으로 나섰고, 신부와 그를 따르는 복사들과 원장과 나는 밖으로 나왔다. 문 앞에 처음 보는 한 여인이 서 있었다.

"뫼르소 씨입니다."

하고 원장이 말하였다. 나는 그 부인의 이름은 듣지 못했고 다만 그녀가 당번 간호사임을 알았을 뿐이다. 그녀는 웃는 기색도 없이 뼈가 앙상하게 드러난 긴 얼굴을 숙였다. 그리고 우리들은 관이 지나갈 수 있도록 나란히 비켜섰다. 우리는 인부들을 따라 양로원을 나왔다. 문 앞에 영구차가 기다리고 있었다. 모양이 기다란데다 옻칠을 하여 반짝거리는 모양이 필갑(筆匣)을 연상케 하였다. 영구차 옆에는 십장(什長)이 서 있었는데, 그는 괴상한 옷차림을 한, 키가 작은 남자였다. 그리고 옷차림이 도무지 어울리지 않는 노인 한 사람이 있었다. 나는 그가 페레 씨임을 알았다. 그는 윗부분이 동그랗고 테가 널찍한 펠트 모자를 썼고(그는 관이 문을 통과할 때 모자를 벗었다), 바지가 구두 위에 우그러져 늘어진 옷차림을 하고 있었다. 흰 와이셔츠에는 커다란 칼라에 비하여 지나치게 작은 검은 넥타이를 매고 있었다. 주근깨가 난 코 밑에서 입술이 떨리고 있었다. 꽤 섬세한 백발이 축 늘어져 못생긴 야릇한 귀 밑으로 흘러내리고 있었다. 창백한 얼굴에 그 귀만이 피처럼 새빨간 것이 무엇보다도 이상스러웠다. 십장이 우리들에게 자리를 정하여 주었다. 신부가 앞장을 서고 다음에 영구차, 그 둘레에 네 사람의 인부, 그 뒤로 원장과 나, 끝으로 당번 간호사와 페레 씨가 따르기로 되었다.

하늘에는 벌써 햇빛이 가득히 퍼져 있었다. 햇볕은 땅 위에 무겁게 내리쬐기 시작하였고, 더위는 빠른 속도로 심해 갔다. 떠나기 전에 왜 우리들은 그렇게 오랫동안 기다렸는지 모르겠다. 검은 옷을 입은 나는 더웠다. 모자를 썼던 노인은 다시 모자를 벗었다. 그에게로 조금 고개를 돌리고 그를 보고 있으려니까, 원장이 그의 이야기를 하였다. 원장은 어머니와 페레 씨는 저녁마다 간호사와 함께 마을까지 산책을 하곤 했다는 얘기를 들려 주었다. 나는 주위의 벌판을 바라보고 있었다. 하늘 밑으로 보이는 언덕까지 잇닿은 측백나무 숲이며, 검붉고 푸른 땅, 드문드문 흩어져 있는 그린 듯한 집들을 통하여 나는 어머니의 마음을 이해할 수 있었다. 이 지방에서의 저녁은 우울한 휴식 시간과도 같았을 것이다.

오늘은 대기에 흘러 넘치는 풍경을 흔들려 보이게 만드는 햇빛이 잔혹하고 무기력한 분위기를 만들고 있었다.

우리는 걷기 시작했다. 그때 나는 페레 씨가 약간 다리를 전다는 것을 알았다. 영구차의 곁을 따라가던 인부 한 사람도 지금은 뒤에 처져서 나와 나란히 걸어가고 있었다. 나는 태양이 하늘로 그렇게 빨리 떠오르는 것을 보고 놀랐다. 벌써 오래 전부터 벌판에서는 붕붕거리는 벌레 소리와 바스락거리는 풀잎 소리가 소란스럽게 들리고 있었다. 뺨 위로 땀이 흘러내렸다. 나는 모자를 가지고 있지 않았으므로 손수건으로 부채질을 하고 있었다. 옆에 걸어가던 인부가 그때 나에게 뭐라고 말하였으나 나는 듣지 못했다. 그러면서 그 인부는 오른손으로 모자 차양을 들어 올리고 왼손에 들고 있던 손수건으로 이마를 닦았다. 나는 그에게 말했다.

"뭐라고 하셨지요?"

그는 하늘을 가리키며 되풀이했다.

"무던히 내리쬡니다."

나는,

"네."

하고 말하였다. 조금 뒤에 그는 다시 물었다.

"어머님이 돌아가셨지요?"

나는 또,

"네."

하고 말했다.

"연세가 많으셨습니까?"

"꽤 많으셨습니다."

정확한 나이를 몰라서 그렇게 대답할 수밖에 없었던 것이다. 그러자 그는 말이 없었다. 고개를 돌려 보았더니 페레 영감이 우리 뒤로 약 50 미터나 떨어져서 따라오고 있었다. 그는 모자를 벗어 들고 팔을 휘저으며 걸음을 재촉하고 있었다. 나는 눈을 돌려 원장을 보았다. 그는 필요 없는 몸짓은 전혀 하지 않았고 매우 점잖게 걷고 있었다. 이마 위에는 땀이 몇 방울 흐르고 있었으나, 그것을 닦으려고도 하지 않았다.

내가 보기에는 행렬이 좀 빠른 것 같았다. 주위는 한결같이 햇빛을 머금어 눈부시게 빛나는 벌판뿐이었다. 하늘에서 쏟아지는 빛은 견딜 수 없을 지경이었다. 잠시 뒤 새로 포장을 한 길을 지나게 되었다. 뜨거운 햇볕에 녹아서 아스팔트가 눅진하여 발이 빠져 들어가서 번쩍거리는 바닥에 자국을 내놓는 것이었다. 영구차 위에 드러나 보이는 마부의 가죽 모자는 마치 이 검은 역청 속에 넣어 짓이긴 것 같았다. 푸르고 흰 하늘과 그 단조로운 빛깔들, 끈적거리는 갈라진 아스팔트의 검은 빛깔, 거무스름한 의복 빛깔, 옻칠한 영구차의 까만 빛깔들 사이에서 나는 정신이 좀 몽롱했다. 햇빛, 가죽 냄새, 영구차의 말똥 냄새, 옻 냄새, 향 냄새, 자지 못한 하룻밤의 피로, 그러한 모든 것이 나의 눈과 머리를 어지럽게 만드는 것이었다.

나는 다시 한번 뒤를 돌아보았다. 먹구름처럼 드리운 무더운 공기 속으로 페레 영감이 까마득히 멀리 나타났다 다시 사라졌다. 나는 눈으로 그를 찾았다. 길을 버리고 벌판을 가로질러 가는 그가 보였다. 동시에 나는 내 앞에서 길이 구부러지고 있는 것을 보았다. 페레는 이 지방을 잘 아니까 우리들을 따라오려고 지름길로 접어든 것임을 알았다. 구부러진 곳에 이르렀을 때, 그는 우리들을 따라잡았다. 그리고는 또 보이지 않았다. 그는 다시 벌판을 가로질러 갔고, 그러기를 여러 차례나 하였다. 나는 관자놀이에서 핏줄이 뛰는 것을 느꼈다.

그 다음에는 모든 것이 매우 빠르고 순조롭게 또 자연스럽게 진행되었으므로 내 기억에는 아무것도 남아 있지 않다. 단지 한 가지 기억에 남는 것은 마을 어귀에서 당번 간호사가 나에게 말을 걸었던 일이다. 얼굴과는 어울리지 않는 독특한, 아름답고 떠는 목소리로 그녀는 말하였다.

"천천히 가면 더위를 먹을 염려가 있고, 너무 빨리 가도 땀이 나서 성당에 들어가면 오한이 난답니다."

그건 사실이었다. 그러나 어쩔 도리가 없었다. 그 밖에 그 날의 몇 가지 광경이 머릿속에 남아 있다. 가령 페레가 마지막으로 마을 근처에서 우리들을 따라잡았을 때의 그 얼굴, 흥분과 슬픔의 굵은 눈물이 그의 뺨 위에 맺혀 있었다. 그러나 주름살 때문에 눈물이 흘러내리지 않았다. 눈물은 맺혔다가 그 쭈그러진 얼굴 위에, 옻을 바르듯 물칠해 놓은 것 같은 형상을 이루는 것이었다. 그 밖에 성당, 길 위에 서 있던 마을 사람들, 묘지 무덤 위의 제라늄, 페레의 기절(마치 무슨 인형이 부서져서 쓰러지는 것처럼), 어머니의 관 위로 굴러 떨어지던 붉은 흙, 그 속에 섞이던 흰 나무 뿌리, 또 다른 사람들, 목소리, 어느 카페 앞에서 기다리던 일, 끊임없는 엔진 소리, 그리고 버스가 마침내 빛나는 알제리 시가지에 다다라서, 이제는 드러누워 실컷 잠을 잘 수 있겠구나 하고 생각하였을 때의 나의 기쁨, 그러한 것들이 생각난다.

2

잠이 깬 뒤에 나는 이틀 동안의 휴가를 신청하였는데, 왜 사장의 기색이 좋지 않았는지 그 까닭을 알 수 있었다.

오늘이 바로 토요일인 것이다. 말하자면 나는 그것을 잊어버리고 있없는데 자리에서 일어나자 그러한 생각이 들었다. 사장은 자연히 내가 일요일까지 나흘 동안 쉬게 될 것을 예상했을 것이므로, 그것이 그의 마음에 흡족했을 리가 없다. 그러나 한편으로는 어머니의 장례식을 오늘 하지 않고 어제 한 것은 내 탓이 아니었고, 또 다른 한편으로는 어차피 나는 토요일과 일요일은 쉬게 되었을 것이다. 물론 그렇다고 해서 사장의 심정을 이해할 수 없는 것은 아니다.

어제 하루 일로 피곤했기 때문에 일어나기가 괴로웠다. 수염을 깎으면서 오늘은 무엇을 할까 생각한 끝에 해수욕을 하러 가기로 하였다. 항구 해수욕장으로 가려고 나는 전차를 탔다. 도착하자 곧 바닷물 속으로 뛰어들었다. 젊은이들이 많이 있었다. 전에 우리 회사의 타이피스트로 있었던 마리 카르를 나는 거기서 만났다. 그전에 나는 그녀에게 마음이 있었다. 그녀 역시 그런 것 같았다. 그러나 얼마 뒤에 그녀는 회사를 그만두었고 우리는 만날 기회를 갖지 못했던 것이다.

나는 그녀가 부표(浮漂) 위로 오르는 것을 거들어 주었는데, 그러면서 그녀의 가슴을 스쳤다. 그녀가 부표 위에서 배를 깔고 엎드렸을 때도, 나는 그냥 물 속에 있었다. 그녀는 나에게로 몸을 돌렸다. 머리털을 눈 밑으로 흐트러뜨린 채 웃고 있었다. 나는 부표 위 그녀의 곁으로 기어올랐다. 그저 기분이 좋았고, 희롱하는 것처럼 머리를 뒤로 젖혀 그 여자의 배 위에 올려놓았다. 그녀는 아무 말도 하지 않았고 나는 그대로 그렇게 하고 있었다. 나는 온 하늘을 나의 눈 속에 담았다. 푸른 하늘엔 황금빛이 돌고 있었다. 햇볕이 너무 뜨거워지자 마리는 물 속으로 뛰어들었고, 나도 뒤를 따랐다. 나는 그녀의 곁으로 다가가서 팔로 허리를 감고 같이 헤엄을 쳤다. 마리는 줄곧 웃고 있었다. 물가로 나와 우리들이 몸을 말리고 있는 동안 그녀가 나에게 말하였다.

"당신보다도 내가 더 탔어."

나는 저녁에 영화 구경 가지 않겠느냐고 그녀에게 물어 보았다. 그녀는 웃으면서 페르낭델이 주연한 영화를 보고 싶다고 말하였다. 우리들이 옷을 다 입었을 때, 내가 검은 넥타이를 매고 있는 것을 보고 마리는 매우 놀라는 표정을 짓더니, 상사(喪事)가 있었느냐고 물었다. 나는 어머니가 돌아가셨다고 대답하였다. 언제부터 그렇게 되었는가 알고 싶어했으므로 나는 '어제부터'라고 대답했다. 그녀는 조금 뒤로 물러섰으나 나무라는 듯한 말은 하지 않았다. 그건 내 탓이 아니라고 말할까 하였으나, 그런 소리를 사장에게도 한 일이 있었던 것을 생각하고 그만두었다. 그런 말을 해 보았자 무의미한 일이었다. 어차피 말이란 좀 틀리게 마련이다.

마리는 저녁때가 되자 모든 일을 다 잊어버렸다.

영화는 때때로 우습고 너무나 싱거웠다. 마리는 다리를 내 다리에 기대고 있었다. 나는 그녀의 젖가슴을 어루만졌다. 영화가 끝날 무렵 키스를 한다는 것이 서투르게 되고 말았다. 영화관을 나와 그녀는 내 집으로 왔다.

내가 눈을 떴을 땐 마리는 가 버리고 없었다. 그녀는 아주머니한테 가야 한다는 이야기만 남겨 놓았다. 그 날이 일요일이라는 것에 생각이 미치자 기분이 언짢았다. 나는 일요일을 좋아하지 않는다. 그래서 침대 속에서 몸을 뒤척여 마리가 베개에 남긴 머리털의 소금기 냄새를 더듬으면서 10시까지 자 버렸다. 그리고는 침대에 누운 채 12시까지 담배를 피웠다. 나는 여느 때처럼 셀레스트의 레스토랑에 가서 아침을 먹고 싶지 않았다. 왜냐 하면 레스토랑 사람들이 던질 여러 가지 질문에 대꾸하기가 싫었기 때문이다.

나는 달걀을 익혀 와서, 빵도 없이 접시에다 입을 대고 먹었다. 빵이 없는 것을 알면서도 사러 내려가기가 싫었기 때문이다.

아침을 먹고 나니 조금 심심했으므로 아파트 안을 서성거렸다. 어머니가 있었을 때는 알맞은 아파트였다. 그러나 지금 나에겐 너무 커서 식당의 테이블을 내 방으로 가져올 수밖에 없었다. 나는 이 방 안에서만, 조금 망가진 의자들과 유리가 누렇게 된 옷장과 화장대와 그리고 구리 침대 사이에서 살고 있을 뿐이다. 그 외에는 모두 버려둔 채로 있다. 조금 뒤에 나는 할 일이 있어서 오래 된 신문을 한 장 들고 읽었다. 크뤼센 향염(香鹽) 광고를 오려서 재미있는 기사들을 모아 두는 스크랩에다 그것을 붙였다. 나는 또 손을 씻고 난 뒤 발코니에 나가 앉았다.

내 방은 교외의 한길로 향하고 있다. 오후의 날씨는 아름다웠다. 그러나 길은 눅진했고 행인들은 적고 걸음도 빨랐다. 먼저 산책하는 가족들이 지나갔다. 바지가 무릎 밑까지 내리덮인 해군복을 입고 풀기로 뻣뻣한 옷 속에서 어색해 보이는 두 소년, 다음으로는 커다란 리본을 달고 칠피 구두를 신은 소녀, 그 뒤로 자줏빛 옷을 입은 뚱뚱한 어머니와 키가 호리호리한 사나이로 나와는 안면이 있는 그의 아버지가 따랐다. 그는 나비 모양의 끈이 달린 밀짚모자를 쓰고 손에는 단장을 짚고 있었다. 그의 아내와 함께 그를 보았을 때, 나는 그 동네에서 사람들이 왜 그를 보고 잘생긴 사람이라고 하는지 까닭을 알 수 있었다. 조금 뒤에 교외의 젊은이들이 지나갔다. 모두들 머리에는 기름을 바르고 붉은 넥타이에 허리가 잘록한 웃옷, 수를 놓은 주머니, 코가 네모진 구두, 그러한 차림이었다. 나는 그들이 시내로 영화 구경을 가는 길임을 짐작할 수 있었다. 그렇기 때문에 그들은 그렇게 일찌감치 길을 떠나 소리 높이 웃으면서 전차를 타러 서둘러 가는 것이었다.

그들이 지나간 뒤에 길에는 점점 인기척이 없어졌다.

아마 어디서나 구경이 시작되는 모양이었다. 이제 길에는 가게를 보는 주인들과 고양이들이 있을 뿐이었다. 길가에 늘어선 가로수 위로 보이는 하늘은 맑았으나 윤택이 없었다. 맞은편 인도 위에 담배가게 주인이 의자를 내다가 문 앞에 놓고 등받이 위에 두 팔을 괴고 거꾸로 타고 앉았다. 조금 전에는 터질 듯이 들어찼던 전차들도 지금은 거의 비어 있다. 조그만 카페 '피에로네 집'에서는 웨이터가 담배가게 주인 옆에서 텅 빈 방 안을 쓸고 있었다. 한가로운 일요일이었다.

나도 의자를 돌려 담배가게 주인처럼 놓았다. 그것이 더 편리하게 생각되었던 까닭이다. 나는 담배를 두 대 피우고 나서, 방 안으로 들어가 초콜릿을 한 조각 가지고 창 앞으로 돌아와 먹었다. 하늘은 점점 어두워져서 여름철의 소나기가 오려는 것이려니 생각했다. 그러나 하늘은 차차 다시 밝아졌다. 그래도 구름이 지나가며 길 위에 비를 약속하는 빛을 남겨놓아 거리는 어스름하였다. 나는 오랫동안 하늘을 쳐다보고 있었다.

5시에 전차들이 요란한 소리를 내며 달려왔다. 야외 경기장으로부터 발판이며 난간에까지 매달린 구경꾼들을 싣고 오는 것이었다. 그 다음 전차는 운동 선수들을 싣고 왔는데 손에 든 보스턴 백으로 그들이 운동 선수임을 짐작할 수 있었다. 그들은 고함을 지르며 그들의 팀은 결코 지지 않을 것이라고 있는 힘을 다하여 소리 높이 노래 부르고 있었다. 몇몇 사람들은 나에게 손짓을 하였다. 그 중의 한 사람은,

"우리가 이겼어."

하고 나에게 소리치기까지 하였다. 그래서 나는 머리를 끄덕여 '그렇군.' 하는 표시를 했다. 그때부터 버스들이 몰려오기 시작했다.

해는 조금 더 기울어졌다. 지붕들 위로 하늘은 불그스름하게 되고, 깃드는 저녁과 함께 시가지는 활기를 띠었다. 행인들은 점점 늘어갔다. 사람들 속에 섞인 그 잘생긴 신사가 눈에 띄었다. 구경꾼들 가운데 젊은이들이 여느 때보다 굳은 결심이나 한 듯한 몸짓을 하고 있는 것을 보고 나는 그들이 활극 영화를 구경한 것이라고 생각했다. 시내 영화관으로

부터 돌아오는 사람들은 조금 뒤에 오기 시작했다. 그들은 아까보다 표정이 진지해 보였다. 가끔 웃기는 하였으나 그것은 이따금 그랬을 뿐 피곤해 보였고 생각에 잠겨 있는 듯하였다. 그들은 맞은 편 인도 위를 서성거렸다. 거리의 젊은 여자들이 모자도 쓰지 않고 서로 팔을 끼고 걸어오고 있었다. 젊은이들이 나란히 서서 그녀들과 마주치며 희롱하자 여자들은 고개를 돌리고 웃는 것이었다. 그 중 내가 아는 몇몇 여자들은 나에게 손짓을 했다.

그때 가로등이 갑자기 켜지며 어둠 속에 떠오르던 첫 별빛들을 흐리게 하였다. 그처럼 사람들과 빛깔이 바뀌는 인도를 바라보고 있자니, 나는 눈이 피로해짐을 느꼈다. 가로등은 눅진한 인도를 비추고, 전차들은 일정한 간격으로 움직이고, 반짝거리는 머리털과 웃음띤 얼굴들, 혹은 팔목시계 위에 불빛을 던지는 것이었다. 조금 뒤에 전차들의 사이는 점점 멀어지고 밤은 나무들과 가로등 위에서 깊어 갔다. 거리에는 차차 인기척이 없어지고 마침내 쓸쓸해진 길은 고양이가 천천히 건너가는 시각이 되었다.

그때에야 나는 저녁을 먹어야 할 것을 생각했다. 오랫동안 의자 등받이에 턱을 괴고 있었기 때문에 목이 좀 아팠다. 나는 빵과 젤리를 사러 내려갔다. 그것으로 요리를 하여 서서 먹었다. 다시 창 앞으로 가서 담배를 한 대 피우려 하였으나 바람이 차가워 조금 추웠다. 나는 창문을 닫고 방 안으로 돌아오며 거울 속으로 알코올 램프와 빵조각이 놓여 있는 테이블 한 끝이 비치는 것을 보았다. 그때 나에게는 일요일이 또 하루 지나갔고 어머니의 장례식도 이제는 끝났고, 내일은 다시 일을 시작해야 하니 결국 달라진 것은 아무것도 없다는 생각이 들었다.

3

　오늘 나는 회사에서 많은 일을 처리했다. 사장은 친절했다. 그는 나에게 너무 피곤하지 않은가 물었고 어머니의 나이도 알고 싶어하였다. 나는 틀리게 대답하지 않으려고,
　"한 육십 되셨습니다."
하고 대답했다. 왜 그런지 알 수는 없었으나 사장은 한시름을 덜었다는 듯한, 그리고 그건 이미 지나간 일이라고 생각하는 듯한 눈치였다.
　나의 테이블 위에는 선하증권(船荷證券)이 산더미처럼 쌓여 있었는데, 일일이 읽어 보지 않으면 안 되었다. 점심을 먹으러 회사를 나오기 전에 손을 씻었다. 정오가 되어 손씻는 시간을 나는 좋아한다. 저녁때에는 수건이 눅눅하여 기쁨이 줄어든다. 온종일 같은 수건을 쓰기 때문에 그럴 수밖에 없는 것이다. 어느 날 나는 그러한 이야기를 사장에게 한 적이 있었다. 사장의 대답은 그도 그것을 유감스럽게 생각하지만, 그러나 그것은 하찮은 문제라는 것이다.
　나는 조금 늦어서 12시 반에 운송과에 근무하고 있는 엠마누엘과 함께 회사를 나왔다. 회사는 바다로 향하고 있어서, 우리들은 잠시 햇볕이 뜨겁게 내리쬐는 항구에 머물러 있는 화물선들을 바라보았다. 바로 그때 화물 자동차 한 대가 쇠사슬 소리와 엔진 소리를 요란스럽게 내면서 달려왔다.
　엠마누엘은 나에게,
　"집어탈까?"
하고 물었다. 그래서 우리는 뛰기 시작했다. 자동차가 우리들을 지나쳐

버리자 우리는 뒤를 따라 달려갔다. 나는 소음과 먼지 속에 잠겨 버렸다. 나의 눈에는 아무것도 보이지 않았고 다만 권양기(捲揚機)며 또 다른 기계들, 수평선 위에서 춤추는 돛대 옆을 지나치는 선체들 가운데서 마구 달리는 육체의 약동을 느낄 뿐이었다. 엠마누엘이 기어오르는 것을 거들어 주었다. 우리는 숨이 찼다. 자동차는 부두의 고르지 못한 보도 위로 먼지가 자욱한 햇빛 속을 흔들리며 달리는 것이었다. 엠마누엘은 허리가 끊어지게 웃어대고 있었다.

우리들은 땀을 뻘뻘 흘리면서 셀레스트의 레스토랑에 이르렀다. 언제나 다름없이 흰 수염을 기른 셀레스트는 뚱뚱한 배에다 앞치마를 두르고 있었다. 그는 나에게

"많이 상심하지는 않았나?"

라고 물었다. 나는 괜찮다고 대답하고 배가 고프다고 말했다. 나는 얼른 먹고 나서 커피를 마셨다. 그리고는 집으로 돌아와 술을 너무 많이 마셨던 탓으로 쉽게 잠이 들었다. 잠이 깨니 담배를 피우고 싶었다. 그러다 보니 시간이 늦어서 전차를 타러 뛰어갔다.

오후에 나는 줄곧 일을 하였다. 회사 안은 몹시 더웠다. 저녁에 퇴근해서 부둣가를 천천히 걸으면서 돌아오게 되었을 때는 유쾌하였다. 하늘은 푸르고 마음은 즐거웠다. 그러나 나는 감자 요리를 만들고 싶었기 때문에 바로 집으로 돌아왔다.

컴컴한 계단을 올라가다가 나와 같은 층의 이웃집에 사는 살라마노 영감과 부딪쳤다. 영감은 그의 개를 데리고 있었다. 8년 전부터 영감과 개는 늘 함께였다. 개는 내가 알기에는 홍버짐이라는 피부병을 앓아서 털이 거의 빠지고 온몸이 거의 벌겋도록 껍질과 상처투성이가 되어 있다. 그 개와 함께 단둘이 조그만 방에서 오랫동안 살아온 탓으로 살라마노 영감은 개의 모습을 닮고 말았다. 그의 얼굴에는 불그스름한 딱지가

있고 수염도 누렇고 듬성듬성하다. 개는 목을 늘이고 코끝을 앞으로 내밀고, 주인의 허리를 굽힌 자세를 닮았다. 그들은 아무래도 동일한 족속 같은데 서로 미워하는 것이다.

하루에 두 번씩 11시와 6시에 영감은 그 개를 데리고 산책을 나선다. 8년 전부터 그들은 한 번도 다른 길을 산책한 적이 없다. 언제나 리용 거리에서 그들을 볼 수 있는데 개가 늙은이를 끌고 가다가는 기어코 살라마노 영감의 발부리가 땅에 부딪혀 버리고 만다. 그러면 영감은 개를 때리고 욕지거리를 하는 것이다. 개는 무서워서 기며 끌려간다. 이번에는 영감이 개를 끌고 갈 차례이다. 그런데 개가 맞은 것을 잊고 다시 앞서서 주인을 끌고 간다. 그러면 또 매를 맞고 욕을 먹는다. 그때는 둘이 다 멈춰 서서 개는 공포에 떨고, 주인은 화가 나서 서로 노려본다. 매일처럼 그 모양이다. 개가 오줌을 싸고 싶어할 때면 영감은 시간을 주지 않고, 끌어당겨 스패니얼은 오줌 방울을 찔끔찔끔 흘리면서 따라간다. 어쩌다가 개가 방 안에서 오줌을 싸면 또 매를 맞는다. 그러기를 이제는 8년이나 된 것이다. 셀레스트는 늘 '가엾다'고 하지만 사실 아무도 그 영문을 모른다. 내가 계단에서 그를 만났을 때 살라마노는 개에게 욕지거리를 퍼붓고 있는 참이었다.

"빌어먹을! 망할 자식!"

하고 야단을 치고 개는 끙끙거리고 있었다.

"안녕하십니까?"

하고 인사를 하였으나 영감은 그냥 욕지거리를 계속하고 있었다. 그래서 나는 개가 무슨 짓을 저질렀느냐고 물었다. 그는 대답이 없었다. 영감은 다만,

"빌어먹을! 망할 자식!"

하고 말할 뿐이었다. 그는 개 위로 몸을 굽히고 있었는데 목걸이 속의

무엇인가를 고쳐 주고 있다는 것을 짐작할 수 있었다. 나는 목소리를 높여서 말해 보았다. 그때에야 그는 고개를 돌리지 않고 북받치는 화를 억지로 삼켜 버리듯이,

"아직도 안 가고 있어?"

하고 대꾸하였다. 그리고는 개를 잡아 끌고 가 버렸다. 개는 네 발로 끌려가면서 끙끙거리는 것이었다.

바로 그때 나와 같은 층에 사는 또 하나의 다른 이웃 사람이 들어왔다. 동네에서는 그가 여자들을 뜯어먹고 산다고 한다. 그러나 그에게 직업이 무엇이냐고 물으면 그는 '창고 감독'이라고 대답을 하는 것이다. 대체로 그를 좋아하는 사람은 별로 없다. 그러나 가끔 그는 나에게 말도 걸고, 또 내가 그의 말을 들어 주는 탓으로 내 방에 잠깐 들어와 앉는 일도 있다. 나는 그의 이야기가 재미있다고 생각한다. 그리고 그를 멀리 할 아무런 이유도 없는 것이다. 그의 이름은 레이몽 생텍스라고 한다. 키가 무척 작은데, 어깨가 바라지고 코는 마치 권투 선수의 코와 같다. 옷차림은 언제나 말쑥하다. 그도 역시 살라마노의 이야기를 하며,

"참 가엾기 짝이 없어요!"

하고 말하였다. 그 꼴을 보면 진저리가 나지 않느냐고 묻기에, 나는 뭐 그렇지도 않다고 대답하였다.

우리들이 계단을 다 올라와서 막 헤어지려 할 때 그는 말하였다.

"우리 집에 소시지와 술이 있는데, 좀 잡수시지 않겠어요?"

나는 그러면 식사를 준비하지 않아도 좋을 것이라 생각되어 응낙하였다. 그에게도 역시 방은 하나밖에 없고 창문 없는 부엌이 딸려 있을 뿐이다. 그의 침대 위에는 하얗고 불그스름한 석회로 만든 천사와 운동 선수들의 사진과 여자의 나체 음화(陰畵)가 두서너 장 걸려 있다. 방 안은 더럽고 침대는 어질러져 있었다. 그는 먼저 석유 램프를 켠 다음, 호

주머니에서 낡고 허름한 붕대 하나를 꺼내어 오른손을 싸매었다. 내가 손을 다쳤느냐고 물었더니, 어떤 녀석이 시비를 걸어서 그 녀석과 싸움을 하였다는 것이다.

"그건 말입니다. 뫼르소 선생."
하고 그는 나에게 말했다.

"내가 마음이 나빠서가 아니라 성미가 급한 탓이죠. 그 녀석이 나에게 하는 말이, '사나이라면 전차에서 내려라.' 그런단 말이에요. 나는 '괜히 쓸데없는 소리 마.' 하고 말했지요. 그 녀석은 나더러 사나이답지 못하다고 합디다. 그래서 나는 내려가서 말했어요. '듣기 싫어! 잔소리 말라구. 그렇지 않으면 본때를 보여 줄 테니!' '본때가 무슨 본때야?' 하고 녀석은 대꾸를 하더군요. 그래서 한 대 갈겼지요. 그랬더니 나가자빠지길래 일으켜 주려니까, 녀석은 땅에 자빠져서 발길질을 했어요. 녀석은 얼굴이 피투성이였어요. 나는 그 녀석에게 '그만큼 경을 쳤으면 되었느냐?'고 물었더니 '그렇다'고 하더군요."

그런 말을 하면서 레이몽은 붕대를 감고 있었다. 나는 침대 위에 앉았다. 그는 다시 말을 이었다.

"그러니까 내가 싸움을 건 게 아니었어요. 그 녀석이 버릇없이 굴다가 당한 겁니다."

그것은 사실이었다. 그래서 나는 정말 그렇다고 말했다. 그러자 그는 마침 나에게 그 사건에 관해서 충고를 듣고 싶다고 말하면서, 나는 사나이다워서 세상 물정을 잘 알 테니 자기를 도와 줄 수 있으리라고, 그렇게 해 주면 그는 내 친구가 되겠다는 것이었다. 나는 아무 대답도 하지 않았다. 그는 다시 자기와 친구가 되고 싶으냐고 물었다. 내가 그래도 괜찮다고 말하였더니, 그는 만족해 하는 눈치였다. 그는 소시지를 꺼내어서 화덕에다가 굽고 컵, 접시, 스푼 그리고 술 두 병을 늘어놓았다. 그 모든 동작을 하는 동안 우리는 아무 말도 하지 않았다. 그러고 나서 우리들은 자리를 잡고 앉았다. 먹으면서 그는 이야기를 시작했는데, 처음에는 약간 망설이는 말투였다.

"어떤 여자를 내가 알게 되었는데……이를테면 나의 정부지요."

그와 싸움을 한 사나이는 그 여자의 오빠라는 것이었다. 여자의 생활비를 그가 대주었다는 말도 하였다. 나는 아무 대답도 하지 않았으나, 그는 곧 덧붙여서 동네 사람들이 자기를 뭐라고 말하는지 알고 있지만, 양심에 거리낄 것은 조금도 없고, 자기는 창고 감독이라는 것이었다.

"그런데 말입니다."
하고 그는 말했다.

"내가 속고 있었다는 사실을 알게 되었어요."

그는 여자에게 생활비를 꼬박꼬박 대주고 있었다. 그는 직접 여자의 방세를 치러 주고, 식사비로 하루에 20프랑씩 주고 있었다.

"방세가 300프랑, 식비가 600프랑, 이따금 양말 따위도 사 주고, 그래서 한 1천 프랑 들었습니다. 그런데 그 여자는 일도 하지 않고 내게 한다는 소리가 그것으로는 겨우 입에 풀칠이나 할 수 있을 뿐이고, 내가 대주는 것으로는 도저히 생활을 할 수가 없다는 것이었어요. 그렇지만 나는 이렇게 말했지요. '왜 반나절만이라도 일을 안 해? 그럼 내 짐도 퍽 덜어지겠는데. 이달엔 앙상블 한 벌도 사 주었고, 하루에 20프랑씩 용돈도 주고 방세도 내주었잖아. 넌 오후에 친구들과 커피도 마시면서 뭘 그래! 넌 친구들에게 커피와 설탕을 대접하지만 그 돈을 내는 건 나란 말야. 난 너에게 썩 잘 해 주었는데, 넌 내게 대한 보답이 신통칠 않단 말이야.' 그래도 그년은 일은 하지 않고, 생활할 수가 없다고 그냥 고집을 부리고 있었어요. 그래서 난 내가 무언가 속고 있다는 사실을 알게 된 거지요."

　그는 여자의 핸드백 속에서 복권 한 장을 발견하였는데, 여자는 그것을 어떻게 샀는지 설명하지 못하더라도 이야기를 하였다. 조금 뒤에는 여자의 방에서 전당표 쪽지를 한 장 발견하였는데, 그것을 보니 팔찌 두 개를 잡힌 것이 분명했다. 그때까지 그는 그 팔찌들이 있는 줄도 모르고 있었다.

　"나는 속고 있었다는 것을 확실히 알았어요. 그래서 그 여자와 관계를 끊었습니다. 그러나 먼저 그년을 때려 주었지요. 그리고 사실대로 모두 이야기를 했습니다. 네까짓 건 그걸 가지고 노는 것밖엔 바라지 않는 년이라고 말해 주었어요. '네가 내게서 받은 행복을 사람들은 부러워하고 있지 않으냐 말이야? 좀 있으면 지난 날의 행복을 알게 될 테니, 두고 봐!'"

　그는 피가 나도록 여자를 때렸다. 그 전에는 여자를 때린 적이 별로 없었다는 것이었다.

　"전에도 때리긴 했었어요. 그러나 말하자면 다정스럽게 건드리는 정도였지요. 그년이 소리라도 지를라치면 나는 문을 닫아 버렸고, 결국은 그렇게 끝나곤 했어요. 그렇지만 이번엔 본격적이었죠. 그런데 나로서는 그년에게 아직 충분한 벌을 주지 못했다고 생각됩니다."

　그러더니 그는 나에게, 그 일 때문에 충고가 필요한 것이라고 설명하였다. 그리고는 그을음을 뿜는 램프의 심지를 조절하려고 일어섰다. 나는 줄곧 그의 이야기를 듣고 있었다. 술을 거의 한 병이나 마셨기 때문에 관자놀이가 몹시 뜨거웠다. 내 담배가 떨어져서 나는 레이몽의 담배를 피우고 있었다. 마지막 전차들이 지나가며 지금은 아득하게 들리는 교외의 소음을 실어 가고 있었다.

　레이몽은 이야기를 계속하였다. 그가 난처한 것은 '아직도 그녀와의 잠자리에 미련을 느끼고 있다.'는 것이었다. 그렇지만 혼을 내주어야겠다는 것이었다. 먼저 그는 여자를 호텔로 데려다 놓고, '풍기 단속반'을 불러들여 스캔들을 일으켜서 여자의 이름을 리스트에 오르게 할 생각이었다. 그 다음에는 그의 친구인 깡패들에게 이야기를 해 봤지만, 그들은 별로 좋은 방법을 가르쳐 주지 못하였다. 사실 레이몽이 나에게 말한 것처럼 깡패란 위인들이 그런 것 하나쯤 몰라서야 말이 아니었다. 레이몽이 그런 말을 하니까, 그들은 여자에게 '문신(文身)을 새겨 주면 어떠냐.'고 하였다. 그러나 그는 그렇게 하고 싶지는 않았다. 그는 좀더 잘 생각해 봐야겠다는 것이었다. 그러나 먼저 나에게 한 가지 묻고 싶은 것이 있다고 말하였다. 그런데 그것을 물어 보기 전에, 그 이야기를 내가 어떻게 생각하는지 알고 싶어하였다. 나는 별로 생각하는 바도 없지만, 어쨌든 재미있는 이야기라고 대답했다. 그가 속고 있었다고 생각하느냐고 묻기에, 생각을 하여 보니 과연 속고 있었던 것 같다고 말했다. 혼을 내주어야 할 텐데, 그렇다면 내가 그의 입장이라면 어떻게 하겠느냐고 물었다. 나는 어떻게 할는지는 알 수 없으나, 그가 여자를 혼내 주겠다는 것은 이해할 수 있다고 대답했다.

　나는 또 술을 마셨다. 그는 담배에 불을 붙이고 나서 자기의 생각을 털어 놓았다. 그는 여자에게 '발길로 차버리는 뜻의, 그러나 동시에 여자의 육욕을 도발시킬 만한 사연을 섞어서' 쓴 편지를 보내겠다는 것이었다. 그러면 여자가 돌아오게 될 테니까, 그때는 여자와 함께 잠자리에 들고는 '바로 끝나갈 무렵에' 여자의 얼굴에다 침을 뱉어 주고는 밖으로 내쫓아 버린다는 것이었다. 그렇게 하면 정말 여자에게는 징계가 될 것이라고 나에게도 생각되었다. 그러나 레이몽은 말하기를 자기는 적당한 편지를 쓸 수가 없을 것 같아서, 편지를 꾸미는 것을 나에게 부탁할까 하고 생각한 것이라고 하였다. 내가 아무 대답도 하지 않으니까, 그는 나에게 지금 곧 그 편지를 쓰는 것이 귀찮겠느냐고 물었다. 나는 그렇지도 않다고 대답했다.

 그러자 그는 술을 한 잔 마시고 일어서서 접시들과 먹다 남은 소시지를 한옆으로 밀어 놓았다. 그러더니 초칠을 한 테이블보를 정성스럽게 닦았다. 그리고 나서 그는 나이트 테이블 서랍에서 방안지 한 장과 노란 봉투와, 낡은 나무 펜대와, 보랏빛 잉크가 든 네모진 병을 꺼냈다. 여자의 이름을 들어 보니 모르는 사람이었다. 나는 편지를 썼다. 되는 대로 쓰긴 하였지만, 그래도 레이몽의 마음에 들도록 애썼다. 왜냐 하면 레이몽의 마음에 들지 않게 할 아무런 이유도 없었기 때문이다. 그리고 나서 소리 높여 편지를 읽었다. 레이몽은 담배를 피우며 머리를 끄덕이면서 듣고 있더니, 다시 한번 읽어 달라고 하였다. 그는 매우 흡족해하였다.

 "자네가 세상 물정에 밝다는 것을 나는 알고 있었어."
하고 그는 말했다.

 처음엔 그가 나에게 자네라고 말한 것을 무심히 듣고 있었으나,

 "이제부터 자넨 내 친구야."
하고 그가 말했을 때에야 나는 비로소 그 말에 놀랐다. 그는 거듭 그렇게 말하였고 나는,

 "그야 그렇지."
하고 대답했다. 나로서는 그의 친구라고 하여도 무방한 일이었고, 그는 정말로 나와 친구가 되고 싶은 모양이었다. 그는 편지를 봉하고, 우리는 남은 술을 마저 마셨다. 그리고는 잠시 서로 말없이 담배를 피웠다. 밖은 쥐죽은 듯이 고요했다. 미끄러지듯 지나가는 자동차 소리가 들렸다.

 "너무 늦었는데."
하고 나는 말하였다. 그는 시간이 빨리 지나가 버린다는 이야기를 하였는데, 어떤 의미로는 그렇다고 할 수 있었다. 나는 졸음이 왔지만 일어서기가 거북하였다. 내가 피곤하게 보였던지 레이몽은 나에게 너무 상

심할 일이 아니라고 말하였다. 처음엔 무슨 말인지 알아차리지 못하였다. 그는 나에게 어머니가 사망한 것을 알았다는 이야기와 그러나 그것은 어차피 한 번은 당해야 할 일이라는 말을 하였다. 내 의견도 마찬가지였다.

나는 일어섰다. 레이몽은 굳게 나의 손을 움켜쥐고, 사나이끼리는 언제나 이해할 수 있는 것이라고 말하였다. 그의 방을 나서자 나는 문을 닫고 층계 위의 어둠 속에 잠시 서 있었다. 집 안은 고요하고, 계단 밑에서부터 으슥하고 습한 냄새가 올라오고 있었다. 귀에서 피가 윙윙거리는 소리밖에는 아무 소리도 들리지 않았다. 나는 그냥 우두커니 서 있었다. 살라마노 영감 방에서 개가 나직이 끙끙거리는 소리가 들려 왔다.

4

1주일 동안 나는 줄곧 많은 일을 하였다. 레이몽이 와서 그 편지를 보냈노라고 말하였다. 엠마누엘과 함께 영화구경을 두 번 갔었는데, 엠마누엘은 스크린 위에서 일어나는 이야기가 무엇인지 이해 못하는 때가 가끔 있었다. 그러면 설명을 해 주어야 했다. 어제는 토요일이라 약속대로 마리가 찾아왔다. 나는 몹시 욕정을 느꼈다. 마리가 붉고 흰 무늬 있는 아름다운 옷을 입고 가죽 샌들을 신고 있었기 때문이다. 탄력 있어 보이는 젖가슴이 완연히 드러나 보이고, 햇볕에 그을은 살갗이 얼굴을 꽃처럼 아름답게 만들고 있었다.

우리는 곧 버스를 타고 알제리에서 몇 킬로미터 떨어져 있는, 좌우에는 바위가 솟아 있고 기슭에는 갈대가 우거진 바닷가로 나갔다. 4시의 태양은 그렇게 뜨겁지는 않았으나 물은 미지근하고, 길게 퍼진 게으른 듯한 물결이 나직이 넘실거리고 있었다. 마리가 장난을 하나 가르쳐 주었다. 헤엄을 치며 물결의 맨 위에서 물을 들이마시어 입 속에 거품을 가득 채운 다음, 반듯이 누워서 하늘로 향하여 그것을 내뿜는 것이다. 그러면 물거품 레이스가 되어서 공중으로 사라지기도 하고, 미지근한 보슬비처럼 얼굴 위로 떨어지기도 하는 것이었다. 그러나 잠시 뒤에는 입 속이 짜서 얼얼하였다. 그러자 마리가 다가와 물 속에서 나에게 달라붙었다. 마리는 자기의 입술을 나의 입에 갖다 대었다. 그녀의 혀 끝이 나의 입술에 산뜻하게 닿았다. 잠시 동안 우리는 물결 속을 뒹굴었다.

바닷가로 나와서 옷을 갈아입을 때, 마리는 빛나는 눈길로 나를 보았다. 나는 그녀에게 키스를 하여 주었다. 그때부터 우리는 아무 말도 하지 않았다. 나는 그녀를 꼭 껴안았다. 그리고는 급히 버스를 타고 돌아왔다. 우리는 방 안으로 들어서자 곧 침대 속으로 뛰어들었다. 나는 창문을 열어 두었었다. 여름밤이 우리들의 검게 그을은 육체 위로 흐르는 것을 느낄 수 있어 기분이 좋았다.

오늘 아침 마리는 돌아가지 않고 있었다. 나는 점심을 같이 먹자고 말해 놓고 고기를 사러 내려갔다. 돌아오면서 레이몽의 방에서 여자의 목소리가 나는 것을 들었다. 조금 뒤에 살라마노 영감이 개를 꾸짖는 소리가 들렸다. 나무 계단 위에서 구두창 소리와 개가 발톱으로 무엇인가를 긁는 소리가 나더니,

"빌어먹을, 망할 자식."

하는 소리가 들려 오는 것이었다. 그들은 길가로 나가 버렸다. 영감의 이야기를 마리에게 해 주었더니 마리는 웃었다. 마리는 내 파자마를 입고 소매를 걷어올리고 있었다. 그녀가 웃었을 때, 나는 또 욕정을 느꼈다. 조금 뒤에 마리는 나에게 자기를 사랑하느냐고 물었다. 그런 것은 아무 의미도 없는 말이지만 사랑하고 있는 것 같지는 않다고 대답했다.

마리는 슬픈 빛을 보였다. 그러나 점심을 준비하면서 아무 이유도 없이 깔깔거리고 웃었으므로 나는 또 키스를 해 주었다. 바로 그때 레이몽의 방에서 말다툼 소리가 터져 나온 것이다.

먼저 여자의 날카로운 목소리가 들리더니, 이어 레이몽의 목소리가 들렸다.

"이년이 나를 속였어. 나를 속였단 말이야. 자, 나를 속이면 어떻게 되는지 이제 가르쳐 주마."

툭툭 하는 소리가 나고, 여자가 비명을 질렀다. 너무나 비참하게 소리를 질렀기 때문에 층계에는 곧 사람들이 모여들었다. 마리와 나도 복도로 나갔다. 여자는 그냥 소리를 지르고 레이몽은 계속 때리는 것이었다. 마리는 사태가 험악하다고 말했으나 나는 아무 대답도 하지 않았다. 그녀는 나에게 경찰을 불러 오라고 하였지만, 나는 경찰이 싫다고 말했다. 그러나 3층에 사는 납땜장이와 함께 경찰 한 사람이 들어왔다. 경찰은 문을 두드렸으나 아무 대답도 없었다. 더 크게 두드리자, 조금 있더니 여자의 울음소리가 들리고 레이몽이 문을 열었다. 그는 입에 담배를 물고 유순한 태도를 보였다. 여자가 문으로 뛰어나와 레이몽이 때렸다고 경찰에게 말하였다.

"이름이 뭐야?"
하고 경찰이 물었다. 레이몽이 대답했다.
"말을 할 때에는 입에서 담배를 빼!"
하고 경찰이 말했다. 레이몽은 망설이며 나를 쳐다보더니 담배를 입에 문 채 서 있었다. 그러자 경찰은 느닷없이 두툼한 손바닥으로 그의 뺨을 힘껏 후려갈겼다. 담배가 몇 미터 앞에 떨어졌다. 레이몽은 안색이 변하였으나 그 당자에게는 아무 말도 없었다. 그러더니 공손한 목소리로 꽁초를 주워도 좋으냐고 물었다. 경찰은 그러라고 하면서,

“다음부터는 경찰이 웃음거리가 아니라는 걸 알아 두도록 해.”
하고 덧붙여 말하였다.

그 동안 여자는 간헐적으로 울면서 몇 번이나 말했다.

“날 때렸어요. 기둥서방 노릇이나 하는 망나니 주제에.”

“나리님!”
하고 이번에는 레이몽이 물었다.

“남자에게 뚜쟁이라는 말을 해도 된다는 게 법률에 있습니까?”

경찰은,

“잔소리 마라!”
하고 호통을 쳤다. 그러자 레이몽은 여자에게로 고개를 돌리고는 말했다.

“가만 있어, 이년아! 그러면 다시 만나지 않을 줄 아느냐?”

경찰은 레이몽에게 잔소리를 그치라고 말한 다음, 여자는 가도 되지만 레이몽은 방으로 들어가서 소환을 기다려야 한다고 말했다. 그는 덧붙여서 레이몽에게, 그렇게 몸이 떨리도록 술에 취했으면 부끄럽게 생각해야 할 노릇이라고 말하였다. 그 말을 듣자 레이몽은 설명을 하였다.

“나리님, 나는 취하지 않았소이다. 그저 나리 앞에 서 있으니 떨릴 뿐이오. 별도리가 있습니까?”

그는 문을 닫아 버렸고 구경꾼들도 다 가 버렸다. 마리와 나는 점심 준비를 끝마쳤으나, 그녀는 먹고 싶은 생각이 없다기에 내가 혼자서 거의 다 먹었다. 마리는 1시에 가 버리고 나는 잠이 들었다.

3시경에 문을 두드리는 소리가 나더니 레이몽이 들어왔다. 나는 누워 있었다. 레이몽은 내 침대가에 앉았다. 그는 잠시 말이 없었다. 나는 아까의 소동은 어찌된 일이냐고 물었다. 그는 계획대로 했었는데 여자가 따귀를 때리기에 자기도 때려 준 것이라고 대꾸하였다. 그 뒤의 일은 내가 본 대로였다. 나는 그에게 이제는 여자가 혼이 났을 테니까 만족했겠다고 말했다. 그의 의견도 역시 그렇다는 것이었다. 그리고 그는 제아무리 경찰이 뭐라고 해 보았댔자 여자가 당한 망신에는 아무 변함이 없으리라는 것을 지적했다. 그는 또 덧붙여서 자기는 경찰들의 심리를 알고 있으므로 그들과 대할 때는 어떻게 해야 할 것인지 알고 있다고 말했다. 그리고는 경찰이 따귀를 때린 것에 그가 응수하리라고 기대하고 있었느냐고 나에게 물었다. 나는 아무 기대도 하지 않았었다고 대답하고, 도대체 경찰이란 것을 나는 싫어한다고 말하였다. 레이몽은 매우 만족한 눈치였다. 그는 함께 나가지 않겠느냐고 물었다. 나는 일어나서 머리를 빗기 시작했다. 그때 그는 내가 그의 증인이 되어 주어야 한다고 말했다. 나는 아무래도 좋았으나, 무슨 말을 해야 좋을지 몰랐다. 레이몽에 의하면 여자가 그를 속였다고 말하기만 하면 된다는 것이었다. 나는 그의 증인이 될 것을 승낙하였다.

우리는 밖으로 나갔다. 레이몽이 권하여 브랜디를 마셨다. 그리고는 당구를 한 게임 쳤는데, 나는 잘 맞히지 못했다. 그 다음에는 여자들이 있는 술집에 가자는 것이었지만 나는 그런 것을 좋아하지 않았으므로 싫다고 하였다. 그리하여 우리는 천천히 집으로 돌아왔다. 레이몽은 자기 정부를 혼내 줄 수 있어서 얼마나 기분이 좋은지 모르겠다고 말했다. 나에게는 그가 다정스럽게 대해 주는 것 같았고 그렇게 지내는 시간이 유쾌하게 여겨졌다.

멀리서 보니 문 앞에 살라마노 영감이 흥분한 듯한 모양으로 서 있는 것이 눈에 띄었다. 그에게 가까이 가 보니 그는 개를 데리고 있지 않았다. 그는 이리저리 사방을 둘러보고는 다시 그 충혈된 눈을 두리번거려 길가를 훑어보는 것이었다. 레이몽이 무슨 일이 있었느냐고 물어도 곧 대답을 하지 않았다.

"빌어먹을, 망할 자식!"

하고 중얼거리는 것이 어렴풋이 들렸다. 노인은 계속해서 어쩔 줄 몰라 했다. 개가 어디 있느냐고 내가 물으니까, 달아나 버렸다고 불쑥 대답했다. 그러더니 갑자기 수다스럽게 이야기를 시작하였다.

"여느 때처럼 연병장에 데리고 갔었습죠. 노점 근처에는 사람들이 많이 있었어요. '탈주왕(脫走王)'이란 간판이 붙은 것을 보려고 잠시 멈춰 섰다 가려니까, 그놈이 없어졌겠지요. 미리 좀 작은 목걸이를 사 주려고 생각하고 있었지만, 그 빌어먹을 자식이 그렇게 도망쳐 버리리라고는 꿈에도 생각지 않았어요."

레이몽은 개가 아마 길을 잃어버렸을지도 모르니까 어쩌면 돌아올 것이라고 말하고, 주인을 찾아오기 위해서 수십 킬로미터나 걸어다닌 개가 있었다는 예까지 들어서 설명을 하여 주었지만 영감의 흥분은 가라앉지 않았다.

"잡혀 버리고 말 거예요. 누가 그걸 갖다 길러라도 준다면 또 몰라도, 그럴 리가 없어요. 그렇게 상처투성이니까, 어디 좋아할 사람이 있을라고? 경찰에게 잡히고 말 겁니다. 틀림없어요."

나는 그에게 경찰서의 개 마당으로 가 보는 것이 좋으리라는 것과, 세금을 얼마 내면 개를 찾을 수 있으리라는 것을 말해 주었다. 영감은 그 세금은 액수가 많으냐고 물었으나, 나는 모른다고 대답했다. 그러더니 영감은 화를 내며,

"그 빌어먹을 자식 때문에 돈을 내다니. 에이, 죽어 버리라지!"
하며 욕설을 퍼붓기 시작하였다. 레이몽은 웃으며 집으로 들어갔다. 나도 그의 뒤를 따랐고, 우리는 2층 층계 위에서 헤어졌다. 조금 뒤에 영감의 발자국 소리가 나더니 내 방 문을 두드렸다. 문을 열어 주니까, 그는 잠시 문 앞에 서 있다가,

"용서하십시오. 용서하십시오."

하고 말하는 것이었다. 안으로 들어오라고 권하였으나, 그는 들어오려고 하지 않고 구두 끝만 내려다보고 있었고, 그의 부스럼투성이 손은 떨리고 있었다. 얼굴을 숙인 채 그는 나에게 물었다.

"개를 빼앗진 않겠지요, 뫼르소 선생. 돌려 줄 테지요. 그렇지 않으면 나는 어떻게 되지요?"

개 보호소에는 주인이 찾아갈 수 있도록 사흘 동안 개를 매어 두는데, 사흘이 지나면 적당히 처분해 버린다고 나는 말하였다. 그는 아무 말없이 나를 쳐다보았다. 그리고는,

"안녕히 계세요."

하고 말했다. 문을 닫는 소리가 나더니, 영감이 자기 방 안에서 왔다갔다하는 소리가 들렸다. 그의 침대가 삐걱거렸다. 그리고는 담벼락을 통해서 조그맣게 들려 오는 야릇한 소리로 나는 그가 울고 있음을 알았다. 나는 왜 갑자기 어머니 생각을 했는지 모르겠다. 그러나 이튿날 아침에는 일찌감치 일어나지 않으면 안 된다. 별로 배가 고프지 않아 나는 저녁도 먹지 않고 잠자리에 들었다.

5

레이몽이 회사로 나에게 전화를 걸어왔다. 그의 친구 한 사람이(그 친구에게 나의 이야기를 하였다는 것이다.) 알제리 근처의 조그만 별장에 와서 일요일 하루를 지내도록 나를 초대했다는 말이었다. 나는 그러고 싶지만 어떤 여자 친구와 만날 약속이 있다고 대답하였다. 레이몽은 곧 그 여자 친구도 같이 오라고 말했다. 그 친구의 부인은 남자들 무리 가운데 여자라고는 자기 혼자뿐이기 때문에 매우 좋아할 것이라고 말했다. 밖

에서 우리들에게 전화가 걸려오는 것을 사장이 좋아하지 않는다는 걸 나는 알고 있었으므로 곧 수화기를 놓으려고 하였었는데 레이몽은 조금 기다리라고 하더니, 이 초대의 말은 저녁에라도 전할 수 있겠지만, 그보다도 다른 이야기를 하나 말해 두고 싶다고 하였다. 그는 하루 종일 옛날 정부의 오빠도 한몫 낀 아라비아 사람들의 한 패거리에게 미행을 당했다는 것이었다. 그러면서,

"오늘 저녁 퇴근하는 길에 집 근처에서 그 놈들을 보거든 내게 좀 알려 줘."

하고 말하는 것이었다. 나는 그러마고 대답하였다.

조금 뒤에 사장이 나를 불렀다. 전화는 좀 삼가고 좀더 열심히 일을 하라는 말이려니 생각하고, 그 순간 불쾌한 생각이 들었다. 그런데 그와는 전혀 다른 이야기였다. 아직 막연하지만 어떤 계획에 대해서 나에게 이야기를 하고 그 문제에 관하여 나의 의견을 듣고 싶다는 것이었다. 파리에 출장소를 설치하여 현지에서 직접 큰 회사들과의 거래를 다루게 할 생각인데, 그리로 갈 생각은 없느냐고 나의 의향을 타진하는 것이었다. 그럼 파리에서 생활할 수 있을 것이고, 1년에 얼마 동안은 여행을 할 수도 있으리라는 것이었다.

"자넨 젊으니까 그런 생활이 자네 마음에 들걸세."

나는 그렇기는 하지만 결국 이러나저러나 내게는 마찬가지라고 대답했다. 사장은 생활의 변화에 흥미를 느끼지 않느냐고 묻기에, 사람이란 생활을 바꿀 수는 결코 없는 노릇이고, 어쨌든 어떤 생활이든지 다 비슷비슷하며, 또 이 곳에서의 생활을 조금도 불편하게 생각지 않는다고 대답하였다. 그는 좋아하지 않는 눈치를 보이며 하는 말이, 나는 대답을 한다는 것이 언제나 빗나가고 나에게는 야심이 없어서 사업에 큰 지장이라는 것이었다. 그래서 나는 일을 하려고 자리로 돌아왔다. 나는 사장

의 비위를 거스르고 싶지는 않았으나 나의 생활을 바꿔야 할 아무런 이유가 없었던 것이다. 곰곰이 생각해 보면 나는 불행하지 않았다. 학생 때에는 그런 종류의 야심도 많이 있었지만, 학업을 포기하지 않을 수 없었을 때, 그러한 것이 실제로는 아무 중요성이 없다는 것을 곧 깨달았던 것이다.

저녁에 마리가 찾아와서 자기와 결혼할 마음이 있느냐고 물었다. 나는 그건 아무래도 좋지만 마리가 원한다면 결혼해도 좋다고 말하였다. 그러니까 그녀는 내가 자기를 사랑하는지 어떤지 알고 싶어하였다. 나는 이미 한 번 말했던 것처럼 그건 아무 뜻도 없는 말이지만 아마 사랑하지는 않는 것 같다고 대답했다.

"그렇다면 왜 나하고 결혼을 하지?"

하고 마리는 말했다. 나는 그런 건 아무 중요성도 없는 것이지만, 그녀가 응한다면 결혼해도 좋다고 설명해 주었다. 게다가 결혼을 요구한 것은 그녀 쪽이니까 나는 승낙하는 것으로 족한 것뿐이다. 그러자 마리는 결혼이란 건 중대한 일이라고 말하였다. 나는 그렇지 않다고 대답하였다. 그녀는 잠시 말없이 나를 쳐다보더니 말을 이었다. 자기와 같은 관계를 맺은 다른 여자가 똑같이 청혼을 했더라도 승낙을 하겠는지 어떤지, 다만 그것만을 그녀는 알고 싶어하였다. 나는,

"물론."

이라고 대답하였다. 그러자 마리는 자기가 나를 사랑하는지 어떤지를 생각해 보는 듯하였으나, 나는 그 점에 관해서는 아무것도 알 길이 없었다. 잠시 또 묵묵히 있다가 그녀는 말했다. 내가 이상한 사람이며, 아마 그 때문에 자기는 나를 사랑하는 것이겠지만, 바로 그 같은 이유로써 내가 싫어질 때가 올지도 모른다고 하였다. 더 할 말이 없어 덤덤히 있노라니까 마리는 웃으면서 나의 팔을 붙들고 결혼하고 싶다고 말했다. 나

는 언제든지 그녀가 원한다면 곧 결혼하자고 대답하였다. 그리고 사장의 제안을 이야기하여 주니까 마리는 파리를 알고 싶다고 하였다. 나는 잠시 파리에서 살아 본 일이 있다고 말했더니 어떤 곳이냐고 물었다.

"더러워. 비둘기하고 어두운 안뜰만이 눈에 띄지. 사람들은 모두 피부가 하얘."

하고 나는 대답했다.

그러고 나서 우리들은 한길을 택하여 거리를 거닐었다. 여자들이 아름다웠다. 나는 마리에게 그렇게 생각지 않느냐고 물었다. 마리는 그렇다고 대답하고 나의 심정을 이해할 수 있다고 말하였다. 잠시 동안 우리는 아무 말이 없었다. 그래도 나는 그녀가 나와 함께 있어 주었으면 싶어서, 셀레스트의 레스토랑에서 저녁을 같이 먹으면 어떻겠느냐고 물었다. 마리는 그러고 싶지만 볼일이 있다는 것이었다. 그때 우리는 내 집 근처까지 왔기에 잘 가라고 말했다. 그녀는 나를 쳐다보며,

"내가 무슨 볼일이 있는지 알고 싶지 않아?"

하고 말했다. 그것을 알고 싶지 않은 것은 아니지만, 그 생각을 미처 못 했을 뿐이었는데 마리는 그것을 나무라는 눈치였다. 그리고는 나의 어색한 표정을 보고 다시 웃더니 불쑥 앞으로 다가오며 입술을 나에게로 내밀었다.

나는 셀레스트의 레스토랑에서 저녁을 먹었다. 식사를 시작하자마자 키가 작은 이상한 여자가 들어와서 나의 테이블에 앉아도 좋으냐고 물었다. 물론 앉아도 좋다고 나는 말했다. 그녀의 몸짓은 서두는 듯했고, 능금 같은 조그만 얼굴에 눈이 빛나고 있었다. 재킷을 벗고, 열에 들뜬 듯이 메뉴를 살펴보더니, 셀레스트를 불러 곧 명확하고 빠른 목소리로 요리를 단번에 주문하였다. 그리고는 오르되브르를 기다리며 핸드백을 열고 네모진 종이 조각과 연필을 꺼내어 미리 합산을 하여 보고는 지갑

에서 팁까지 덧붙여 정확한 금액을 앞에 내놓았다. 오르되브르가 나오자 그녀는 서둘러서 먹었다. 다음 요리를 기다리며 또 핸드백에서 푸른 연필과 1주일 동안의 라디오 프로그램이 실려 있는 잡지를 꺼내어서, 정성스럽게 하나씩하나씩 거의 모든 방송에 표시를 하였다. 잡지는 열두어 페이지나 되었으므로, 그녀는 식사를 하는 동안 끝까지 세밀하게 그 일을 계속하였다.

내가 식사를 끝마쳤을 때도 그녀는 여전히 열심히 표시하고 있었다. 그러더니 일어서서, 그 자동 인형 같은 몸짓으로 재킷을 입고 나가 버렸다. 별로 할 일이 없었으므로 나도 밖으로 나가서 여자의 뒤를 잠시 따랐다. 그녀는 인도 가장자리를 따라 믿을 수 없을 만큼 엄청난 속도와 정확한 걸음으로 옆으로 비키지도 않고 뒤돌아보지도 않고 자기 길을 걸어갔다. 마침내 나는 여자를 눈에서부터 놓쳐 버렸고 왔던 길을 되돌아왔다. 이상한 여자라는 생각이 들었지만 얼마 안 가 잊어버리고 말았다.

나의 문 앞에 살라마노 영감이 서 있는 것을 보고 방 안으로 들어오게 하였더니, 영감은 개 보호소에 가 봤는데도 없으니 개는 결국 잃어버리고 만 것이라고 알려 주었다. 개 보호소의 사무원들은 아마 차에 치었을 거라고 말하더라는 것이었다. 경찰서측에 그런 것을 모르느냐고 물었더니 매일 있는 일이라 아무 흔적도 남지 않는다고 대답하더라는 것이었다. 나는 살라마노 영감에게 다른 개를 기르면 되지 않느냐고 말했지만, 영감은 그 개와 오랫동안 사귀어 정이 들었다고 말했는데 내 생각에도 그건 그럴 법한 일이었다.

나는 침대 위에 웅크리고, 살라마노는 테이블 앞 의자에 앉아 있었다. 노인은 나와 얼굴을 마주하고 두 손을 무릎 위에 놓고 있었다. 낡은 소프트 모자를 쓴 채였다. 누런 수염 밑으로 말마디를 씹어 삼키듯이 중얼거리는 것이었다. 그와 대면하고 있기는 좀 거북했으나 그렇다고 별로 할 일도 없었고 졸음도 오지 않았다. 무엇이든지 이야기를 하려고 나는 그의 개에 대해서 물어 보았다. 개를 기른 것은 그의 아내가 죽은 뒤부터라고 영감은 대답하였다. 그는 꽤 늦게 결혼하였다. 젊었을 적에는 연극을 하고 싶었다. 군대에 있었을 때는 군대의 '보드빌'에 출연도 하곤 했다는 것이었다. 그러나 결국 철도국에 근무하게 되었는데 그것을 후회하는 일은 없었다. 왜냐 하면 적으나마 월급을 탈 수 있기 때문이었다. 아내와의 관계는 그리 행복하지는 못했으나, 전체적으로 보아 원만하여 정이 들었던 편이었다. 아내가 세상을 떠났을 때 그는 외로움을 느꼈다. 그래서 작업장 동료에게 부탁하여 아주 어린 강아지 한 놈을 얻어 왔다. 처음에는 우유를 먹여서 기르지 않으면 안 되었다. 그러나 개의 수명은 사람의 수명보다 짧으므로, 그들은 함께 늙고 말았다.

"그놈은 성미가 못되어서 가끔 입에다 부리망을 씌우곤 했었지요."
하고 살라마노는 말하였다.

"그렇지만 좋은 개였어요."

혈통이 좋은 개였다고 내가 말을 하였더니, 살라마노는 만족해하는 눈치로,

"게다가."
하고 덧붙여 말했다.

"병에 걸리기 전에 보신 일이 없으시죠? 털이 정말 아름다웠어요. 정말이에요."

개가 피부병에 걸린 다음부터는 매일 아침 저녁으로 살라마노는 연고를 발라 주었었다. 그러나 노인의 말에 의하면 개의 진짜 병은 노쇠(老衰)였고 노쇠란 고칠 수 없는 것이다.

그때 내가 하품을 하자 노인은 가겠노라고 말하였다. 나는 좀더 있어

도 괜찮다고 말하고 개가 그렇게 된 것을 딱하게 생각한다고 하였더니 고맙다고 했다. 그리고 어머니가 그 개를 귀여워했었다고 말했다. 어머니의 이야기를 하면서 그는 '가엾은 자당님'이라고 말했다. 어머니가 세상을 떠난 이후로 내가 매우 섭섭할 것이라고 그는 말하였지만, 나는 아무런 대답도 하지 않았다. 그러자 그는 빠른 말투로 어색한 얼굴을 하며 동네에서는 어머니를 양로원에 넣은 탓으로 나를 나쁘게 생각하고 있다는 것을 알고 있지만, 그는 내가 어떤 사람인지 잘 알며, 내가 어머니를 퍽 사랑했었다는 것도 알고 있노라고 말하였다. 왜 그랬는지는 모르겠지만 나는 그 때문에 내가 악평을 받고 있다는 것은 아직 모르고 있었다. 나에게는 어머니를 간호할 만한 돈이 없었으므로, 양로원에 가시게 한 것은 마땅한 처사로 생각된다고 대답하였다.

"그리고 오래 전부터 어머니는 내게 하실 말씀도 없어서 외롭고 적적해하시던 걸요."

하고 덧붙였더니 그는,

"그러믄요. 양로원에선 친구라도 생기지요."

하고 말했다. 그리고 그는 자리에서 일어섰다. 가서 자려는 것이었다. 이제 그의 생활이 변한 것이다. 앞으로 어떻게 하면 좋을지 모르겠다고 했다. 그와 알게 된 후 처음으로 그는 슬그머니 나에게로 손을 내밀었다. 내 손에 그의 피부의 비늘이 느껴졌다. 그는 약간 웃어 보이고, 방을 나서려다가,

"오늘 밤엔 개들이 제발 짖지 않았으면 좋으련만. 우리 집 개가 아닌가 하는 생각이 자꾸 들어요."

하고 말하였다.

6

일요일 날은 좀처럼 잠이 깨지 않았다. 마리가 와서 나의 이름을 부르고 흔들어 깨워야만 했다. 우리는 일찍부터 해수욕을 하고 싶어 아침도 먹지 않았다. 나는 속이 텅 빈 것 같고 머리가 조금 아팠다. 담배를 피워도 맛이 없었다. 마리는 나더러 '초상집에 온 사람 같은 얼굴'을 하고 있다고 놀려댔다. 마리는 흰 옷을 입고 머리를 풀어 늘어뜨리고 있었다. 예쁘다고 말하니까 그녀는 기뻐하며 웃었다.

내려오는 길에 우리는 레이몽의 방문을 두드렸다. 레이몽은 곧 내려온다고 대답했다. 길가로 나서니 피곤하기도 했지만 또 덧문을 열지 않고 있었던 탓으로 벌써 가득 퍼진 햇볕에 나는 마치 따귀라도 얻어맞은 것 같았고 마리는 기뻐서 깡충깡충 뛰며 날씨가 좋다고 몇 번이고 되풀이하여 말했다. 기분이 좀 나아지자 나는 배가 고픈 것을 깨달았다. 이런 이야기를 마리에게 하니까 그녀는 우리들 두 사람의 수영복과 수건만 들어 있는 헝겊 가방을 열어 보였다. 기다리는 수밖에 없었다. 이윽고 레이몽이 그의 방문을 닫는 소리가 들렸다. 그는 푸른 바지와 소매가 짧은 흰 셔츠를 입고 있었다. 게다가 밀짚모자를 쓰고 있어서 마리는 웃음을 터뜨렸다. 그의 팔은 매우 희었지만 검은털로 덮여 있었다. 그것이 조금 보기 싫었다. 그는 휘파람을 불면서 내려왔는데 자못 만족스러운 눈치였다. 레이몽은 나에게,

"잘 잤나, 친구."

하고 말한 다음 마리를 '마드무아젤'이라고 불렀다.

어제 우리는 경찰서에 함께 가서, 나는 그 여자가 레이몽을 '속였다'

고 증언했다. 레이몽은 경고 처분만을 받고 풀려 나왔다. 나의 진술을 트집잡는 사람은 없었다. 문 앞에서 레이몽과 의논을 하여 우리는 버스를 타기로 결정하였다. 바닷가는 그다지 멀지는 않았으나, 그렇게 하면 더 빨리 갈 수 있기 때문이다. 레이몽은 그의 친구도 우리가 일찍 오는 것을 기뻐하리라고 생각하고 있었다. 우리는 막 길을 떠나려던 참이었는데, 갑자기 레이몽이 맞은편을 보라는 시늉을 하였다. 아라비아 사람들 한패가 담배가게 진열창에 기대어 서 있는 것이었다. 그들은 묵묵히 우리를 바라보고 있었는데 마치 우리들이 돌이나 죽은 나무 이외의 아무것도 아니라는 투였다. 왼편으로부터 둘째 녀석이 그놈이라고 레이몽이 말하였는데, 그는 걱정스러운 눈치였다. 그렇지만 그건 이젠 끝나 버린 이야기라고 덧붙었다. 마리는 영문을 몰라서 무슨 일이 있었느냐고 물었다. 아라비아 사람들이 레이몽에게 원한을 품고 있는 것이라고 나는 대답하였다. 마리는 곧 출발하기를 원하였다. 레이몽은 몸을 젖히고 서둘러야 하겠다고 말하고는 웃었다.

우리들은 조금 떨어진 정류장으로 갔다. 아라비아 사람들은 따라오지 않는다고 레이몽이 나에게 알려 주었다. 나는 뒤를 돌아다보았다. 그들은 있던 자리에 그냥 서서 우리들이 떠나온 곳을 여전히 무관심한 태도로 바라보고 있었다. 우리는 버스에 올랐다. 레이몽은 아주 안심한 빛으로 마리에게 줄곧 농담을 하고 있었다. 마리가 마음에 든 눈치였는데 마리는 거의 아무 대답도 하지 않고 이따금 웃으면서 레이몽을 쳐다볼 뿐이었다.

우리는 알제리 교외에 내렸다. 바닷가는 정류장에서 멀지 않았다. 그러나 바다를 굽어보며 경사진 조그만 언덕을 지나지 않으면 안 되었다. 언덕에는 이미 푸른빛 하늘 바탕 위로 노란 돌들과 하얀 국화들이 뒤덮여 있었다. 마리는 헝겊 가방을 휘둘러 꽃잎을 떨어뜨리는 장난을 하고 있었다.

　우리는 푸른빛과 흰빛의 울타리를 둘러싼 작은 별장들이 늘어선 사이를 걸어갔다. 별장의 어떤 것들은 베란다까지 타마리스크 나무 속에 파묻히고, 어떤 것들은 바위 가운데 덩그렇게 서 있었다. 언덕 끝에 이르기 전에 벌써 움직이지 않는 바다가 눈앞에 나타나고 멀리 맑은 물속에 조는 듯 육중한 육지가 갑(岬)이 되어 뻗어 있는 것이 보였다. 가벼운 모터 소리가 고요한 대기를 거쳐 우리들에게로 올라왔다. 저 멀리 조그만 어선 한 척이 반짝이는 바다 가운데로 움직이는 듯 마는 듯 가고 있었다. 마리는 창포(菖蒲)를 몇 송이 꺾었다. 바다로 내려가는 언덕길에서 바라보니 벌써 바닷가에는 수영하는 사람들이 여럿 있었다.

　레이몽의 친구는 해변 기슭의 조그만 나무 별장에 살고 있었다. 집은 바위를 등지고 있었는데, 앞쪽 밑에 버틴 기둥들은 물 속에 잠겨 있었다. 레이몽이 우리를 소개했다. 친구는 마송이라는 이름이었는데, 어깨가 딱 벌어진 육중하고 키가 큰 사람으로 파리 말씨를 쓰고 동그랗고 얌전하게 생긴 조그만 여자와 함께 있었다. 그는 곧 우리들에게 거리낌없이 터놓고 사귈 것을 권하고, 바로 그 날 아침에 낚아 온 생선 튀김이 있다고 말하였다. 내가 그의 집이 어쩌면 그렇게도 아담하냐고 말하였더니 그는 토요일과 일요일 그리고 휴일마다 이 별장에 와서 지낸다는 것이었다.

　"물론 제 아내하고 함께 옵니다."
하고 그는 덧붙였다. 그의 아내는 마리와 함께 웃고 있었다. 아마 그때 처음으로 나는 마리와 결혼할 것을 진정으로 생각했던 것 같다.

　마송이 수영하러 가자고 하였으나 그의 아내와 레이몽은 가고 싶어 하지 않았다. 우리들 셋이서 바닷가로 내려가자 마리는 곧 물 속으로 뛰어들었다. 마송과 나는 잠시 동안 기다렸다. 그는 천천히 말을 하는 것

이었는데, 말끝마다,

"그뿐만 아니라."

하고 덧붙이는 버릇이 있었다. 실제로 그의 이야기의 뜻에는 보충하는 것이 없을 때에도 그러는 버릇이 있었다. 마리에 관해서는,

"아주 그만입니다. 그뿐만 아니라 매력도 있구요."

하고 말했고, 이윽고 나는 햇빛이 기분 좋게 전신에 스며드는 것을 느끼며 그것에 정신이 팔려서 그의 버릇에는 주의를 하지 않게 되었다. 발밑에서 모래가 뜨거워지기 시작했다. 물 속으로 들어가고 싶은 욕망을 좀더 참았다가 나는 마송에게,

"들어가 볼까요?"

하고 말한 다음 뛰어들었다. 마송은 천천히 물 속으로 들어가 발이 바닥에 닿지 않게 되어서야 몸을 던졌다. 그는 개구리 헤엄을 쳤으나, 퍽 서툴러서 나는 그를 남겨두고 마리에게로 쫓아갔다. 물은 차가웠다. 헤엄을 치니 유쾌하였다. 마리와 함께 멀리 헤엄쳐 갔다. 그리고 우리는 동작과 만족감에 있어 서로 일치함을 느낄 수 있었다.

바다 한가운데로 나가서 우리는 몸을 띄웠다. 하늘로 향한 얼굴 위에는 태양은 입으로 흘러내리는 물의 장막을 걷어 주었다. 우리는 마송이 모래사장에서 햇볕을 쬐려고 눕는 것을 보았다. 그와의 거리는 멀었지만 그는 큼직하게 보였다. 마리는 나와 함께 헤엄을 치고 싶어하였다. 나는 뒤로 돌아가 마리의 허리를 붙잡고 마리가 팔을 놀려 앞으로 나아가는 것을 발을 움직여서 도와주었다. 고요한 아침에 철썩거리는 물소리가 우리들 곁을 떠나지 않아, 마침내 나는 지치고야 말았다. 나는 마리를 남겨 두고 숨을 크게 쉬면서 규칙적으로 헤엄을 쳐서 돌아왔다. 바닷가로 나와서 나는 마송 곁에 배를 깔고 엎드려 모래 속에 얼굴을 파묻었다.

"참 기분이 좋은데요."

하고 말했더니 그도 그렇다고 말했다. 이윽고 마리가 왔다. 나는 고개를 돌려 마리가 걸어오는 것을 바라보았다. 소금물에 젖은 몸은 미끈거려 보였으며 머리칼을 뒤로 늘어뜨리고 있었다. 마리와 나는 옆구리를 맞대고 누웠는데 그녀의 체온과 뜨거운 햇볕 때문에 잠이 몰려왔다.

마리가 나를 흔들어 깨우며 마송은 벌써 집으로 돌아갔으며 점심을 먹어야 할 때가 되었다고 말하였다. 나는 배가 고팠으므로 곧 일어섰다. 그러나 마리는 아침부터 내가 한 번도 키스를 해 주지 않았다고 말하였다. 그것은 사실이었다. 나도 키스를 하고 싶기는 했었다.

"물에 들어가서."

하고 마리가 말했다. 우리는 뛰어가서 곧장 물결 속에 몸을 눕혔다. 몇 번 팔을 저어 헤엄쳐 가다가 마리는 나에게로 달라붙었다. 그녀의 다리가 나의 다리에 휘감기는 것을 느끼자 나는 그녀에 대해 욕정을 느꼈다. 우리들이 돌아가려하자 마송은 벌써 우리를 부르고 있었다. 배가 고프다고 말하였더니 마송은 곧 내가 자기의 마음에 들었노라고 그의 아내에게 말하였다. 빵이 맛있었고 나는 내 몫의 생선을 맛있게 먹었다. 마송은 자주 포도주를 마시고 나에게도 줄곧 따라 주었다. 커피를 가져왔을 때는 머리가 좀 무거워서 나는 담배를 많이 피웠다. 마송과 레이몽 그리고 나는 공동 비용으로 8월을 해변에서 지낼 것을 의논하였다. 마리가 갑자기,

"지금 몇 신지 아세요? 11시 반이에요."

하고 말했다. 우리들은 모두 놀랐다. 그러나 마송은 점심을 너무 일찍 먹기는 했지만, 배가 고플 때가 결국 식사 시간이니까 별로 이상할 것은 없다고 말했다. 그 말을 들은 마리가 왜 웃었는지 나도 모르겠다. 아마 포도주를 좀 지나치게 마신 탓이었을 것이다. 그러자 마송이 함께 바닷

가를 산책하지 않겠느냐고 나에게 물었다.

"제 아내는 점심을 먹은 뒤엔 반드시 낮잠을 자는데, 나는 그것이 싫어요. 난 걸어야 합니다. 건강에는 그것이 좋다고 늘 하는 말이지만, 어쨌든 제가 하고 싶은 대로 할 수밖에 없지요."

마리는 마송 부인을 거들어서 설거지를 하기 위해 남아 있겠노라고 말하였다. 그러자면 남자들을 밖으로 내보내야 한다고 키가 작은 파리지엔 주부는 말했다. 우리는 셋이서 바닷가로 내려갔다.

햇볕은 거의 수직으로 모래 위에 쏟아져 내려 바다 위에 반사하는 그 빛은 견디기 어려울 지경이었다. 바닷가에는 아무도 없었다. 언덕을 따라 바다 위로 솟은 작은 별장들 안에서는 접시며 포크, 스푼의 덜그럭거리는 소리가 들려 오고 있었다. 땅에 깔린 돌에서 올라오는 그 열기 속에서는 숨조차 쉬기 어려웠다. 처음 레이몽과 마송은 내가 알지 못하는 일과 사람들 이야기를 하였다. 그들이 오래 전부터 아는 사이라는 것과 한때 그들은 같이 산 일도 있었다는 사실을 나는 알았다.

우리들은 물가로 가서 바다를 끼고 걸었다. 때때로 잔물결이 길게 밀려와서 우리들의 헝겊 신발을 적시는 것이었다. 나는 모자를 쓰지 않은 머리 위로 내리쬐는 태양 때문에 반쯤 졸고 있었으므로 아무것도 생각할 수 없었다.

그때 레이몽이 마송에게 무엇인가를 말했지만 나는 잘 듣지 못했다. 그러나 그와 동시에 나는 바닷가 저편 끝 멀리서 푸른 화부(火夫) 작업복을 입은 아라비아 사람 둘이 우리들에게로 걸어오고 있는 것을 보았다.

레이몽을 쳐다보았더니 그는,

"그자식이야."

하고 말했다. 우리들은 걸음을 멈추지 않았다. 마송은 그들이 어떻게 여기까지 우리를 따라올 수 있었을까 하고 이상하게 여기는 눈치였다.

우리들이 해수욕 가방을 가지고 버스를 타는 것을 그들이 보았던 것이라고 나는 생각하였으나 아무 말도 하지 않았다.

아라비아 사람들은 천천히 걸어오고 있었는데, 벌써 상당히 거리가 가까워졌다. 우리들은 속도를 바꾸지 않고 걸었다.

"싸움이 벌어지면 마송, 자넨 둘째 녀석을 붙들게. 저 녀석은 내가 맡을게. 뫼르소, 자네는 또 다른 놈이 오면 맡게."

하고 말했다. 나는,

"그러지."

하고 말했고, 마송은 두 손을 주머니 속에 넣었다. 뜨겁게 달아오른 모래가 나에게는 빨갛게 보였다. 우리는 이러한 걸음으로 아라비아 사람들에게로 걸어갔다. 그들과 우리들 사이의 거리는 점점 줄어들었다. 몇 걸음 되지 않는 간격을 두고 서로 가까워졌을 때, 아라비아 사람들이 멈춰 섰다. 마송과 나는 걸음을 늦추었다. 레이몽은 바로 그가 맡은 녀석에게로 갔다.

나는 그가 뭐라고 했는지 못 들었으나, 아라비아 녀석이 머리로 받는 시늉을 하였다. 마송은 미리 지목했던 녀석에게로 가서 힘껏 두 번 후려 갈겼다. 상대편 녀석은 얼굴을 바닥에 틀어박고 물 속에 나동그라졌다. 그러고는 잠시 그대로 있었는데, 머리께로부터 거품이 물 위로 뽀글거리고 있었다. 레이몽이 또 때렸기 때문에 상대편 녀석은 얼굴이 온통 피투성이가 되었다. 레이몽은 나에게로 고개를 돌리고,

"자식, 꼬락서니 좀 봐."

하고 말했다. 나는,

"조심해, 그놈은 단도를 가졌어!"

하고 외쳤으나, 레이몽은 이미 팔을 찔리고 입을 찢겼다.

마송이 앞으로 뛰어나갔으나, 또 다른 아라비아 사람도 일어나서 무기를 가진 녀석 뒤로 가서 섰다.

우리들은 움직이지 않았다. 그들은 우리에게서 눈을 돌리지 않고 단도로 위협을 하면서 천천히 발걸음질쳐서 충분한 거리가 되었다고 생각하자, 부리나케 달아나 버렸다. 그 동안 우리들은 햇살 아래 못 박힌 듯 우두커니 서 있었고, 레이몽은 피가 흐르는 팔을 움켜쥐고 있었다.

마송은 곧 일요일마다 언덕 별장으로 와서 지내는 의사가 있다고 말하였다. 레이몽은 즉시 가자고 하였으나, 이야기를 할 때마다 상처에서 흐르는 피가 입 속에서 거품처럼 뿜어 나왔다. 우리는 그를 부축하여 급히 별장으로 돌아왔다. 거기서 레이몽이 상처는 가벼우니까 의사에게 갈 수 있다고 말했다. 그는 마송과 함께 가기로 하고, 나는 남아서 여자들에게 사건 이야기를 하여 주었다. 마송 부인은 울고 있었고 마리는 파랗게 질려 있었다. 나는 그녀에게 설명을 하는 게 귀찮아져서 이야기를 끊어 버리고 담배를 피우면서 바다를 바라보았다.

1시쯤에 레이몽이 마송과 함께 돌아왔다. 그는 팔에 붕대를 감고 입가에는 반창고를 붙이고 있었다.

의사는 대수롭지 않다고 하였으나 레이몽은 침울한 낯을 하고 있었다. 마송이 웃기려고 애를 써 봤지만 레이몽은 여전히 말이 없었다. 바닷가로 내려간다고 하기에 어디로 가느냐고 물었더니 바람을 쐬고 싶다고 대답하였다. 마송과 나도 함께 가겠다고 했더니 레이몽이 화를 내며 우리들에게 욕지거리를 퍼부었다. 마송은 그의 비위를 건드리지 말아야 한다고 잘라서 말했지만 나는 그래도 그의 뒤를 따랐다.

우리들은 오랫동안 해변을 걸었다. 태양은 마치 내리누르는 듯하였다. 햇빛은 모래와 바다 위에 부서져 반짝이고 있었다. 나는 레이몽이 가는 곳을 알고 있는 것 같은 생각이 들었지만 아마 꼭 그렇지 않을지도 모른다.

바다 끝까지 가서 우리는 마침내 커다란 바위 뒤에서 바다로 향하여 모래사장 위를 흐르고 있는 조그만 샘가에 이르렀다. 거기서 우리는 그 아라비아 사람들을 다시 만났다. 그들은 기름기가 밴 작업복을 입고 누워 있었다. 마음이 거의 가라앉은 듯 아주 태연스러운 얼굴이었다.

레이몽을 찌른 녀석도 아무 말 없이 레이몽을 바라보고 있었다. 또 한 녀석은 작은 갈대 피리를 불고 있었는데, 곁눈으로 우리를 바라보며 그 악기로 낼 수 있는 세 가지 소리를 되풀이하는 것이었다.

그 동안 거기엔 다만 햇볕과 침묵이 있을 뿐이었다. 그리고 졸졸 흐르는 샘물 소리와 피리의 세 가지 음향이 들릴 뿐이었다. 레이몽은 주머니의 피스톨에 손을 대었으나 상대편은 움직이지 않았다. 둘은 서로 마주 바라보고 있었다. 나는 피리를 불고 있는 녀석의 발가락이 몹시 벌어진 것을 보았다.

레이몽은 상대편에게서 눈을 떼지 않고,

"쏘아 버릴까."

하고 물었다.

그만두라고 하면 그는 제풀에 화를 내어 기어코 쏘고야 말 것이라고 나는 생각하였으므로, 다만,

"저 녀석은 아직 아무 말도 없는데, 이대로 쏘아 버린다는 건 비겁한 걸."

하고 말했을 뿐이다. 침묵과 무더운 햇볕 속에서, 여전히 물과 피리의 작은 소리가 들렸다.

이윽고 레이몽이,

"그럼 저 녀석에게 욕을 해 줘야겠군. 대답하면 쏘지."

하고 말하기에 나는,

"그래, 하지만 녀석이 단도를 뽑지 않으면 쏠 수는 없겠지."
하고 대답했다.

레이몽은 조금 화를 내기 시작했는데, 상대편은 여전히 피리를 불고, 둘이 다 레이몽의 거동을 일일이 살피고 있었다.

"쏘아선 안 돼. 사나이답게 일 대 일로 맞서. 그 권총은 이리 줘. 만약에 다른 녀석이 뛰어들든지, 저 녀석이 단도를 뽑든지 하면 내가 쏘아 버릴 테니까."

레이몽이 권총을 나에게 주었을 때, 그 위로 햇빛이 반사하여 번쩍거렸다. 그러나 우리들은 마치 모든 것을 우리들의 주위를 둘러막은 듯이 그대로 움직이지 않고 있었다. 우리들은 눈을 내리깔지 않고 서로 마주 노려보고 있었으며, 여기에서는 모든 것이 바다와 모래와 태양, 피리 소리와 물 소리로 인해 더욱 두드러진 이중의 침묵 속에 머무르고 있었다. 그 순간 나는 권총을 쏠 수도 있고 쏘지 않을 수도 있었지만 쏘아도 좋고 쏘지 않아도 좋을 것이라고 생각하였다. 그러나 갑자기 아라비아 사람들이 뒷걸음질을 하며 바위 뒤로 달아나 버렸다.

레이몽과 나는 왔던 길을 되돌아갔다. 레이몽은 기분이 좀 가라앉은 듯, 집으로 돌아갈 버스 이야기를 하였다.

나는 별장까지 그와 함께 갔다. 그리하여 레이몽이 나무 층계를 올라가야 하며 다시 여자들과 마주 봐야 할 것을 생각하니 맥이 풀렸던 것이다. 그러나 더위가 너무 심했으므로 하늘에서 쏟아지는 눈부신 햇살을 받으며 우두커니 서 있기도 괴로운 일이었다. 여기 있거나 어디로 나가거나 결국 마찬가지였다.

잠시 뒤에 나는 바닷가로 돌아서서 걷기 시작하였다.

아까와 다름없이 모든 것이 붉게 어른거리고 있었다. 모래 위에서 바다는 잔 물결로 숨이 막혀 급한 숨결로 허덕이고 있었다. 나는 천천히 바위들이 있는 곳으로 걸어가고 있었는데, 햇볕에 쬐어 머리가 부푼 것 같았다.

더위 전체가 내 위로 몰려와 걸음을 막는 것이었다. 그리하여 얼굴 위에 무더운 바람이 와 닿을 때마다 이를 악물고 주머니 속의 주먹을 움켜쥐고 태양과 열기가 쏟아 놓는 짙은 취기(醉氣)를 견디어 내려고 있는 힘을 다하여 몸을 버티는 것이었다. 모래나 흰 조개 껍데기나 유리 조각에서 빛이 칼날처럼 번쩍거릴 때마다 턱이 움찔하였다. 나는 오랫동안 걸었다.

햇볕과 바다의 수분으로 눈부신 후광(後光)에 둘러싸인 거무스름한 바위 덩어리가 조그맣게 멀리 바라다보였다.

나는 바위 뒤의 서늘한 샘을 생각했다. 나는 그 물의 속삭임을 다시 듣고 싶었고, 태양과 더위와 싸우는 노력과 여자의 울음 소리를 피하고 싶었으며, 그리고 그늘과 휴식을 그 곳에서 찾고 싶었다. 그러나 가까이 갔을 때 레이몽과 싸운 녀석이 다시 돌아와 있는 것을 보았다.

그는 혼자였다. 반듯이 드러누워 있었는데 두 손을 목 밑에 괴고 얼굴만 바위 그늘 속에 넣고 온몸에 햇볕을 받고 있었다. 푸른 작업복이 더위 속에서 김을 올리고 있었다. 나는 조금 당황했다. 나로서는 그 사건은 이미 끝난 것으로 믿었으므로 그 일은 생각지도 않고 이리로 왔던 것이었다.

그는 나를 보자 조금 몸을 위로 일으키고 주머니에 손을 넣었다. 물론 나도 웃옷 속에 들어 있는 레이몽의 권총을 움켜쥐었다. 그러더니 그는 다시 몸을 젖혀 누워 버렸으나 주머니에서 손을 빼지는 않았다.

나는 그에게서 퍽 멀리 한 십여 미터쯤 떨어져 있었다. 반쯤 감은 그의 눈꺼풀 사이로 이따금 그의 시선이 새어나오는 것을 짐작할 수 있었다. 그러나 쉴새없이 그의 모습은 타는 듯한 대기 속에서, 나의 눈앞에서 어른거리고 있었다.

물소리는 정오보다도 더욱 게으르고 가라앉아 있었다. 그때나 지금이
나 다름없는 모래 위에 태양, 또는 빛이 그대로 여기에도 연장되고 있었
다. 벌써 2시간 전부터 낮[晝]은 걸음을 멈추고, 끓는 금속 같은 바닷속
에 닻을 던졌던 것이다. 수평선 위로 조그만 증기선이 지나갔다. 내가
한쪽 눈으로 그것을 검은 얼룩처럼 느낀 것은 아라비아 사람에게서 눈
을 떼지 않고 있었기 때문이다.

내가 뒤로 돌아서기만 하면 그것으로 아무 일도 없을 것이라고 생각
되었으나 햇볕에 뜨는 해변이 뒤에서 밀려 들고 있었다. 나는 샘으로 향
하여 몇 걸음 나섰다. 아라비아 사람은 움직이지 않았다. 그는 그래도
아직 내게서 꽤 멀리 떨어져 있었던 것이다. 아마도 얼굴 위에 덮인 그
늘 탓이었는지 웃고 있는 듯하였다.

나는 기다렸다. 뜨거운 햇볕에 뺨이 타고 땀방울이 눈썹에 맺히는 것
을 느꼈다. 그것은 어머니의 장례식을 치른 그 날과 똑같은 태양이었다.
그 날처럼 특히 머리가 아프고 이마의 모든 핏줄이 피부 밑에서 한꺼번
에 뛰고 있었다.

그 햇볕의 뜨거움을 견디지 못하여 나는 한 걸음 앞으로 나섰다. 나
는 그것이 어리석은 짓이며, 한 걸음 옮겨 놓는다고 해서 태양으로부터
벗어날 수 없다는 것을 알고 있었다. 그렇지만 나는 한 걸음, 다만 한
걸음 앞으로 나섰던 것이다. 그러자 이번에는 아라비아 사람이 몸을 일
으키지는 않고 단도를 뽑아서 태양에 비춰 나에게로 겨누었다. 빛이 강
철 위로 부딪치는 것 같았다. 그와 동시에 눈썹에 맺혔던 땀이 한꺼번에
눈꺼풀 위로 흘러내려 미지근하고 두꺼운 베일로 눈을 덮었다. 이 눈물
과 소금의 커튼에 가리어서 나의 눈은 보이지 않았다. 다만 이마 위에
울리는 태양의 심벌즈 소리와 여전히 내 앞에서 번쩍이는 단도로부터

퉁겨나오는 눈부신 빛의 칼날을 느낄 수 있을 뿐이었다. 그 불타는 검(劍)은 나의 속눈썹을 자르고 고통스러운 눈을 파헤치는 것이었다. 모든 것이 동요한 것은 바로 그때였다.

바다는 두껍고 뜨거운 바람을 실어 왔다. 하늘은 활짝 열리며 불을 쏟는 듯하였다. 나의 모든 존재가 긴장했고 나는 권총을 움켜쥐었다. 방아쇠가 밀려나고, 나는 총신(銃身)의 반짝이는 배를 만졌다. 그리하여 메마르고 귀가 멍멍해지는 굉음(轟音)과 함께 모든 것이 시작되었던 것이다. 나는 땀과 태양을 떨쳐 버렸다. 한낮의 균형과 내가 행복을 느끼고 있던 바닷가의 특이한 침묵을 파괴해 버린 것을 느꼈다. 이어서 나는 그 움직이지 않는 몸뚱이에 다시 네 방을 쏘았다. 총탄은 깊이 보이지도 않게 틀어박혔다. 그것은 마치 내가 불행의 문을 두드린 네 번의 짧은 소리와도 같았다.

제 2 부

1

체포되자 곧 나는 여러 번 심문을 받았다. 그러나 그것은 신원 확인을 위한 심문이어서 오래 계속되지 않았다. 처음에 경찰서에서는 나의 사건에 아무도 흥미를 느끼는 것 같지 않았다. 그런데 1주일 뒤 예심 판사는 유심히 나를 바라보았다. 그러나 처음에는 다만 나의 이름과 주소, 직업, 생년 월일과 출생지를 물었을 따름이다. 그리고는 내가 변호사를 택했는지 알고 싶어하였다. 나는 택하지 않았다고 말하고, 변호사를 반드시 세워야만 하느냐고 물었더니,

"왜 그러시죠?"

하고 그는 말했다. 나의 사건은 매우 간단한 것으로 생각한다고 나는 대답했다. 그는 웃으면서 이렇게 말했다.

"그것은 당신의 의견이겠지요. 그러나 법이라는 게 있어요. 당신이 변호사를 택하지 않으면 우리들이 직무에 따라 선정(選定)할 것입니다."

법 제도가 그러한 자질구레한 일까지 해 주는 것은 매우 편리하다고 생각했다. 그러한 말을 판사에게 하니까, 그는 동의를 표하고 법률은 참

으로 잘 되어 있는 것이라고 결론을 내렸다.

나는 처음엔 그를 탐탁하게 생각하지 않았었다. 그는 커튼을 둘러친 방에서 나를 맞았다. 그의 테이블 위에 등불이 하나 놓여 있어 그것이 내가 앉은 안락의자만을 비추고 있었을 뿐, 그는 어둠 속에 앉아 있었다. 그러한 묘사를 전에 나는 책에서 읽은 일이 있었고 모두가 어린아이의 장난 같았다.

이야기가 끝난 뒤에 그를 살펴보았다. 섬세한 얼굴 모습에 푸른 눈은 깊숙이 들어가 있었고, 키가 크고 회색 수염은 길게 기르고 숱이 많은 머리털은 거의 백발에 가까운 것을 알 수 있었다. 그는 지각이 있어 보였고 입을 비트는 신경질적인 버릇이 있기는 하였으나, 따져 보면 결국 호감을 가질 수 있을 것 같았다. 방을 나서면서 나는 그에게 손을 내밀려고까지 하였던 것이다. 그러나 그 순간 내가 사람을 죽였다는 사실을 상기했다.

이튿날 변호사 한 사람이 형무소로 찾아왔다. 키가 작고 뚱뚱한 남자였는데 나이는 매우 젊고 머리칼은 정성스럽게 빗어 붙였다. 날씨가 무더웠음에도 불구하고(나는 셔츠 바람이었다) 어두운 빛깔의 옷을 입고, 빳빳한 칼라에 검고 흰 줄 무늬가 있는 이상한 넥타이를 매고 있었다. 겨드랑이에 끼고 들어온 가방을 내 침대 위에 놓고 나서 그는 자기 소개를 하고 내 서류를 검토해 보았다고 말하였다.

이 사건은 어렵긴 하지만 내가 그를 신뢰한다면 재판에 이길 것을 의심치 않는다는 것이었다.

내가 고맙다고 하니까 그는,

“문제의 요점으로 들어갑시다.”

하고 말했다.

그는 침대 위에 앉은 다음 나의 사생활에 관하여 여러 가지로 정보를 수집하였노라고 설명하였다. 최근 양로원에서 어머니가 사망한 사실을 알게 되어서, 마랑고에서 수사가 진행되었으며 어머니의 장례식 날 내가 냉정한 태도를 보였다는 사실을 예심 판사가 알았다는 것이었다.

"당신에게 이런 것을 묻는 것은 거북한 일이지만, 이건 매우 중요합니다. 그리고 만약 내가 거기에 답변할 수 없다면 그것은 기소(起訴)의 중대한 논거가 될 것입니다."
하고 변호사는 말하였다. 내가 그에게 협력하여 줄 것을 그는 요구했다. 그날 슬프더냐고 그는 나에게 물었다. 이 질문은 나를 몹시 놀라게 하였다. 만약에 내가 그런 질문을 해야만 할 처지라면 나는 매우 어색했을 것이라고 생각되었다. 그러나 나는 자문하여 보는 습관이 없어서 정확하게 설명할 수는 없다고 대답했다. 물론 나는 어머니를 사랑하였으나 그러나 그런 것은 아무런 의미도 없다. 건강한 사람은 누구나 조금은 사랑하는 사람들의 죽음을 바라는 일이 있는 법이다. 그러자 변호사는 내 말을 가로막고 매우 흥분한 듯이 보였다. 그는 그러한 말은 법정에서나 예심 판사의 방에서는 하지 않겠다는 약속을 나에게 시켰다. 그러나 나에게는 육체적 요구가 흔히 감정을 방해하는 성질이 있다고 나는 그에게 설명해 주었다. 어머니의 장례식이 있었던 날 나는 매우 피곤해서 졸음이 왔었다. 그렇기 때문에 그 날 무슨 일이 있었는지 잘 알 수가 없었다. 내가 확실히 말할 수 있는 것은 어머니가 죽지 않았더라면 좋았을 것이라는 사실이었다. 그러나 나의 변호사는 불만스런 눈치였다.

"그것만으로는 충분하지 못합니다."
하고 그는 나에게 말했다.

잠시 생각을 하더니, 그는 그 날 내가 자연적 감정을 억제하였다고 말할 수 있느냐고 물었다.

"그건 사실이라고 할 수 없습니다."

하고 나는 대답하였다. 그는 내가 그에게 약간 혐오감을 느끼게 한 듯이, 이상한 눈초리로 나를 바라보았다.

"어쨌든 양로원의 원장과 사무원들은 증인으로서 심문을 받을 것이오. 그러면 당신에게 퍽 불리한 결과가 될지도 모릅니다."
라고 모질게 말하였다. 그런 이야기는 내 사건과 아무 관계도 없다는 것을 나는 지적하였으나 그는 다만 내가 재판과 관계를 가져 본 적이 없다는 것은 그만하면 뻔히 알 수 있겠다고만 대답하였다.

그는 화가 난 태도로 나가 버렸다. 나는 그를 좀더 머무르게 하고 그의 호감을 얻고 싶다는 것, 그런데 그것은 더 잘 변호해 주기를 바라서가 아니라, 이를테면 자연히 그렇게 하고 싶은 생각이 들어서라는 것을 설명하고 싶었다. 무엇보다도 내가 그의 처지를 어색하게 만들고 있다는 것을 알고 있었다. 그는 나를 이해하지 못하고 좀 유감을 가지고 있었다. 나는 내가 다른 사람들과 똑같다는 것, 완전히 그들과 똑같다는 것을 그에게 말하고 싶었다. 그러나 그러한 모든 것은 결국 별로 효과도 없는 일이고 또 나는 게을러서 단념하고 말았다.

조금 뒤에, 다시 예심 판사 앞으로 안내되어 갔다. 오후 2시였는데 이번에는 그의 사무실은 얇은 커튼을 뚫고 새어드는 빛으로 가득 차 있었다. 매우 무더웠다. 그는 나를 앉힌 다음 퍽 정중하게 나의 변호사는 사고가 생겨서 오지 못하였다고 말해 주었다. 그러나 나로서는 그의 심문을 대답하지 않고, 변호사의 도움을 기다리는 권리를 갖고 있다는 것이었다. 혼자서라도 대답할 수 있다고 말하였더니, 그는 책상 위의 벨을 눌렀다. 젊은 서기가 와서 나의 바로 등 뒤에 자리잡고 앉았다.

우리들은 둘 다 안락의자에 푹 파묻혀 있었다. 그리고는 심문이 시작되었다. 판사는 먼저 사람들은 내가 말이 적고 틀어박혀 있으려는 성격을 가졌다고 하는데 어떻게 생각하느냐고 물었다.

"나에겐 별로 할 말이 없습니다. 그래서 말을 안 합니다."
하고 나는 대답했다. 그는 첫 심문 때처럼 빙그레 웃으면서, 그건 참 지당한 이유라고 말한 다음,
"그리고 그건 대수롭지 않은 일입니다."
하고 덧붙였다. 그는 이야기를 끊고 나를 보고 있더니, 이윽고 갑자기 어깨를 으쓱하면서,
"내가 알고 싶은 것은 당신입니다."
하고 빠른 어조로 말하였다. 나는 그가 무슨 말을 하는 것인지 알 수 없었으므로 아무 대답도 하지 않았다. 그는 이어서,
"당신의 행동에는 나로선 이해하기 곤란한 점들이 있는데, 그것을 이해할 수 있도록 당신이 도와 주리라고 나는 확신합니다."
하고 말했다. 나는 모두 지극히 간단한 일들뿐이라고 대답했다. 그 날의 사건을 이야기하라고 판사는 재촉했다. 나는 벌써 그에게 한 번 이야기한 것을 다시 요약하여 되풀이하였다. 레이몽, 바닷가, 해수욕, 싸움, 다시 바닷가, 조그만 샘, 태양, 다섯 방의 권총. 한 마디 할 때마다 그는,
"네, 네."
하고 말하는 것이었다. 쓰러진 시체에까지 이야기가 마치자 그는,
"좋습니다."
하면서 나의 이야기를 확인했다.

나는 그처럼 같은 이야기를 되풀이하는 것에 지쳤고, 그렇게 이야기를 많이 한 적은 여태껏 없었던 것처럼 생각되었다.

잠시 동안 아무 말이 없다가 그는 일어서서 나를 도와 주겠다고 하면서, 내가 퍽 재미있는 사람이고 하나님의 도움을 얻어 나를 위하여 무슨 일을 해 줄 수 있을 것이라고 말하였다. 그러나 먼저 그는 나에게 몇 가지 더 질문을 하고 싶어했다. 그러더니 다짜고짜로 어머니를 사랑했느

냐고 물었다.

"네, 다른 사람들과 마찬가지로 사랑했습니다."

하고 나는 대답했다. 그러자 그때까지 규칙적으로 타이프를 치고 있던 서기가 키를 잘못 짚었던지 당황해하더니 다시 고쳐 치는 듯하였다. 여전히 확연한 논리도 없이, 판사는 이번엔 다섯 방 연달아서 권총을 쏘았느냐고 물었다. 나는 잠시 생각을 하고 나서 처음에 한 방을 쏘고, 후에 다시 네 방을 쏘았다고 설명했다.

"첫째 번과 둘째 번 사이에 왜 기다렸습니까?"

하고 그는 또 물었다. 다시 한번 붉은 바닷가가 눈앞에 떠올랐고 뜨거운 햇볕을 이마 위에 느꼈다. 그런 나는 아무 대답도 하지 않았다. 그 뒤에 침묵이 계속되는 동안 판사는 흥분한 눈치였다. 의자에 걸터앉아 머리를 벅벅 긁고 책상 위에 팔꿈치를 괸 다음, 야릇한 표정으로 나에게 약간 몸을 굽혔다.

"왜, 왜지요? 당신은 땅에 쓰러진 시체를 쏘았습니까?"

그 물음에는 나는 대답할 수가 없었다. 판사는 두 손으로 이마를 짚고 목소리조차 약간 변하여,

"왜 그랬어요? 그것을 말해 줘야 합니다. 왜 그랬습니까?"

하고 되물었다.

나는 여전히 말을 하지 않고 있었다.

갑자기 그는 일어서서, 사무실 한끝으로 성큼성큼 걸어가더니 서류함의 서랍을 열었다. 거기서 은으로 만든 십자가를 꺼내 가지고, 그것을 휘두르며 나에게로 돌아왔다. 그리고는 여느 때와는 아주 다른, 거의 떨리는 목소리로 외쳤다.

"당신은 이것을, 이 사람을 압니까?"

"물론 압니다."

하고 나는 말했다. 그러자 그는 흥분하여 빠른 어조로 자기는 하나님을 믿는다는 것과, 하나님이 용서하지 않을 만큼 죄가 많은 사람은 하나도 없지만, 용서를 받으려면 우선 뉘우치는 마음으로 영혼이 비어 있는 어린아이처럼 되어 모든 것을 받아들일 준비를 하지 않으면 안 된다는 그의 신념을 말하였다. 그는 온몸을 책상 너머로 기울이고 십자가를 내 머리 위에서 휘두르다시피 하고 있었다.

사실을 말하자면 나는 그의 이론을 따르기가 매우 어려웠다. 첫째로 나는 몹시 더웠고 그의 사무실에 있는 큼직한 파리들이 내 얼굴에 달라붙었기 때문이며, 또 그의 태도에 좀 겁이 나기도 했기 때문이다. 그러나 그는 이야기를 계속하였다. 내가 대강 알아들은 바에 의하면, 그의 의견으로는 나의 고백에 오직 한 가지 모호한 점이 있다는 것이다. 즉 둘째 번 총을 쏘기 전에 기다렸다는 점이 그에게는 이해되지 않았다. 그 밖의 다른 것들은 잘 알겠다는 것이었다.

그가 고집을 부리는 것은 잘못이고 그 점은 그다지 중요하지 않다고 나는 그에게 말할까 생각했다. 그러나 그는 나의 말을 가로막고 다시 한 번 몸을 일으켜 하나님을 믿느냐고 물으면서 훈계를 하였다. 나는 믿지 않는다고 대답했다. 그는 화가 나서 앉아 버렸다. 그럴 수는 없다고 하며 누구나 비록 하나님의 얼굴을 보지 않고 외면하는 사람일지라도 하나님을 믿는 법이라고 말하였다. 그것이 그의 신념이요, 만약 그것을 의심해야만 한다면 그의 생애는 무의미해지고 말 것이라는 것이었다.

"나의 생애가 무의미하게 되기를 당신은 바랍니까?"
라고 그는 외쳤다. 내 생각으로는 그것은 나와는 아무 관계도 없는 일이어서 그에게 그렇다고 말했다. 그러나 책상 너머로 그는 벌써 그리스도의 십자가를 나의 눈 밑으로 내밀고 터무니없는 말투로 소리를 지르는 것이었다.

"나는 크리스천이야. 나는 이분에게 네가 지은 죄의 용서를 구하고 있어. 어째서 자네는 그리스도가 자네를 위해 괴로움을 당하셨다는 것을 믿지 않는단 말인가?"

나는 그가 나에게 반말을 쓰는 것을 알아차렸다. 그러나 나는 이제는 진절머리가 났다. 더위는 더욱 심해졌다. 별로 이야기를 듣고 싶지도 않은 사람으로부터 벗어나고 싶을 때 내가 늘 하는 것처럼 나는 그의 말을 수긍하는 척했다. 그랬더니 놀랍게도 그는 승리한 듯이,

"그것 봐, 자네도 믿지 않아? 하나님께 마음을 바치겠지?"

하고 말했다. 물론 나는 다시 한번 아니라고 하였다. 그는 다시 안락의자 위에 주저앉고 말았다.

그는 매우 피곤한 모양이었다. 그는 더 이상 아무 말도 없었으나 그동안에도 타이프는 우리들의 대화를 따라 마지막 이야기를 계속하여 치고 있었다.

그는 조금 슬픈 표정으로 나를 물끄러미 바라보고 나서,

"당신처럼 고집 센 사람은 처음 봅니다."

하고 중얼거렸다.

"내 앞으로 온 범인들은 이 고뇌의 형상을 보고는 모두 울었어요."

나는 그것은 바로 그들이 범인이었으니까 그렇다고 대답하려 하였다. 그러나 나도 그들과 같은 사람이라는 것을 생각했다. 그것은 나로서는 믿을 수 없는 생각이었다. 그때 판사가 일어섰다. 그것은 심문이 끝났다는 뜻인 것 같았다. 그는 여전히 좀 피곤한 표정으로 내가 한 일을 후회하고 있느냐고 물었다. 나는 생각을 좀 하고 나서 후회라기보다는 차라리 일종의 귀찮음을 느낀다고 대답했다. 나는 그가 나를 이해하지 못하는 듯한 인상을 받았다. 그 날은 그것으로 그치고 이야기는 더 진행되지 않았다.

　그 뒤 나는 여러 번 예심 판사를 만났다. 만날 때마다 나는 변호사와 같이 있었다. 이야기는 다만 나로 하여금 먼젓번에 한 나의 진술의 어떤 점을 좀더 자세히 말하게 하는 정도에 그쳤다. 그렇지 않으면 판사는 나의 변호사와 직무에 관한 토론을 하는 것이었다. 그러나 실상 그때마다 그들은 조금도 나에게 흥미가 없었다. 어쨌든 차츰차츰 심문의 방식이 달라졌다. 판사는 이미 나에게는 관심이 없는 것 같았고, 그는 이를테면 내 사건의 성격을 규정지어 버린 모양이었다. 그는 다시는 나에게 하나님 이야기를 하지 않았으며, 먼젓번처럼 흥분한 그를 다시 볼 수도 없었다. 그 결과로 우리들의 대화는 점점 친밀하여졌다. 몇몇 질문이 있고, 나의 변호사와 좀 이야기를 하고 나면 심문은 끝나는 것이었다.

　나의 사건은 판사 자신에 의하면, 착착 진척되어 가고 있었다. 어떤 때는 말이 일반적인 성질을 띠게 되면, 나도 거기에 한몫 끼곤하였다. 나는 그제야 숨을 쉴 수 있었다. 그런 때에는 아무도 나에게 심하게 굴지 않았기 때문이다. 모든 것이 자연스럽고 규칙적이고 침착하게 진행되어 나는 가족들 사이에 끼여 있는 것 같은 어처구니 없는 인상을 받는 것이었다. 그리하여 11개월 동안이나 계속된 예심을 치르고 나서 나는 이따금 판사가 그의 방 문까지 나를 배웅하고 어깨를 두드리며,

　"오늘은 끝났습니다. 반(反) 크리스천 양반."
하고 다정스럽게 이야기하여 주던 그 순간을 무엇보다도 즐겼었다는 사실에 스스로 놀라지 않을 수 없었다. 판사가 방 문을 나서면 나는 다시 간수의 손에 맡겨지는 것이었다.

2

이야기하고 싶지 않았던 일들도 있다. 형무소로 들어왔을 때, 나는 나의 생애의 그 시기를 이야기하고 싶지 않으리라는 것을 깨달았다.

그 뒤, 그러한 혐오감은 대수롭지 않게 생각되었다. 사실 처음에는 형무소에 있는 것이 아니었다. 나는 막연히 무언가 새로운 사건이 일어날 것을 기다리고 있었다. 모든 것이 시작된 것은 다만 마리의 최초의, 그리고 단 한 번의 방문을 받은 다음부터였다. 마리의 편지를 받은 날부터 (나의 아내가 아니라고 해서 이제는 면회를 허락하지 않는다고 마리는 말하고 있었다), 그 날부터 나는 감옥이 내 집이고 내 생활은 그 속에 한정되어 있음을 느꼈다.

체포되던 날 우선 나는 이미 여러 사람이 들어 있는 유치장에 갇히게 되었는데, 대부분이 아라비아 사람들이었다. 그들은 나를 보고 웃더니 무슨 짓을 했느냐고 물었다. 아라비아 사람을 한 놈 죽였다고 대답하니까 그들은 잠잠해졌다. 이윽고 저녁의 어둠이 찾아왔다. 그들은 누워서 잘 침구를 펴는 법을 설명해 주었다. 한 끝을 말아서 베개로 사용할 수 있는 것이었다. 밤새도록 빈대가 얼굴 위로 기어다녔다. 며칠 뒤에 나는 독방으로 격리되어 판자 위에서 자게 되었다. 변기(便器)와 쇠로 만든 대야가 있었다. 형무소는 시의 꼭대기에 있었으므로 조그만 창문으로 바다가 보였다. 어느 날 철창에 매달려 햇빛을 향하여 얼굴을 내밀고 있으려니까 바로 그때 간수가 들어와서 면회하러 온 사람이 있다고 말하였다. 마리려니 하고 나는 생각했다. 과연 마리였다.

면회실로 가기 위하여 긴 복도를 거쳐서 계단을 지나 마지막으로 또 복도를 걸어갔다. 그리하여 널따랗게 뚫린 창으로 빛이 들어오는 큰 방에 들어섰다. 방은 세로로 막고 있는 커다란 두 개의 철책에 의하여 셋으로 나뉘어 있었다. 철책 사이에는 8미터 내지 10미터 가량 되는 간격이 있어서, 면회인과 죄수를 갈라 놓고 있었다. 내 앞에 줄무늬가 있는 옷을 입고 얼굴이 햇볕에 검게 탄 마리가 보였다. 내가 서 있는 쪽에는 죄수들이 십여 명 있었는데 대부분은 아라비아 사람들이었다. 마리는 모르는 사람들에게 둘러싸여 두 여자 사이에 끼여 있었다. 한 여자는 입술을 꼭 다물고 검은 옷을 입은 키가 자그마한 노파였고, 또 한 여자는 모자를 쓰지 않은 뚱뚱한 여자로 몸짓을 많이 하며 목청을 돋우어서 지껄이고 있었다. 철책 사이의 거리 때문에 면회인이나 죄수들은 큰 목소리로 이야기하지 않으면 안 되었다.

방 안에 들어섰을 때 넓고 장식이 없는 벽에 튀어 울리는 소란한 목소리와 하늘로부터 유리창 위로 쏟아져서 방 안으로 퍼지는 거센 광선 때문에 나는 현기증 같은 것을 느꼈다. 나의 감방은 훨씬 조용하고 어두웠다. 이 방에 익숙해지기까지 몇 초가 걸렸다. 그러나 나중에는 밝은 빛에 드러난 얼굴들을 똑똑히 볼 수 있게 되었다. 간수 한 사람이 철책 사이의 복도 끝에 앉아 있었다. 그들은 소리를 지르지는 않았다. 그처럼 소란스러운 가운데서 나직하게 말하면서도 의사가 통하는 것이었다. 아래로부터 올라오는 그들의 희미한 속삭임은 그들의 머리 위에서 교차하는 말소리에 대하여 줄곧 일종의 베이스를 이루고 있었다. 그러한 모든 것을 순식간에 알아차리고 나는 마리에게 다가갔다. 벌써 철책에 달라붙어서 마리는 있는 힘을 다하여 웃어 보이고 있었다. 나는 그녀가 매우 아름답다고 생각했으나 그 말을 그녀에게 하지는 않았다.

“어때?”
하고 마리는 큰 소리로 말했다.

“별일 없어.”

“불편하지 않아? 뭐 필요한 건 없고?”

“아무것도 없어.”

우리들은 말을 끊었다. 마리는 여전히 웃고 있었다. 뚱뚱한 여자는 내 옆의 사나이를 향해서 울부짖고 있었다. 아마 그녀의 남편인 듯 솔직한 눈매를 가진 키가 커다란 금발의 사나이였다. 무슨 일인지 이미 시작된 대화를 계속하고 있는 것이었다.

“잔느는 그 녀석을 붙잡으려고 하질 않아요.”

하고 여자는 소리소리 지르고 있었다.

“응, 그래?”

사나이는 말했다.

“당신이 나오면 그 녀석을 꼭 붙잡을 것이라고 말했지만, 그래도 붙잡으려고 하지를 않는 거예요.”

그때 마리도 레이몽이 안부를 전하더라고 소리를 질러서 나는 고맙다고 대답했다. 그러나 나의 목소리는,

“그 녀석은 잘 있는가?”

하고 묻는 내 옆의 사나이의 목소리에 뒤덮여 버리고 말았다. 그의 아내는,

“더할 나위 없이 몸이 좋아졌어요.”

고 말하면서 웃었다. 내 쪽에 있던 손이 가냘프고 키가 작은 청년은 아무 말이 없었다. 그는 자그마한 노파와 마주 서서 뚫어지게 서로 바라보고 있었다. 그러나 나는 그들을 더 관찰할 여유가 없었다. 희망을 가져야 한다고 마리가 외쳤기 때문이다. 나는,

“그야 그렇지.”

하고 대답하였다. 그와 동시에 나는 마리를 바라보고, 입은 옷 위로 그

녀의 어깨를 껴안고 싶었다. 나는 그 엷은 천에 욕정을 느꼈다. 그리고 그 천 이외의 무엇에 희망을 가질 것인지 알 수가 없었다. 마리가 하고자 한 말도 아마 그런 뜻이었으리라. 마리는 줄곧 웃음을 띠고 있었던 것이다. 이제 나에게는 그녀의 반짝이는 이와 눈의 잔주름밖에 보이지 않았다. 마리는 다시 외쳤다.

"나오면 우리 결혼해."

"정말?"

하고 나는 대답했으나, 그것은 무엇이든 말을 하기 위해서였다. 그러자 마리는 아주 빨리 그리고 여전히 높은 음성으로 정말이라고 하며, 석방되면 또 해수욕을 하러 가자고 말했다. 곁에 있던 여자도 고함을 지르며 서기과(書記課)에 바구니를 맡겼다고 말하고, 그 속에 넣은 것을 일일이 주워 섬겼다. 돈이 많이 든 것이니까 없어진 게 없나 검사해 볼 필요가 있다는 것이었다. 내 왼쪽에 있던 청년과 어머니는 여전히 서로 마주보고 있었다. 아라비아 사람들의 웅얼거리는 소리는 우리들의 발 밑에서 계속되고 있었다. 밖에서는 빛이 창문에 부딪쳐 부풀어오르는 것 같았다. 그러더니 빛이 모든 사람들의 얼굴 위로 새로운 즙처럼 흘렀다.

나는 몸이 피곤해짐을 느꼈으며 밖으로 나오고 싶었다. 시끄러운 소리 때문에 기분이 언짢았다. 그러면서도 한편으로는 마리를 좀더 보고 싶었다. 그 뒤로 얼마나 시간이 지났는지 모른다. 마리는 자기 일에 관한 이야기를 하고 끊임없이 웃고 있었다. 속살거리는 소리, 외치는 소리, 주고받는 이야기 소리가 서로 엇갈렸다. 내 옆에서 서로 마주 바라보고 있던 젊은이와 노파 두 사람만이 침묵의 고도(孤島)를 이루고 있었다. 하나씩하나씩 아라비아 사람들이 끌려나갔다. 맨 앞 사람이 나가 버리자, 거의 모든 사람이 동시에 입을 다물었다. 키 작은 노파가 철책 창살로 다가섰다. 그와 동시에 간수가 그의 아들에게 눈짓을 하였다. 아들이,

"안녕히 가세요, 어머니."

하고 말하자 노파는 두 창살 사이로 손을 들이밀고 아들에게 천천히 조그맣게 손짓을 했다.

노파가 나가는 동안에, 남자 한 사람이 모자를 손에 들고 들어와서 자기 자리에 들어섰다. 그러자 죄수 한 사람이 끌려 들어왔으며, 그들은 활기 있게 이야기를 시작하였는데 목소리는 낮았다. 방 안이 다시 조용해졌기 때문이었다. 내 오른편에 있던 사나이가 불려 나갈 차례가 되자, 그의 아내는 마치 소리를 크게 지를 필요가 없어진 것을 알아차리지 못한 듯이 어조를 낮추지 않고 말했다.

"몸 조심하시고, 주의하셔야 해요."

내 차례가 되었다. 마리는 키스하는 시늉을 했다. 나는 방을 나서기 전에 돌아다보았다. 마리는 꼼짝 않고 얼굴을 창살에 붙이고 경련을 일으킨 듯한 웃음을 짓고 우두커니 서 있었다.

마리가 편지를 보낸 것은 그로부터 며칠 뒤의 일이다. 내가 이야기하고 싶지 않았던 일이 시작된 것은 그때부터였다. 어쨌든 무엇이나 과장은 하지 말아야 하는 법인데 그것은 다른 사람들에 비하여 나에게는 별로 어렵지 않은 일이었다. 형무소에 수감되어서 처음에 가장 괴로웠던 일은 내가 자유로운 사람의 생각을 하는 것이었다. 가령 바닷가로 가서 물 속으로 들어가고 싶은 욕망이 솟곤 하였다. 발 밑의 풀에 부딪치는 잔물결 소리, 물 속에 몸을 잠그는 촉감, 그리하여 느끼는 해방감, 그러한 것들을 상상할 때 갑자기 감옥의 담벼락이 얼마나 답답하게 나를 둘러싸고 있는가를 느끼는 것이었다. 그런 느낌이 몇 달 동안 계속되었다. 그 다음에는 죄수로서의 생각밖에 없었다. 나는 매일 안뜰에서 산책을 하지 않으면 변호사의 방문을 기다리는 것이었다. 나머지 시간은 이럭저럭 보낼 수 있었다.

그 무렵 내가 만약 나무 둥치 속에서 살게 되어, 머리 위 하늘에 피는 꽃을 바라보는 것밖에 다른 일이라곤 아무것도 없게 된다 하더라도 차차 그런 생활에 익숙하게 되리라고 생각했었다. 그러면 나는 지나가는 새들이나, 마주치는 구름들을 기다렸을 것이다. 마치 이 감방에서 변호사의 야릇한 넥타이가 나타나기를 기다리듯이, 또 저 바깥 세상에서 마리의 육체를 껴안을 것을 기다리며 토요일까지 참고 지냈듯이. 그런데 결국 생각해 보면, 나는 마른 나무 둥치 속에 들어 있는 것은 아니었다. 나보다 더 불행한 사람들도 있었다. 어머니의 생각도 그랬었다. 어머니는 늘 말하곤 했었다. 사람들은 무엇에나 결국은 익숙해지는 것이라고.

그리고 보통 그런 지경에까지는 이르지 않았다. 처음 몇 달 동안은 괴롭기는 하였지만 바로 그것을 치르는 노력이 그 몇 달 동안은 지내는 데 도움이 된 것이다. 가령 여자에 대한 욕정이 고통거리였다. 나는 젊었으니까 그것은 당연한 일이었다. 특히 마리만을 생각하는 것이 아니라, 모든 기회에 좋아하여 사귀었던 그저 어떤 여자, 여러 여자들, 모든 여자들을 생각한 까닭에 나의 감방은 그들 여자들의 얼굴로 가득 들어차고, 나는 욕정으로 충만했었다. 한편으로 그것들은 나의 마음을 어지럽게 하였으나, 또 한편으로는 시간을 보낼 수 있게 해 주었던 것이다. 나는 마침내 식사 시간에 취사장 급사와 같이 오곤 하던 간수장(看守長)의 동정을 얻게 되었다. 처음 여자의 이야기를 한 것은 그였다. 다른 사람들도 제일 처음으로 호소하는 것이 그것이라고 그는 말했다. 나는 그에게 나도 다른 사람들과 마찬가지이며 이런 대우를 못마땅하게 생각한다고 말했다.

"그러나 당신네들을 감옥에 가두는 건 그 때문이라오."

하고 그는 말하였다.

"뭐라고요, 그 때문이라고요?"

"아무렴, 자유라는 것, 그것을 당신네들에게 빼앗는 거란 말이오."

그는 그런 것을 생각해 본 일이 없었다. 나는 그의 말에 동의했다.

"그렇군요. 그렇지 않다면 형벌이라는 게 쓸모가 없을 테니까요."
하고 나는 말했다.

"그렇고말고. 당신은 참 이해성이 많은데 다른 사람들은 그렇지 못해요. 그렇지만 결국 그네들도 스스로 만족을 채우게 된답니다."

또 담배도 고통거리였다. 형무소로 돌아왔을 때, 나는 허리띠, 구두끈, 넥타이, 그리고 포켓에 지니고 있던 모든 것, 특히 담배를 빼앗겼다. 감방으로 옮겨와서 담배를 돌려달라고 말하여 보았지만, 그것은 금지되어 있다는 것이었다. 처음 며칠 동안은 매우 괴로웠다. 내가 가장 괴로웠던 것은 아마 이것 때문이었을 거다. 침대 판장을 뜯어서 그 나무 조각을 빨곤 하였다. 온종일 구역질이 나서 견딜 수 없었다. 아무에게도 해가 되지 않는 그것을 왜 빼앗아 버리는 것인지 알 수가 없었다. 그 뒤 나는 그것도 형벌의 일부임을 깨달았다. 그러나 그때는 벌써 담배를 피우지 않는 일에 익숙해져서 그것은 이미 나에게는 아무런 형벌도 못 되었다.

그러한 불편을 제외하면, 나는 그다지 불행하지도 않았다. 거듭 말하자면, 문제는 다만 시간을 보내는 것이었다. 과거를 추억하는 것을 배운 때부터는 심심해서 괴로운 일은 없게 되었다. 이따금 나는 나의 방을 생각했다. 그 한구석에서부터 출발하여 한 바퀴 돌아서 출발점으로 되돌아오는 것인데, 그러면서 도중에 있는 것을 모두 머릿속으로 꼽아 보곤 하였다. 그것은 처음에는 아주 빨리 끝나 버렸었는데, 다시 되풀이할 때마다 조금씩 길어지는 것이었다. 왜냐 하면 가구를 전부 하나씩 생각해 내고 그 가구마다 그 속에 들어 있는 물건들을 모두 하나씩 생각하였고, 또 그 물건마다 그 세밀한 점들을 생각하고, 그러한 세밀한 점들, 누각(鏤刻)이라든가, 흠이라든가, 깨진 모퉁이라든가 그런 것들에 관해서 또 빛깔과 결 같은 것을 생각했기 때문이다. 그와 동시에 나는 내 재산 목록에 무엇 하나 빠짐없이 완전한 목록을 만들도록 힘쓰는 것이었다. 그리하여 몇 주일 뒤에는, 내 방 안에 있는 것들을 따져 보는 것만으로 긴 시간을 보낼 수 있었다. 그처럼 생각하면 생각할수록, 나는 등한시하였던 것, 잊어버렸던 것들을 기억으로부터 이끌어 낼 수 있었다. 그때 나는 단 하루만 산 사람이라도 쉽사리 백 년쯤은 감옥에서 살 수 있을 것이라고 생각했다. 그런 사람이라도 얼마든지 추억거리가 있어 심심하지는 않을 것이다. 어떻게 생각하면 그건 편리한 일이었다.

또 잠도 고통거리였다. 처음에는 밤이 되어도 잘 수 없었고, 더구나 낮에는 조금도 잘 수가 없었다. 차차 밤에 자는 데 익숙해졌으며 낮에도 잘 수 있게 되었다. 마지막 몇 개월 동안은 하루에 16시간 내지 18시간씩 잤다고 말할 수 있다. 그러니까 남은 시간은 6시간이었는데, 그 동안은 식사며, 대소변이며, 추억이며, 체코슬로바키아에서 일어난 이야기로 보내면 되는 것이었다.

밀짚 매트리스와 침대 판자 사이에서 나는 한 장의 옛 신문을 발견하였다. 헝겊에 들러붙어서 노랗게 빛이 바래고 앞뒤가 비쳐 보였다. 첫 부분은 없어졌으나, 체코슬로바키아에서 일어난 듯한 기사가 실려 있었다.

어떤 사나이가 체코의 어떤 마을에서 돈벌이를 떠났다가, 25년 뒤에 부자가 되어 아내와 어린아이 하나를 데리고 고향으로 돌아왔다. 그의 어머니는 그의 누이와 함께 고향에서 여관을 경영하고 있었다. 그들은 놀라게 해 주려고 사나이는 처자를 다른 여관에 남겨 두고 어머니 집으로 갔었는데 어머니는 그를 알아보지 못하였다. 사나이는 장난을 할 셈으로 방을 하나 잡고 일부러 돈을 보였다. 밤중에 그의 어머니와 누이는 그를 망치로 때려 죽이고 돈을 훔친 다음 시체를 강물 속에 던져 버렸다. 아침이 되자 사나이의 아내가 와서 무심결에 길손의 신분을 밝혔다. 어머니는 목을 매었고, 누이는 우물 속에 빠져 죽고 말았다.

나는 그 이야기를 아마 몇천 번은 읽었을 것이다. 한편으로 그것은 사실 같지 않은 이야기였지만, 또 한편으로는 자연스러운 이야기였다. 어쨌든 그런 결과에 대해서는 길손에게도 좀 책임이 있고, 장난이란 함부로 할 게 아니라고 생각했다.

그처럼 잠을 자고 지난 일을 생각하고 3면 기사를 읽는 동안 빛과 어둠은 갈아 들고 시간은 흘렀다. 감옥에 있으면 시간 관념을 잊어버리고 만다는 것을 읽은 일이 있었지만, 그때는 그러한 것이 별로 나에게 의미를 주지 못했었다. 한나절이 얼마나 길고 동시에 짧을 수 있는 것인지 알지 못했던 것이다. 물론 살아가는 게 길지만 너무 길게 늘어져 하루하루는 서로 넘쳐 흐르고 마는 것이다. 세월의 의미를 잃어버리게 되었다. 어제 혹은 내일이라는 말만이 나에게는 의미를 잃지 않고 있을 뿐이었다.

내가 들어온 지 다섯 달이 지났다고 하는 말을 어느 날 간수에게서 들었을 때, 나는 그의 말을 믿었으나 그 말을 이해할 수는 없었다. 나로서는 언제나 같은 날이 내 감방으로 밀려오고, 언제나 같은 일을 계속하고 있을 뿐이었다. 그 날 간수가 가 버린 뒤에 쇠로 만든 밥그릇에 비친 내 얼굴을 들여다보았다. 내 모습은 아무리 마주 보며 웃으려고 해도 심각한 표정을 짓고 있었다. 나는 빙그레 웃었으나 비쳐진 얼굴은 여전히 무뚝뚝하고 슬픈 표정이었다.

날이 저물어 가고 있었다. 나에게 있어서는 이야기하고 싶지 않을 때, 무어라고 표현할 수 없는 때였다. 형무소 아래층의 여기저기로부터 저녁의 소리가 침묵의 행렬을 지어 올라오는 그런 때였다. 나는 천장으로 뚫린 창문으로 다가서서 마지막 빛 속에 나의 얼굴을 들여다보았다. 여전히 심각한 표정이었으나, 놀라운 것은 아니었다. 그때 심각한 얼굴을 하고 있었다는 것이 무슨 놀라운 일이겠는가. 그러나 동시에 몇 달 이래 처음으로 나는 내 목소리를 똑똑히 들었다. 나는 그것이 오래 전부터 내 귀에 울리고 있던 소리임을 알아차리고, 그 동안 나 혼자서 이야기를 하고 있었던 것을 깨달았다. 그때 나는 어머니의 장례식 날, 간호사가 한 이야기를 생각했다. 정말 어쩔 도리가 없었다. 그리고 형무소 안의 저녁이 어떤 것인지 아무도 상상할 수는 없는 것이다.

3

결국 여름이 빨리 지나가고 또다시 여름이 되었다고 말할 수 있다. 첫 무더위가 시작됨에 따라 나는 무엇인가 새로운 일이 생기리라는 것을 알고 있었다. 나의 사건은 중죄(重罪) 재판소의 맨 나중 회기에 심의할 예정으로 기록되어 있었는데, 그 회기는 6월로 끝나는 것이다. 변론이 시작되었을 때 밖에서는 햇볕이 넘치고 있었다. 변론이 이삼 일 이상은 계속되지 않을 것이라고 변호사는 확언했다.

"그리고 당신의 사건이 이번 회기의 사건 중 제일 중요한 것이 아니니까, 법정에서도 서두를 겁니다. 뒤이어 부모 살해 사건을 심의하게 될 것입니다."
하고 그는 덧붙였다.

나는 아침 7시 반에 불려서 호송차로 재판소까지 이송되었다. 그리하여 경찰관 두 사람의 지시에 따라 어둠침침한 조그만 방 안으로 들어갔다. 우리는 거기 앉아 기다렸는데 옆으로 문이 하나 있어 그 뒤에서는 말소리, 이름 부르는 소리, 그리고 동네 명절놀이에서 음악 전주가 끝나

고 춤을 출 수 있도록 방 안을 정리할 때를 연상케 하는 뒤숭숭한 소리
가 들려 왔다. 재판이 열리기까지 기다려야 한다고 경찰관들은 말하고
경찰관 하나는 담배 한 대를 나에게 권했으나 나는 거절하였다. 조금 뒤
에 그는 나더러,

“겁이 나느냐?”
고 물었다. 나는 아니라고 대답했다. 어떤 의미로는 재판 사건을 본다는
것이 나에게는 흥미있는 일이기까지 하였다. 나는 여태껏 한 번도 그런
기회를 가져 보지 못하였던 것이다.

“그야 볼 만하지. 하지만 나중엔 싫증나고 말아요.”
하고 또 다른 경찰관이 말하였다.

이윽고 조그만 벨 소리가 방 안을 울렸다. 경찰관들은 나의 수갑을
풀고 문을 열어 나를 피고석으로 들여보냈다. 법정에는 사람들이 꽉 들
어차 있었다. 커튼이 내려져 있었으나 햇빛이 여기저기 새어들어와서
공기는 숨막힐 지경이었다. 유리창은 닫혀 있었다. 나는 의자에 걸터앉
고 경찰관들도 나의 양 옆에 자리를 잡았다. 내 앞에 나란히 열을 지은
얼굴들이 눈에 띈 것은 바로 그때였다. 모두 나를 바라보고 있었다. 나
는 그들이 배심원이라는 것을 깨달았다. 그러나 그 얼굴들을 구별짓고
있던 특징을 나는 말할 수가 없다. 내가 받은 인상은 다만 하나밖에 없
었다. 말하자면 나는 전차 좌석 앞에 서 있는데 그 이름도 모르는 모든
승객들이 무언가 웃음거리를 찾아 내려고 새로 탄 승객을 쳐다보는 것
을 나는 잘 알고 있다. 왜냐 하면 그들 배심원이 찾고 있던 것은 웃음거
리가 아니라 죄였으니까. 그러나 그 차이는 그리 큰 것이 아니고, 어쨌
든 내 머리를 스친 것은 그러한 생각이었던 것이다.

나는 또 그 닫힌 방 안에 들어찬 사람들 때문에 좀 어리둥절해졌다.
법정 안을 둘러보았으나 어느 얼굴 하나 분별할 수 없었다. 처음에 나는

그 모든 사람들이 나를 보려고 모여들었다는 사실을 이해할 수가 없었던 것이다. 내가 이러한 모든 동요의 원인이라는 것을 이해하기 위해서는 노력이 필요했다.

"사람들이 굉장히 많군요!"

한 사람이 경찰관에게 말하자 경찰관은 신문 때문이라고 대답하고, 배심원석 밑의 책상 옆에 자리잡은 한패를 가리켰다.

"저기들 와 있소."

하고 그는 말했다.

"누구 말이오?"

하고 내가 물으니까,

"신문 기자들 말이오."

하고 그는 다시 말했다. 경찰관은 기자 한 사람을 알고 있어서, 그 기자가 그때 경찰관을 보고 우리들에게로 걸어왔다. 꽤 나이가 많고 얼굴을 약간 찌푸렸으나 호감을 가질 수 있는 사나이였다. 그는 매우 다정하게 경찰관의 손을 잡았다. 그때 나는 마치 클럽에서 같은 세계의 사람들끼리 서로 만나서 즐거워하듯, 모든 사람들이 서로 아는 얼굴을 찾아서 이야기를 걸고, 주고받고 하는 것을 보았다. 또 나는 어떤 침입자 같았고, 필요 없는 존재라는 기묘한 생각이 들었다. 그러나 신문 기자는 웃음을 띠면서 나에게 말을 걸었다. 그는 모든 것이 나에게 유리하게 되기를 바란다고 말하였다. 내가 고맙다고 하자,

"우리들은 당신의 사건을 좀 선전했습니다. 신문이 여름철에는 경기가 없습니다. 기사거리가 될 만한 것이라곤 당신 사건하고 부모 살해 사건밖엔 없었어요."

하고 그는 덧붙였다. 그리고 그가 방금 같이 앉았다가 일어서서 온 사람들 가운데, 뚱뚱한 두더지처럼 생기고 검은테의 안경을 쓴 키가 자그마

한 사나이를 가리키며 어떤 신문 특파원이라고 말하였다.

"당신의 사건 때문에 온 것은 아닙니다만, 부모 살해 사건에 관한 보고를 하기로 되어 있으며 동시에 당신의 사건도 기사로 만들어 보내라고 했습니다."

그 말에 대해서도 나는 하마터면 고맙다고 할 뻔했다. 그러나 그것은 우스운 일일 것이라는 생각이 들었다. 그 기자는 나에게 조그맣게 다정한 손짓을 해 보이고는 가 버렸다. 우리는 몇 분 동안 더 기다렸다.

나의 변호사는 법복(法服)을 입고 여러 동료들에게 둘러싸여 들어왔다. 그는 기자들에게 가서 악수를 하였다. 그들은 농담을 나누고 웃고 하며, 아무 일도 없는 듯한 태도였는데, 마침내 법정 안에 벨이 요란스럽게 울렸다. 모두들 자리에 앉았다. 나의 변호사는 나에게로 와서 손을 붙잡아 흔들고 질문을 받으며 짤막하게 대답하고 이쪽에서 먼저 뭐라고 말하지 말 것이며, 그리고 그 밖의 일은 자기에게 맡기라고 충고했다.

왼쪽에서 의자를 뒤로 당기는 소리가 들리더니, 붉은 법복을 입고 코안경을 쓴, 키가 크고 호리호리한 사나이가 조심스럽게 옷을 추스르며 앉는 것이 보였다. 그가 검사였다. 서기 한 사람이 개정(開廷)을 알렸다. 동시에 두 개의 커다란 선풍기가 윙윙 돌아가기 시작하였다. 판사 세 사람이, 둘은 검은 옷을 입고 하나는 붉은 옷을 입었는데, 서류를 가지고 들어와서 실내를 한눈에 내려다볼 수 있는 단으로 빠르게 걸어갔다. 붉은 옷을 입은 남자는 중앙에 자리잡고 앉아서, 앞에 둥근 모자를 벗어 놓고, 조그만 대머리를 손수건으로 닦자 재판이 시작된다고 선언했다.

신문 기자들은 벌써 만년필을 손에 들고 있었다. 그들은 모두 냉담하고 조금 비웃는 태도였다. 그러나 플란넬 옷을 입고 푸른 넥타이를 맨 아주 젊은 기자 하나는 만년필을 앞에 놓은 채 나를 바라보고 있었다. 약간 균형이 잡히지 않는 듯한 그 얼굴에서 나는 매우 맑은 눈만을 볼 수 있었다. 그 눈은 물끄러미 나를 보고 있었는데 뚜렷한 아무것도 표현하고 있지 않았다. 아마도 그 일 때문에, 그리고 또 그 곳의 관례를 몰랐기 때문에 나는 뒤이어 일어난 모든 일을 잘 이해할 수가 없었던 모양이다. 배심원들의 추첨과 변호사, 검사, 배심원에 대한 재판장의 질문(질문을 받을 때마다 배심원의 머리들이 일제히 재판장석으로 향하는 것이었다), 기소장의 빠른 낭독(그 속에서 나는 지명들과 인명들을 알아들을 수 있었다), 그리고 다시 변호사에 대한 질문.

재판장은 증인 호출을 하겠노라고 말하였다. 서기는 이름들을 불렀다. 그것은 내 주의를 끌었다. 여태까지 혼잡하던 방청객들 속으로부터, 한 사람씩 일어서서 옆문으로 사라지는 것이 보였다. 양로원 원장, 관리인, 페레 영감, 레이몽, 마송, 살라마노, 마리.

마리는 걱정스러운 듯 조그만 손짓을 해 보였다. 나는 그들이 여태껏 눈에 띄지 않았던 것에 놀라고 있었다. 바로 그때 마지막으로 이름이 불리고 셀레스트가 일어섰다. 그의 곁에는 언젠가 레스토랑에서 보았던 그 키가 자그마한 여자가 그 재킷을 입고 정확하고 결단성 있는 자세로 앉아 있는 것이 보였다. 그녀는 뚫어지게 나를 바라보고 있었다. 그러나 재판장이 또 이야기를 시작했으므로, 이제부터 시작될 것이라는 말을 하고 나서 방청객들에게 조용하라고 요구할 필요조차 없을 줄로 안다고 말하였다. 그의 말에 의하면 사건의 공판을 공명정대하게 진행시키는 것이 자기의 직분이며 자기는 객관적인 눈으로 사건을 보려고 한다는 것이었다. 배심원들이 내리는 결정은 정의의 정신에 입각하여 행하여질 것이며, 어쨌든 조그만 사고라도 있으면 방청객들에게 퇴장을 명할 것이라고 말했다.

더위는 점점 심해져서 방청객들이 신문을 가지고 부채질을 하는 것이 보였다. 구겨진 종이 소리가 잇따라 나는 것이었다. 재판장이 손짓을

하자 서기가 짚으로 엮은 부채 세 개를 가져왔다. 세 사람의 판사가 그
것을 사용하기 시작했다.

곧 심문이 시작되었다. 재판장은 나에게 부드럽고 간곡해 보이기까지
하는 어조로 질문했다. 다시 나의 신분에 관한 질문을 받아서 귀찮기는
하였으나 마음 속으로 당연한 일이라고 생각했다. 왜냐 하면 어떤 사람
을 다른 사람으로 잘못 알고 재판을 한다면 그건 너무나 중대한 일이기
때문이다. 그러더니 재판장은 내가 저지른 일을 얘기했는데 두서너 마
디 하고는 늘,

"그렇지요?"

하고 나에게 물었다. 그럴 때마다 나는 변호사의 지시에 따라,

"네, 그렇습니다."

하고 대답했다. 재판장은 매우 세밀한 이야기를 하였으므로 시간이 오
래 걸렸다. 그 동안 줄곧 신문기자들은 받아쓰고 있었다. 그 중 젊은 기
자의 시선과 그 키가 작은 자동 인형 같은 여인의 시선을 나는 느끼고
있었다. 전차 걸상 같은 좌석의 사람들은 모두 재판장에게 고개를 돌리
고 있었다. 그는 기침을 하고, 서류를 뒤지고 나서 부채질을 하며 나에
게로 얼굴을 돌렸다.

재판장은 나에게 이제부터 겉으로는 나의 사건과 아무 관계도 없는
듯이 보이지만 사실은 아마 밀접한 관계를 가진 문제를 검토해야겠다고
말하였다. 또 어머니의 이야기를 하려는 것이려니 생각하고, 동시에 그
것이 얼마나 나를 짜증스럽게 만드는지를 느꼈다. 왜 어머니를 양로원
에 넣었느냐고 재판장이 물었다. 어머니를 모시고 부양할 돈이 없었기
때문이라고 나는 대답했다. 그 비용은 나 혼자 부담했어야 했느냐고 묻
기에 어머니도 그렇고 우리는 이미 서로 아무것도 기대할 것이 없었고,
또 누구에게도 기대를 하지 않고 있었으며 그리고 우리는 각기 새로운

생활에 익숙해 있었다고 대답하였다. 그러자 재판장은 그 점에 관하여서는 더 논의하지 않겠노라고 말한 다음 검사에게 다른 질문이 없느냐고 물었다.

검사는 반쯤 나에게 등을 돌리고 있었는데 그는 나를 보지 않고 재판장의 허락을 얻어 내가 아라비아 사람을 죽일 생각으로 혼자서 샘으로 되돌아갔는지 알고 싶다고 말하였다.

"아닙니다."

하고 나는 말하였다.

"그렇다면 무기는 왜 가지고 있었으며, 그 곳으로 바로 돌아간 이유는 무엇이오?"

그것은 우연이었다고 나는 대답하였다. 검사는 악의 있는 말투로,

"지금은 그만 하겠습니다."

하고 말했다. 그리고는 모든 것이 좀 혼란스러웠다. 적어도 나에게는 그랬었다. 그러나 잠시 의논을 하고 나서 재판장은 폐정(閉廷)을 선언하고, 오후에는 증인 심문이 있을 것이라고 말하였다.

나는 생각해 볼 겨를도 없었다. 끌려나와서 죄수 호송차에 실려 형무소로 돌아와서 점심을 먹었다. 아주 짧은 시간, 피곤함을 겨우 느낄 만한 시간이 지나자 나는 다시 불려 나갔다. 모든 것이 다시 시작되어 나는 같은 방 안에, 같은 얼굴들 앞에 앉게 되었다. 다만 더위가 훨씬 더 심해서 마치 기적이나 일어난 것처럼 모든 배심원들, 검사, 변호사 그리고 몇몇 신문 기자들까지도 밀짚 부채를 손에 들고 있었다. 젊은 기자와 자그마한 여자도 여전히 거기에 있었다. 그러나 그들은 부채질을 하지 않고 아무 말 없이 여전히 나를 바라보고 있었다. 나는 얼굴에 흐르는 땀을 닦았다. 그리고 양로원 원장의 이름이 불리는 것을 들었을 때에야 비로소 그 곳과 나 자신의 의식을 얼마만큼 회복할 수 있었다.

　어머니가 나에 대한 불평을 말하더냐는 질문에 원장은 그렇다고 대답하고 그러나 친척들에 대한 불평을 말한다는 것은 재원자들의 일종의 괴벽이라고 말하였다. 내가 양로원에 넣은 것을 어머니가 못마땅하게 여기고 있었더냐고 재판장이 따져 묻자 원장은 또 그렇다고 대답하였다. 그러나 이번에는 아무 설명도 덧붙이지 않았다. 또 다른 질문에 대하여 그는 장례식 날 냉정한 나를 보고 놀랐었다고 대답하였다. 냉정했다는 것은 어떤 뜻이냐고 물으니까 원장은 발끝을 내려다보고 나서 내가 어머니를 보려고 하지 않았고, 한 번도 눈물을 흘리지 않았으며, 장례식이 끝난 뒤에도 무덤 앞에서 묵도를 하지 않고 곧 물러나왔다고 말했다. 그를 놀라게 한 일이 또 하나 있었다. 장의사에 있는 일꾼 한 사람으로부터 내가 어머니의 나이를 모르더란 말을 들었다는 것이었다. 잠시 침묵이 흐른 뒤 재판장은 원장에게 여태까지 한 말이 확실히 나에게 관한 것임에 틀림없느냐고 물었다. 원장이 그 질문의 뜻을 알아차리지 못한 것을 안 재판장은,

　“법률상 그렇게 하는 것입니다.”

하고 말했다. 그리고 재판장이 차석 검사에게 증인에 대한 질문이 없느냐고 묻자 검사는,

　“아, 없습니다. 그것으로 충분합니다.”

하고 외쳤다. 그 목소리가 너무나 억세고, 나에게로 향한 그 승리의 표정을 지닌 눈초리가 너무나 어마어마해서 나는 참으로 오랜만에 울고 싶은 생각이 들었다. 그 모든 사람들이 나를 얼마나 미워하는가 느낄 수 있었기 때문이다.

　배심원들과 나의 변호사에게 질문이 없느냐고 묻고 나서, 재판장은 관리인의 증언을 들었다. 그에게 대해선 다른 모든 증인들과 마찬가지로 같은 격식의 절차가 되풀이되었다. 자리에 나와 서며 관리인은 나를

바라보고 눈길을 돌렸다. 그는 질문에 대답하여, 내가 어머니를 보고 싶어하지 않았다는 것, 담배를 피웠다는 것, 잠을 자고 카페올레를 마셨다는 것을 말했다. 그때 나는 온 장내를 동요하게 하는 그 무엇을 느끼고 처음으로 내가 범인이라는 것을 깨달았다. 재판장은 관리인에게 카페올레 이야기와 담배 이야기를 한 번 더 시켰다. 차석 검사는 조소의 빛을 띠고 나를 바라보았다. 그때 나의 변호사가 관리인에게 그도 나와 함께 담배를 피우지 않았느냐고 물었다. 이 질문을 듣자 검사는 벌떡 일어서더니,

"도대체 누가 범인입니까? 증언의 불리함을 은폐하기 위하여 죄과를 증인에게 뒤집어씌운다는 방법은 말도 안 됩니다. 이 증언이 결정적임에도 변함이 없습니다!"

하고 외쳤다. 그렇지만 재판장은 질문에 대답하라고 관리인에게 말하였다. 영감은 당황한 빛으로,

"제가 잘못했다는 것은 잘 압니다. 그러나 저 분이 권하신 담배를 거절하기가 미안해서 그랬습죠."

하고 말했다. 끝으로 나에게 덧붙여 할 말이 없느냐고 묻기에 나는,

"없습니다. 다만 증인의 말이 옳다는 것을 말씀드립니다. 내가 그에게 담배를 권한 것은 사실입니다."

하고 대답했다. 관리인은 그때 약간의 놀라움과 일종의 감사의 뜻을 보이는 눈초리로 나를 바라보았다. 잠시 망설이더니 그는 카페올레를 권한 것은 자기라고 말하였다. 나의 변호사는 의기양양하여 외치며, 배심원들은 그것을 충분히 고려하여야 할 것이라고 말하였다. 그러나 검사는 우리들의 머리 위로 벼락 같은 소리를 지르며,

"물론 배심원들께서는 그것을 고려하실 겁니다. 그리고 배심원들께서는 아무 관계도 없는 사람으로서는 커피를 권할 수도 있었겠지만, 자기

를 낳아 준 어머니의 시체 앞에서 아들로서는 모름지기 그것을 사양해야 할 것이었다고 결론을 내릴 것임에 틀림없습니다.”
하고 말했다. 관리인은 자기 걸상으로 돌아갔다.

토마 페레의 차례가 되었을 때는 서기가 그를 증인대까지 부축하지 않으면 안 되었다. 그는 특히 어머니를 잘 알고 있었지만, 나를 만난 것은 장례식 날 한 번뿐이었다고 말했다. 그는 그 날 내가 무엇을 하였는가 하는 질문에 대답하며,

“저는 그 날 너무 슬퍼서 아무것도 보지 못했습니다. 가슴 속의 슬픔 때문에 아무것도 눈에 보이지 않았습니다. 나에게는 매우 슬픈 일이었으니까요. 그래서 기절까지 했습니다. 그래서 저분을 보질 못했습니다.”
하고 말했다. 차석 검사는 내가 눈물을 흘리는 것이라도 보았느냐고 물었다. 페레는 보지 못했다고 대답하였다. 그러니까 이번에는 검사가,

“배심원들께서는 이 점을 고려하시기 바랍니다.”
하고 말했다. 그러나 나의 변호사는 화를 내어 지나쳐 보일 만큼 목청을 돋우어 페레에게 내가 눈물을 흘리지 않는 것을 보았느냐고 물었다. 페레는 보지 못했다고 대답했다. 방청객들이 웃었다. 나의 변호사는 한쪽 소매를 걷어 붙이면서 단호한 어조로 말했다.

“이 사건은 전부가 이 모양입니다. 모든 것이 사실인가 하면 또 아무것도 사실이 아닙니다.”
검사는 무표정한 얼굴로 기록 문서의 제목을 연필로 찌르고 있었다.

5분 동안의 휴식 시간 사이에 변호사는 모든 것이 잘 되어 간다고 말하였다. 휴식 시간이 끝나자 피고측의 요구로 호출된 셀레스트의 증언이 있었다. 피고란 즉 나였다. 셀레스트는 때때로 나에게 시선을 던지며 두 손으로 파나마를 돌리고 있었다. 그는 새 옷을 입고 있었는데 그것은 가끔 일요일에 나와 함께 경마장에 갈 때 입던 것이었다. 그러나 칼라는

붙일 수가 없었는지 셔츠를 구리 단추로 채웠을 따름이었다. 내가 그의 손님이었느냐는 변호사의 질문을 받고 그는,

"그렇습니다. 하지만 또 친구이기도 했습니다."

하고 말했다. 나를 어떻게 생각하느냐는 물음에 대하여, 그는 사나이라고 대답했다. 사나이란 무슨 뜻이냐고 물으니까, 그는 그것이 무슨 뜻인지는 누구나 다 안다고 말하였다. 내가 집에 틀어박혀 있기를 좋아하는 성격을 가진 것을 알고 있었느냐는 질문에는 다만 내가 공연한 말을 하지 않는 성질이었다는 것만 인정했다. 내가 음식값은 어김없이 치렀느냐고 차석 검사가 묻자 셀레스트는 웃고 나서,

"그건 우리 두 사람 사이의 사사로운 일입니다."

하고 말했다. 다시 나의 범죄를 어떻게 생각하느냐는 질문을 받자, 그는 증인대 위에 손을 올려 놓았다. 할 말을 미리 준비해 두었다는 것을 알 수 있었다.

"내 생각으로는 그건 하나의 불행입니다. 불행이 어떤 것인지는 누구나 압니다. 불행이라는 건 어쩔 도리가 없습니다. 확실히 내 생각으로는 그건 불행입니다."

그는 더 계속하려고 하였으나, 재판장이 그만하면 좋다고 말하였다. 셀레스트는 조금 당황하였다. 재판장은 짧게 이야기하라고 요구했다. 셀레스트는 또다시 그것은 하나의 불행이라고 되풀이했다.

그러니까 재판장은,

"네, 알았습니다. 그러나 우리가 할 일은 그러한 불행을 심판하는 것입니다. 수고하셨습니다."

하고 말하였다.

지혜껏, 성의껏 하였으나 그만 어쩔 수 없었다는 듯이 셀레스트는 나에게 고개를 돌렸다. 눈은 번쩍이고 입술은 떨리고 있는 것 같았다. 좀

더 나를 위하여 자기로서 할 수 있는 것은 무엇일까 하고 나에게 묻고 있는 듯하였다. 나는 아무 말도 하지 않았고 아무런 몸짓도 하지 않았다. 그러나 한 사람의 남자를 껴안고 싶은 마음이 우러난 것은 그때가 처음이었다. 재판장은 증인대에서 물러가도록 그에게 명령했다. 셀레스트는 법정의 좌석으로 가서 앉았다. 나머지 심문이 끝날 때까지 그는 우두커니 몸을 앞으로 약간 기울여 팔꿈치를 무릎에 괴고 파나마를 두 손으로 잡고, 모든 얘기에 귀를 기울이고 있었다.

마리가 들어왔다. 모자를 쓰고 있었는데 역시 아름다웠다. 그러나 머리를 풀어 놓았을 때가 나에게는 더 좋았다.

내가 앉아 있는 곳에서도 그녀의 볼록한 젖가슴의 가벼운 무게를 알 수 있었다. 아랫입술이 조금 부푼 듯한 것도 여전하였다. 매우 신경이 곤두선 것 같았다. 곧 그녀는 언제부터 나를 알았느냐는 질문을 받고, 우리 회사에서 같이 일하던 시기를 말했다. 재판장은 나와의 사이가 어떤 것인가를 알고 싶어하였다. 나의 친구라고 마리는 말했다. 또 다른 질문에 대하여 나와 결혼을 하게 되어 있는 것은 사실이라고 대답하였다. 서류를 뒤적이고 있던 검사가 갑자기 언제부터 우리들의 관계가 시작되었으냐고 물었다. 마리는 그 날짜를 말했다. 검사는 태연한 기색으로 그것은 어머니의 장례식이 있은 다음 날인 것 같다고 지적하였다. 그리고는 약간 비웃는 말투로 그 같은 미묘한 사정을 더 캐어 묻고 싶지도 않았고 또 마리의 근심도 모르는 바 아니지만 그러나(여기에서 그의 어조는 한층 더 엄해졌다) 그는 자기의 의무상 부득이 예의를 벗어날 수밖에 없다고 말하였다. 그래서 검사는 마리에게 나와 관계를 맺게 된 그날 하루의 한 일을 요약해서 말하라고 하였다. 마리는 이야기하고 싶어하지 않았으나, 검사의 강권에 못 이겨 해수욕을 갔던 일, 영화 구경을 갔던 일, 그리고 둘이서 나의 집으로 돌아 온 일을 말하였다. 차석 검사는 예심에서 마리의 진술을 듣고, 그 날 영화의 프로그램을 조사해 보았다고 말한 다음, 그때 무슨 영화가 상영되고 있었는지를 마리 자신의 입으로 말하여 주기 바란다고 덧붙였다. 마리는 거의 질린 목소리로 그것은 페르낭델의 영화였다고 말하였다. 그녀의 말이 끝나자 장내는 완전히 잠잠해졌다. 그러자 검사는 일어서서 심각하게 참으로 감동된 듯한 목소리로 나를 손가락질하면서 천천히 또박또박 끊어 말하였다.

"배심원 여러분, 어머니가 죽은 바로 그 다음 날에, 이 사람은 해수욕을 하고, 부정한 관계를 맺기 시작하고, 희극 영화를 보고 좋아한 것입니다. 다시 더 말 할 필요조차 없습니다."

침묵이 흐르는 가운데 검사는 말을 맺고 앉았다. 갑자기 마리가 흐느껴 울기 시작했다. 그러면서 그런 것이 아니며 다른 일들도 있었고 사실 자기가 생각하는 것과는 반대 이야기를 강요당한 것이라고 말했다. 자기는 나를 잘 알고 나는 아무것도 나쁜 일을 하지 않았다고 말했다. 그러나 재판장이 손짓을 하자 서기가 그녀를 데리고 나갔다. 심문은 다시 계속되었다.

마송이 나와서 나는 성실한 사람이며, 그뿐만 아니라 용감한 사람이라고 말하였으나 거의 아무도 들어 주는 사람이 없었다. 살라마노도 내가 그의 개의 일로 퍽 친절하였다는 것을 말하고, 나와 어머니에 관한 질문에 대하여 나는 어머니에게 할 말이 아무것도 없었고, 그때문에 내가 어머니를 양로원에 넣은 것이라고 대답하였으나 역시 들어 주는 사람이 거의 없었다.

"이해하셔야 합니다. 이해하시기 바랍니다."

하고 살라마노는 말하고 있었지만 이해하는 사람은 하나도 없는 것 같았다. 서기가 그를 데리고 나갔다.

뒤이어 레이몽의 차례가 되었다. 그가 마지막 증인이 되었다. 레이몽은 나에게 슬쩍 손짓을 해 보이고, 다짜고짜 나에게는 죄가 없다고 말하였다. 그러나 그에게 요구하는 것은 판정이 아니라 사실이라고 재판장이 말하였다. 재판장은 그에게 질문을 기다려서 대답을 하라고 주의를 주었다. 그와 피해자의 관계를 정확하게 말하라고 했다. 레이몽은 그 기회를 이용해서 그가 피해자의 누이의 뺨을 때린 다음부터 피해자가 미워하고 있던 것은 자기라고 말하였다. 그러나 재판장은 피해자가 나를 미워할 이유가 없었느냐고 물었다. 레이몽은 내가 바닷가에 같이 있었던 것은 우연의 결과였다고 말하였다. 검사는 그러면 어째서 사건의 발단이 된 그 편지가 나의 손으로 씌어졌느냐고 물었다. 레이몽은 그것도 우연이었다고 대답했다. 검사는 이 사건에 있어서 이미 여러 번 우연은 진상을 왜곡하였다고 반박하였다. 레이몽이 그의 정부의 뺨을 때렸을 때 내가 말리지 않은 것도 우연인가, 내가 경찰서에 가서 증인이 되었던 것도 우연인가, 그때의 나의 증언이 순전히 호의적이었던 것도 우연인가 알고 싶다고 하였다. 그는 안으로 직업이 무엇이냐고 레이몽에게 물었다. '창고 감독'이라고 레이몽이 대답하자 차석 검사는 배심원들에게 증인이 뚜쟁이 노릇을 업으로 하고 있다는 것은 누구나 다 아는 사실이라고 말하였다. 나는 그의 공범자요 친구이다. 그러므로 나의 사건은 가장 음란한 범죄 사건이요, 더욱이 피고는 흉악하기 짝이 없는 파렴치한이라는 것이었다. 레이몽이 변명을 하려 하였고 변호사도 항의를 하였으나, 재판장은 검사의 이야기를 끝마치게 해야 할 것이라고 말하였다.

　검사는,

　"나는 더 길게 말하지 않겠습니다."

하고 말한 다음 레이몽에게,

　"피고는 당신의 친구였습니까?"

하고 물었다. 레이몽은,

“그렇습니다. 나의 친구였습니다.”
하고 말했다. 그러자 검사가 나에게 같은 질문을 했으므로 나는 레이몽을 바라보았다. 그는 나에게서 눈을 돌리지 않았다. 나는,
“그렇습니다.”
하고 대답했다.
검사는 그때 배심원들에게 돌아서서 말했다.
“어머니가 사망한 다음 날 가장 수치스러운 정사에 골몰한 이 사람은 대수롭지도 않은 이유로 어처구니없는 풍기 사건의 결말을 지으려고 살인을 한 것입니다.”
검사는 이야기를 끝맺고 앉았다. 나의 변호사는 참다 못하여 두 팔을 높이 쳐들어 올리며 외쳤다. 그 때문에 소매가 흘러내려 풀을 먹인 셔츠의 주름이 드러나 보였다.
“도대체 피고는 어머니를 매장한 것으로 기소된 것입니까, 살인을 한 것으로 기소된 것입니까?”
방청객들이 웃었다. 그러나 검사는 다시 일어서서, 법복을 고쳐 입고 나서 존경할 만한 변호인의 순진성을 갖지 않고서는 그 두 종류의 사실 사이의 근본적이며 감동적이요, 본질적인 관계를 느끼지 않을 수 없을 것이라고 언명하였다.
“그렇습니다.”
하고 그는 기운차게 외쳤다.
“범죄인의 마음으로 어머니를 매장했으므로, 나는 이 사람의 죄를 논고하는 것입니다.”
이 논고는 방청객들에게 커다란 효과를 거둔 듯하였다. 변호사는 어깨를 으쓱해 보이고, 이마에 흐르는 땀을 닦았다. 그러나 그 자신 동요된 빛을 보였고, 사태는 나에게 결코 유리하지 못하다는 것을 나는 깨달

왔다.

그리고 심문이 빨리 끝났다. 심문이 끝나고 재판소에서 나와 차를 타러 가면서 나는 매우 잠깐 동안 여름 저녁의 냄새와 빛을 느꼈다. 어두컴컴한 호송차 속에서 나는 내가 좋아하던 어떤 도회지의 거리며, 이따금 스스로 만족감을 느끼던 어떤 시간의 귀에 익은 소리들을 마치 자신의 피로한 마음 속으로부터 찾아내듯이 하나씩 다시 들을 수 있었다. 이미 부드러워진 공중으로 들려 오는 신문팔이들의 고함 소리, 공원 속의 마지막 새소리, 샌드위치 장수의 부르짖음, 높은 시가의 휘어진 길목에서 울리는 전차의 경적 소리, 그리고 항구 위로 밤이 내리려는 무렵 하늘에 반향하는 어렴풋한 소리, 그러한 모든 것이 나에게 장님이 더듬는 길 같은 것을 이루고 있었다. 그 길은 형무소로 들어오기 전에 내가 잘 알고 있던 것이었다.

그렇다. 그것은 이미 오랜 옛날, 내가 스스로 만족감을 느끼던 시각이었다. 그러한 때 나를 기다리고 있던 것은 언제나 가볍고 꿈도 없는 잠이었다. 그러나 이제는 무엇인가 달라진 것이 있었다. 왜냐 하면 내일을 기다리고 있었던 내가 돌아온 곳은 나의 감방이었기 때문이다. 마치 여름 하늘 속에 그려진 낯익은 길이 죄없는 수면으로 이를 수도 있고 감옥으로 이를 수도 있는 것처럼.

4

피고석에 앉아서라도 자기 이야기를 듣는 것은 언제나 흥미있는 일이다. 검사와 변호사 사이의 변론이 있는 동안 사람들은 내 이야기를 많이 하였다. 아마 내 범죄 이야기보다도 더 많이 내 이야기를 하였다고 할 수 있다. 그리고 양쪽의 변론에 커다란 차이가 있었을까? 변호사는 팔을 쳐들어올리고 범죄를 인정하되 변명을 붙였고, 검사는 손가락질을 하며 유죄를 고발하여, 변명의 여지를 주지 않았을 따름이다. 그러나 나를 막연히 난처하게 만드는 일이 하나 있었다. 나는 스스로 생각이 깊게 빠져 있었으나, 때로는 나도 한 마디 이야기를 하고 싶었다.

그러면 변호사는,

"가만 있어요. 그래야 일이 잘 됩니다."

라고 말하는 것이었다. 이를테면 사건이 나와는 아무런 관계 없이 다루어지는 셈이었다. 나는 참여시키지도 않고 모든 것이 진행되었다. 내 의견을 물어 보지도 않은 채 내 운명이 결정되는 것이었다. 때때로 나는 다른 사람의 이야기를 가로막고 이렇게 말하고 싶었다.

"그렇지만 도대체 누가 피고입니까? 피고라는 것은 중요합니다. 나에게도 할 말이 있습니다."

그러나 생각해 보면 할 이야기는 아무것도 없었다. 그리고 나는 사람들에게 관심을 갖는다는 흥미는 오래 계속되지 않는다는 것을 인정하지 않을 수 없다. 가령 검사의 논고가 곧 나에게는 싱거워졌다. 나의 관심을 끌거나 흥미를 일으킨 것은 다만 단편적인 말들, 몸짓들, 혹은 전체와는 동떨어진 한 도막의 연설, 그러한 것들이었다.

내가 옳게 이해한 것이라면, 검사의 생각의 요점은 내가 범죄를 미리 계획했었다는 것이었다. 적어도 그는 그것을 증명하려고 했으며, 그 자신이 이렇게 말하고 있었다.

"그것을 증명하겠습니다. 그것을 나는 이중으로 증명할 수 있습니다. 첫째로는 사실에 비추어서, 둘째로는 이 악한 마음씨의 음흉한 심리 상태를 비추어서 증명할 수 있는 것입니다."

검사는 어머니가 죽은 뒤의 사실들을 요약하였다. 내가 냉담했었다는 것, 어머니의 나이를 몰랐었다는 것, 이튿날 여자와 해수욕을 하러 갔었다는 것, 페르낭델의 영화를 구경하고 끝으로 마리와 함께 집으로 돌아왔다는 것을 지적했다. 그때 나는 검사의 말을 이해하는 데 퍽 시간이 걸렸다. 그가 '정부'란 말을 썼기 때문이다. 그러나 나에게는 마리였을 따름이다. 그리고 검사는 레이몽의 이야기를 하였다. 사건을 보는 방법은 여간 명석한 것이 아니라고 나는 생각했다. 그의 이야기는 그럴 듯했다. 나는 레이몽과 합의하여 그의 정부를 꾀어다가 '도덕 관념이 의심스러운' 사나이의 흉악한 행위에 맡기려고 편지를 썼다. 바닷가에서는 내가 레이몽의 적들에게 대들었다는 것이다. 레이몽이 다쳤다. 나는 레이몽에게서 권총을 달라고 한 뒤 혼자 그것을 사용할 생각으로 되돌아갔다. 그리하여 계획대로 아라비아 사람을 쏘아 죽인 것이다. 조금 기다려서 '일이 잘 되었었음을 확인하기 위하여' 다시 네 방의 탄환을 확실하고도 명확한 의식을 가지고 쏘았다는 것이다.

"이상과 마찬가지로."

하고 검사는 말했다.

"나는 여러분께, 이 사람이 뻔히 알면서 살인을 하게 된 사건의 경위를 말씀드렸습니다. 나는 이 점을 강조합니다. 왜냐 하면 이것은 보통의 살인, 정상(情狀)에 따라 관대하게 보아 줄 수도 있는 반사적 행동이 아닙니다. 여러분, 이 사람은 지식도 있습니다. 이 사람의 진술을 여러분도 듣지 않으셨습니까? 그는 대답할 줄도 알고 말의 뜻도 잘 알고 있습니다. 그러므로 자기가 하는 일을 모르고 행동하였다고는 할 수 없습니다."

귀를 기울이고 있던 나는 나를 지식 있는 사람이라고 하는 말을 들었다. 그러나 보통 사람이면 누구나 가지고 있는 능력이 어떻게 한 사람의 범인에게 매우 불리한 조건이 되는 것인지 나는 잘 이해할 수가 없었다.

적어도 내 머리를 때린 것은 그러한 점이었다.

그 뒤로는 검사의 말을 듣지 않고 있었으나, 이윽고 나는 다시 그의 말을 들었다.

"후회하는 빛을 보이기나 했던가요? 여러분, 조금도 없었습니다. 예심 때도 이 사람은 자기의 가증스러운 범행에 대해 한 번도 뉘우치는 것 같지 않았습니다."

그리고는 나에게로 돌아서서 손가락으로 나를 가리키며 계속하여 열변을 늘어놓았는데, 사실 나는 그 이유를 잘 알 수 없었다. 그의 이야기가 옳다는 것을 인정하지 않을 수 없기는 했다. 나는 나의 행동을 그다지 뉘우치고 있지는 않았다. 그렇지만 그렇게 노발대발한다는 것이 나에게는 놀라웠다. 그에게 나는 다정스럽게 거의 애정을 기울여 나로서는 참말로 무엇을 후회할 수가 없었던 것이라고 설명해 주고 싶었다. 나는 항상 앞으로 나에게 일어날 일, 오늘의 일 또는 내일의 일에 마음이 팔려 있었던 것이다. 그러나 물론 나의 처지로서는 누구에게도 그러한 투로 말할 수는 없었다. 나에게는 다정스러운 태도를 취하거나, 선의를 가질 권리가 없는 것이다. 그러므로 검사는 다시 나의 영혼에 관한 이야기를 시작했으므로 나는 귀를 기울였다.

검사는 나의 영혼을 들여다보았으나 아무것도 찾아볼 수 없었다고 배심원들에게 말하였다. 사실 영혼이라는 것이 나에게는 도무지 없으며 인간다운 점이 조금도 없고, 인간의 마음을 보전하는 도덕적 원리가 모두 나에게는 받아들여지지 않고 있다는 것이었다.

"아마도."
하고 그는 덧붙여 말했다.

"우리는 그것을 비난할 수는 없을 것입니다. 그가 가질 수 있는 것이 그에게 없다는 것을 나무랄 수도 없는 일입니다. 그러나 이 법정에 있어서는 소극적인 관용의 덕(德)은 그보다 더 어렵기는 하지만, 더 높은 덕으로 바꾸어야 합니다. 특히 이 사람에게서 볼 수 있는 것 같은 심리의 공허가 사회 전체를 삼켜 버릴 수도 있는 심연(深淵)이 되는 경우에는 더욱 그러합니다."

그리고는 어머니에 대한 나의 태도를 논의하였다. 공판 중에 한 말을 그는 다시 되풀이하였다. 그러나 그것은 나의 범죄를 이야기하였을 때보다도 더 길었다. 너무나 길어서 마침내 그 날 아침의 더위밖에는 아무 것도 나는 느낄 수가 없었다. 얼마 지나서 차석 검사는 잠시 말을 끊었다.

다시 매우 낮고 자신 있는 목소리로,

"내일 이 법정은 가장 가증스러운 범죄, 부모를 살해한 범행을 심판하게 될 것입니다."
하고 말하였다.

그의 말에 의하면, 이 잔학한 범죄는 상상조차 할 수 없을 정도로 무서운 것이었다. 그는 인간 사회의 율법이 엄중한 처단을 내리기를 바란다고 말했다. 그러나 이 범행이 일으키는 전율감도 차라리 나의 무감각함에 대하여 느끼는 전율감에는 미치지 못한다고 서슴지 않고 말했다. 또 그의 말에 의하면 정신적으로 자기의 어머니를 죽이는 사람은 아버지를 자기의 손으로 죽이는 사람과 마찬가지로 인간 사회로부터 말살되어야 한다는 것이었다. 어쨌든 전자는 후자의 행위를 준비하는 것이며, 말하자면 그러한 행위를 예고하고 승인한다는 것이다.

"여러분, 나는 확신합니다."
하고 그는 목소리를 높여서 덧붙였다.

"이 의자에 앉아 있는 사람은 이 법정이 내일 판결을 내리게 될 살인죄를 같이 범한 것이라고 말하여도 여러분은 내 생각이 지나치다고는 생각하지 않을 것입니다. 그러므로 이 사람은 형벌을 받아야 할 것입니다."

여기에서 검사는 땀으로 번뜩이는 얼굴을 닦았다. 끝으로 그는 자기의 의미는 괴로운 것이지만 단호히 그것을 수행할 것이라고 말하였다. 나는 사회의 가장 근본적인 율법을 무시하고 있으므로, 사회와는 아무 관계도 없으며, 인간의 마음이 가장 기본적인 반응도 모르는 사람이므로, 인정에 호소할 수도 없는 것이라고 말하였다.

"나는 이 사람에 대하여 사형을 구형합니다. 사형을 구형하여도 내 마음은 가볍습니다. 왜냐 하면 이미 짧지 않은 재직 기간중, 나는 여러 번 사형을 구형한 일이 있었지만 오늘처럼 이 괴로운 의무가 신성한 지상 명령이란 의식과 흉악한 것밖에는 아무것도 읽어 볼 수 없는 한 사람의 얼굴을 앞에 놓고 느끼는 전율감에 의해 보상을 받아 균형을 이루고 빛을 받는 것처럼 느껴 본 적은 일찍이 없었기 때문입니다."

검사가 자리에 앉자 상당히 오랜 침묵이 흘렀다. 나는 더위와 놀라움으로 어리둥절했었다. 재판장이 두어 번 기침을 하고 나서 낮은 목소리로 덧붙여 할 말은 없느냐고 내게 물었다. 나는 이야기하고 싶었으므로 일어서서 그저 생각나는 대로 아라비아 사람을 죽이려는 의도는 없었던 것이라고 말하였다. 재판장은 그건 하나의 주장이라고 대답하고 아직 나의 변호 내용을 잘 알 수 없으니 변호사의 말을 듣기 전에 내가 그런 행동을 하게 된 동기를 명확히 말해 주면 좋겠다고 말하였다. 나는 빠른 어조로 말을 좀 뒤섞으며 내가 우습게 보인다는 사실을 알면서도 그것은 태양 때문이었다고 말했다. 장내에는 웃음이 터졌다. 나의 변호사는 어깨를 으쓱해 보였다. 곧 뒤이어 그는 발언할 지명을 받았으나 시간도 늦고 자기의 진술은 여러 시간을 요할 것이므로 오후로 미루어 주면 좋겠다고 말하였다. 법정은 이에 동의하였다.

오후에도 커다란 선풍기가 여전히 실내의 무더운 공기를 휘젓고, 배심원들의 가지각색의 조그만 부채들은 모두 같은 방향으로 움직이고 있었다. 변호사의 변론은 언제 끝이 날지 모를 지경이었다. 그러나 문득 나는 귀를 기울였다.

"내가 죽인 것은 사실입니다."
하고 그가 말했기 때문이다. 그는 그런 조로 이야기를 계속했다. 나의 말을 할 때마다 그는 '나'라고 했다. 나는 매우 놀랐다. 나는 경찰관에게로 몸을 굽혀 그 이유를 물었다. 경찰관은 가만 있으라고 말하고 조금 있더니 변호사들은 모두 그렇다고 덧붙였다. 나로서는 그것도 또한 나를 사건으로부터 젖혀놓고, 나를 제로(零)로 만들어 버리는 것이고, 이를테면 그가 나 대신의 역할을 하는 것이라고 생각했다. 그러나 나의 주의는 벌써 그 법정에서 매우 멀어져 있었다고 생각했다. 그리고 나의 변호사는 우스워 보였다. 그는 빠른 어조로 나의 살인 행위를 변호하고 나서, 그도 역시 내 영혼에 관해 이야기하였다. 그러나 검사에 비하여 그 솜씨가 훨씬 뒤떨어지는 것 같았다.

"나도 역시 피고의 눈을 들여다보았습니다만 탁월하신 검사 각하의 의견과는 반대로 나는 무엇인가를 발견할 수 있습니다. 뿐만 아니라 펼쳐 놓은 책을 읽듯 환히 볼 수 있었다고 말할 수 있습니다."

나는 성실한 인물이며 규칙적이고 근면하고 일하고 있던 회사에 충실하였으며, 모든 사람들로부터 호평을 받고 다른 사람의 불행을 동정하는 사람이었다는 것을 그는 읽었다는 것이었다. 그의 의견에 의하면 나는 힘이 자라는 한 정성껏 오랫동안 어머니를 부양한 모범적 아들이었다. 나중에는 내 힘으로써는 안락한 생활을 시켜 드릴 수 없어 양로원이 대신 늙은 어머니에게 그것을 베풀어 줄 수 있으리라고 내가 기대했다는 것이다.

"여러분, 그 양로원에 관하여 이러니저러니 그렇게도 많은 논의가 있었다는 것을 나는 차라리 이상하게 생각합니다. 만일 그러한 시설의 유익함과 고귀함의 증거를 제시해야 할 것이라면, 국가 자체가 그런 시설을 보조하고 있다는 사실을 말하지 않을 수 없을 것입니다."

하고 그가 덧붙였다. 다만 장례식에 관해서는 아무 말이 없었다. 그것이 그의 결론의 결함이라는 것을 나는 느꼈다. 그러나 그러한 장광설들, 여러 날 동안 나의 영혼에 관하여 이야기를 한 그 한없이 긴 시간 때문에, 나에게는 모든 것이 빛깔 없는 물처럼 되어 버려, 그 속에서 어지러움을 느끼는 것 같은 인상을 받았다.

마침내 변호사가 이야기를 계속하고 있는 동안에 거리로부터 다른 방들과 법정의 온 공간을 거쳐서 아이스크림 장수의 나팔 소리가 내 귀에까지 울려 왔던 것을 나는 기억하고 있을 따름이다. 나는 이미 나의 것이 아닌 생애, 그러나 거기서 내가 지극히 빈약하나마 집요스러운 기쁨을 얻었던 생애의 추억에 사로잡혔다. 여름의 냄새, 내가 좋아하던 거리, 어느 날 저녁의 하늘, 마리의 웃음과 옷차림. 그 곳에서 내가 했던 쓸모없는 그 모든 것들이 나의 목구멍까지 치밀어 올라왔기 때문에 나는 다만 이 일이 어서 끝나고 나의 감방으로 돌아가서 잠잘 수 있기만을 바랐다. 나의 변호사가 끝으로 배심원들은 일시적 실수로써 소행을 그르친 성실한 근로인을 사형에 처하지는 않을 것이라고 외치고, 내가 이미 가장 확실한 벌로써 영원한 뉘우침을 끌고 다닐 범죄에 대하여 정상의 참작을 요구하는 것도 내 귀에는 거의 들리지 않았다. 법정의 심문을 중지하고 변호사는 피곤한 기색을 보이며 자리에 앉았다. 그러자 그의 동료들이 달려와서 그의 손을 잡았다.

"참 훌륭했어."

하는 말이 들렸고, 그 중 한 사람은 나에게 그것의 증거를 구하는 듯이,

"그렇지요?"

하고 말하기까지 하였다. 나는 동의를 하였으나 나의 찬사는 진심에서 우러나온 것이 아니었다. 너무나 피곤했기 때문이다.

밖에서는 해가 기울어 더위는 덜해졌다. 한길에서 들려 오는 소리에 의해 나는 저녁의 부드러움을 짐작할 수 있었다. 우리들은 모두 거기서 기다리고 있었는데, 그것은 나 한 사람에 관계되는 일이었다. 나는 회색 웃옷을 입은 신문 기자, 그리고 자동 인형 같은 여자의 눈길과 마주쳤다. 그것 때문에 재판 중에 한 번도 눈으로 마리를 찾지 않았다는 생각이 떠올랐다. 나는 마리를 잊어버리지는 않았으나 할 일이 너무나 많았던 것이다. 마리는 셀레스트와 레이몽 사이에 있었다. 그녀는,

"이제 끝났어요."

하고 말하는 듯이 나에게 조그맣게 손짓을 하였다. 그리고 약간 근심어린 얼굴로 웃음을 짓고 있는 것이 보였다. 그러나 나는 마음이 닫혀 있음을 느꼈다. 그녀의 미소에 답조차 할 수 없었던 것이다.

공판이 재개되었다. 매우 빠른 어조로 배심원들에 대한 여러 가지 질문 낭독이 있었다. '살인죄'……'가해 행위' 그러한 말들이 들렸다. 배심원들이 나가 버리고 나는 앞서 기다렸던 방으로 안내되었다. 나의 변호사가 따라와서 매우 수다스럽게 여느 때보다도 더욱 자신 있고 다정스러운 태도로 말하였다. 모든 것이 잘 될 것이므로, 몇 년 동안의 금고(禁錮)나 혹은 징역을 치르면 그만일 것이라고 그는 생각하고 있었다. 만약에 판결이 불리할 경우에는 파기할 수도 있느냐고 나는 물었다. 그럴 수는 없다고 그는 대답했다. 배심원 측의 악감을 사지 않게 하기 위하여 이편의 결론적 요구를 말하지 않는 것이 그의 전술이었다는 것이었다. 그는 그렇게 아무 이유도 없이 판결을 파기하지는 못하는 법이라고 설명했다. 그것은 나에게도 명백한 것으로 생각되어 그의 이론을 수

궁할 수밖에 없었다. 따져 보면 그것은 지극히 당연한 일이었다. 그렇지 않으면 그 숱한 서류가 쓸데 없는 것이다.

"어쨌든 상소(上訴)할 수는 있습니다. 그러나 결과는 나쁘지 않으리라고 확신합니다."

하고 나의 변호사는 말하였다.

우리들은 매우 오랫동안 아마 거의 사오십 분이나 기다렸다. 시간이 되자 종이 울렸다. 변호사는,

"배심원 측의 답신을 재판장이 읽습니다. 당신은 판결을 언도할 때에야 들어오게 될 것입니다."

하고 말하면서 나를 두고 가 버렸다. 문을 여닫는 소리가 들렸다. 사람들이 계단을 뛰어가고 있었으나 멀고 가까움을 분간할 수는 없었다. 그리고는 법정으로부터 나직한 목소리로 무엇인지 읽는 것이 들렸다. 다시 종이 울리고 피고석의 문이 열렸을 때 나에게로 밀려온 것은 장내의 침묵, 그리고 그 젊은 신문 기자가 눈을 곁으로 돌리는 것을 보았을 때의 그 야릇한 감각이었다. 나는 마리가 있는 쪽을 보지 못했다. 시간의 여유가 없었던 것이다. 왜냐 하면 재판장이 이상한 말투로 피고는 프랑스 국민의 이름으로 광장에서 목이 잘리게 될 것이라고 말했기 때문이다. 그때 나는 모든 사람들의 얼굴 위에 나타난 감정을 알아볼 수 있을 것 같았다. 그것은 나를 존경하는 빛이었다고 생각된다. 경찰관들은 나에게 무척 다정스러웠고 변호사는 내 손목에 그의 손을 올려놓았다.

나는 아무것도 생각하지 않고 있었다. 그러자 재판장이 무엇이든 덧붙여 말할 것이 없느냐고 물었다. 나는,

"없습니다."

하고 대답했다. 그리고 나는 누군가에게 이끌려 법정을 나왔다.

나는 세 번의 형무소 소속 신부 면회를 거절했다. 그에게 말할 것도 없고 이야기하기도 싫어 서둘러서 만나야 할 까닭이 없었던 것이다. 나의 관심거리는 메커닉한 것으로부터 벗어나는 것, 불가피한 것으로부터 빠져 나갈 수 있는 길이 있는가를 알아보는 일이다. 감방이 바뀌었다. 지금 이 감방으로부터는 반듯이 누우면 하늘밖엔 보이지 않는다. 하늘 위로 낮이 밤으로 옮겨가는 빛깔의 조락을 바라보는 것으로 하루를 지낸다. 머리 밑에 손을 괴고 누워 기다린다.

사형 선고를 받은 사람으로서 그 무자비한 메커니즘으로부터 벗어난 예가, 처형되기 전에 종적을 감추었다든지 경계선을 돌파한 예가 있었을까 하고 나는 몇 번이나 자문하여 보았는지 모른다. 그럴 때마다 사형 집행에 관한 이야기에 그다지 주의를 기울이지 않았던 것이 후회되었다. 그러한 문제에는 언제나 관심을 가져야 할 것이다. 어떤 일을 당하게 되는지 알 수 없지 않는가?

다른 사람들과 마찬가지로 나도 신문 기사를 읽은 일이 있긴 하다. 그러나 특별한 책들이 확실히 있었을 텐데 나는 그것들을 들여다보고 싶어하는 호기심을 한 번도 가져 본 적이 없었던 것이다. 그러한 책들 속에서라면 탈출에 관한 이야기도 찾아볼 수 있었을 것이다. 적어도 한 번쯤은 바퀴가 멎어 그 거역할 수 없는 전락 속에서 우연한 행운이 한 번쯤은 무슨 변동을 일으킨 일이 있다는 것을 알 수 있었을 것이다. 단 한 번만! 어느 의미로는 그것만으로 내게는 충분하였으리라고 생각한다. 나머지는 나의 마음으로 보충할 수 있었을 것이다.

　신문들은 흔히 사회에 대한 죄과를 운운한다. 신문에 의하면 그것을 갚아야 한다고 한다. 그러나 그러한 말은 상상력을 불러일으켜 주지 못한다. 중요한 것은 가능성, 무자비한 의식(儀式) 밖으로의 도약, 희망의 무한한 기회를 주는 미친 듯한 질주였다. 물론 희망이라고는 해도 길 모퉁이에서 달리던 도중에 날아오는 총탄에 맞아 쓰러지는 것뿐이다. 그러나 곰곰이 생각해 보면 그러한 사치를 나에게 허락해 주는 것은 아무 것도 없었다. 모든 것이 나에게 그것을 금지하고 메커닉한 것이 나를 다시 붙잡는 것이었다.

　아무리 하여도 나는 그러한 턱없는 확실성을 받아들일 수는 없었다. 왜냐 하면 어쨌든 그 확실성에 근거를 둔 판결과 판결의 언도가 내린 순간부터의 그 어쩔 수 없는 결말과의 사이에는 어처구니없는 불균형이 있었기 때문이다. 판결문이 오후 5시가 아니라 오후 8시에 낭독되었다는 사실, 그 판결문이 전혀 다를 수도 있었으리라는 사실, 그것이 속옷을 갈아입는 인간들에 의하여 결정되었다는 사실, 그것이 프랑스 국민(혹은 독일 국민, 중국 국민)이란 지극히 모호한 관념에 의하여 언도되었다는 사실, 그러한 모든 것은 그 같은 결정으로부터 많은 준엄성을 제기하는 것처럼 내게는 생각되었다. 그러나 그 선고가 내려진 순간부터 그 결과는 내가 몸을 비벼대고 있던 이 벽의 존재와 마찬가지로 확실하고 준엄하게 된다는 사실을 인정하지 않을 수 없었다.

　그럴 때 나는 어머니에게서 들은 아버지의 이야기를 회상하였다. 나는 아버지를 알지 못했다. 아버지에 관하여 내가 정확히 알고 있는 것으로는 아마 어머니가 그때 이야기해 준 것밖에 없을 것이다. 아버지는 어느 살인범의 사형 집행을 보러 갔었다는 것이다. 그것을 보러 갈 생각만으로도 아버지는 병이 들었다. 그래도 아버지는 갔었고 돌아오는 길에 아침에 먹었던 아침 식사의 일부를 토해 버렸다. 그 말을 들었을 때 나는 아버지가 좀 싫어졌었다. 그러나 나는 지금 그것이 지극히 당연한 일이라는 것을 이해할 수 있었다. 사형 집행보다 더 중대한 일은 없으며 어떤 의미로는 그것이야말로 사람에게는 참으로 흥미있는 유일한 일이라는 것을 어째서 나는 알아차리지 못했던 것일까.

만약 내가 이 감옥으로부터 빠져 나갈 수 있다면 나는 모든 사형 집행을 빠짐없이 보러 가리라. 그러한 가능성을 생각해 보는 것은 잘못이었다고 생각한다. 왜냐 하면 어느 날 이른 아침 경계선 뒤에서 말하자면 저쪽에 자유스러울 자기 자신을 생각할 때, 구경하러 갔다가 토할 수 있을 것을 생각할 때, 억눌렀던 기쁨의 물결이 가슴으로 복받쳐 올랐기 때문이다. 그러나 그것은 이치에 어긋나는 일이었다. 그러한 가정(假定)에 빠져들어가는 것은 잘못이었다. 왜냐 하면 그 뒤로 곧 나는 너무나 추워 이불 밑으로 몸을 웅크리지 않을 수 없었기 때문이다. 참다 못하여 나는 턱을 덜덜 떨고 있었다.

그러나 물론 언제나 이치에 맞는 생각만 할 수는 없는 것이다. 또 법률의 초안을 만들어 보는 때도 있었다. 형법 체계를 개혁하고 있었던 것이다. 요점은 사형 선고를 받은 자에게 기회를 준다는 것이었다. 천 번에 한 번쯤, 그것이면 여러 가지 일을 처리하기에 충분했었다. 그리하여 그것을 먹으면 수형자가(나는 수형자라는 말을 생각했었다) 열 명에 아홉 명은 죽는 그런 화학 약품의 배합을 고안해 낼 수도 있을 것이라고 생각했다. 수형자에게 그런 사실을 알려 주어야 하는 것이다. 그것이 조건이었다. 왜냐 하면 곰곰이 냉정하게 일을 생각하여 보면, 단두대(斷頭臺)로써 불리한 점은, 어떠한 기회도, 절대로 어떠한 기회도 없는 것이라는 사실을 나는 인정하지 않을 수 없었던 까닭이다. 결국 어쩔 수 없이 수형자의 죽음은 결정되어 버리고 마는 것이다. 그것은 취소할 여지가 없는 것이다. 만약에 혹 어쩌다가 목이 잘 베어지지 않은 경우가 있으면 다시 할 뿐이다. 그러므로 기막힌 일은 수형자로서는 기계가 아무 고장이 없이 움직여 주기만 바랄 수밖엔 없다는 점이다. 그것이 사실이었다. 그러나 또 다른 의미로는 그 훌륭한 조직의 모든 비결이 거기에 있다는 것을 나는 또한 인정하지 않을 수 없었다. 요컨대 수형자는 정신적으로 협력을 하지 않으면 안 된다. 모든 것이 지장없이 진행된다는 것이 그에게도 이로운 것이다.

나는 또한 그러한 문제에 관해서 여태까지 정확하지 못한 생각을 가지고 있었다는 것을 인정하지 않을 수 없었다. 오랫동안 나는 왜 그랬는지는 몰라도 단두대로 가기 위해서는 계단을 걸어 올라가야 한다고 생각하고 있었다. 그것은 1789년의 대혁명 때문이라고 다시 말하면, 그러한 문제에 관해서 사람들이 가르쳐 주고, 또 보여 주고 한 모든 것들 때문이라고 생각한다.

그런데 어느 날 아침, 소문이 자자했던 어느 사형 집행이 있었을 때 신문에 실렸던 사진 한 장이 생각났다. 사실인즉 기계는 땅바닥에 지극히 간단하게 놓여 있었고 생각했던 것보다는 훨씬 좁았다. 좀더 일찍이 그런 것을 생각하지 않았었다는 것이 적이 이상스러웠다. 그 사진에 나타난 기계는 무엇보다도 정밀한 제품답게 그 규모 있는 번쩍이는 모양이 퍽 나의 인상에 남았었다. 사람이란 알지 못하는 것에 관하여는 과장된 생각을 품는 법이다. 그런데도 실상은 모든 것이 사람의 키만 했다. 마치 누구를 만나러 가듯이 걸어가서 기계와 부딪친다. 어떤 의미로는 그것도 또한 참기 어려운 일이었다. 단두대를 올라간다면 대기 속으로 승천하는 것이다. 그런 방향으로 상상력이 매달릴 수도 있을 것이다. 그 점에 있어서도 메커닉한 것이 모든 것을 짓눌러 버렸다. 그저 약간의 부끄러움과 상당한 정확함과 더불어 슬그머니 목숨이 끊어지는 것이다.

그 밖에 줄곧 나의 머리를 떠나지 않는 것이 두 가지 있었다. 새벽과 상고(上告)가 그것이다. 그러나 나는 스스로 타일러 그러한 생각을 하지 않으려고 애썼다. 누워서 하늘을 바라보며 거기에 집중해 보려고 했었다. 하늘은 초록빛으로 변했다. 저녁이 된 것이다. 나는 생각의 방향을 돌리려고 더욱 애를 썼다. 나는 심장이 뛰는 소리를 듣고 있었다. 그렇게도 오래 전부터 나를 따라다니던 그 소리가 멎을 때가 있었으리라고는 아무리 해도 상상할 수 없었다. 나는 진정한 상상력을 가져 본 적이 없다. 그래도 이 심장의 고동이 나의 머리에 울리지 않게 될 그 순간을 생각해 보려고 했다. 그러나 헛수고였다. 새벽 또는 상고라는 것이 있었기 때문이다. 나는 마침내 내 마음을 억제하려 들지 않는 것이 가장 현명한 일이라고 생각하기에 이르렀다.

그들은 새벽녘에 온다는 것, 그것을 나는 알고 있었다. 결국 나는 밤마다 그 새벽을 기다리며 지낸 셈이다. 나는 언제나 갑자기 놀라는 것을 싫어했다. 무슨 일이 생길 때면 마음의 준비를 해 두고 싶은 것이다. 그런 까닭으로 나는 마침내 낮 동안에 좀 자두었다가 밤에는 끝끝내 새벽빛이 천장 유리창 위에 훤히 밝아 오기를 기다리게 되었다. 가장 괴로운 것은 그들이 보통 그 일을 하러 오는 때라는 것을 내가 알고 있던 그 분간하기 어려운 시간이었다. 자정이 지나면 나는 기다리며 지켜 보고 있었다. 내 귀가 그처럼 많은 소리, 그렇게도 조그만 소리를 들어 본 적은 일찍이 없었다. 그리고 그 동안 발자국 소리는 한 번도 들리지 않았으므로 어지간히 나는 운수가 좋았다고 할 수 있을 것이다.

사람이란 아주 불행하게 되는 법은 없는 거라고 어머니는 흔히 말했었다. 하늘이 빛을 띠어 새로운 하루가 나의 감방으로 새어들 때 나는 어머니의 말이 옳다고 생각했다. 왜냐 하면 발걸음 소리가 들려 와서 내 심장이 터지고 말았을 수도 있었을 것이기 때문이다. 바스락 소리만 나도 문으로 달려가 판자에 귀를 대고 미친 듯이 기다리노라면 나중에는 나 자신의 숨소리가 들려 와 마치 허덕이는 개의 숨결과도 같이 거칠었으므로 깜짝 놀라는 일은 있었지만 결국 나의 심장은 터지지 않았고, 다시 한번 나는 24시간을 얻을 수 있는 것이었다.

낮 동안에는 언제나 상소라는 것을 생각했다. 나는 이 상소에 대한 생각을 가장 적절하게 이용했다고 믿는다. 효과를 면밀히 따져 가지고 나의 생각으로부터 최대의 능률을 얻도록 한 것이다. 나는 늘 최악의 경우를 가정하곤 하였다. 상소 기각이 그것이었다.

"그래, 그때는 죽을 수밖에 없다."

다른 사람들보다 먼저 죽는 것은 사실이지만 그러나 인생이 살 만한 가치가 없다는 것은 누구나 알고 있다. 결국 30세에 죽든지 60세에 죽든지 별로 차이가 없다는 것을 나도 모르는 바 아니었다. 그 어떤 경우에든지 그 뒤엔 다른 남자들과 여자들이 살아갈 것이고 그리고 몇 천 년 동안 그럴 것이다. 결국 그것보다 더 명백한 것은 없다. 지금이든 20년 뒤이든 내가 죽는 사실에는 변함이 없다. 나의 그러한 논리(論理) 속에서 조금 방해가 되었던 것은 이제 앞으로 올 20년의 생활을 생각할 때 느낀 그 마음의 약동이었다. 그러나 20년 뒤에 역시 그 곳에 가지 않으면 안 되었을 때 내가 무엇을 생각할 것인가를 상상함으로써 그것도 눌러 버리면 그만이었다. 죽는 바에야 어떻게 죽든, 언제 죽든, 그런 건 문제가 아니다. 그것은 명백한 일이었다. 그러므로(그리고 어려운 일은 이 '그러므로'라는 말이 표시하는 모든 추론을 시야로부터 잃어버리지 않도록 하는 것이었다), 나는 나의 상소의 기각을 승인할 수밖에 없었다.

그때에야, 그때야 비로소 나는 둘째 가정을 생각해 볼 권리를 가질 수 있어, 말하자면 나 자신에게 그것을 용인하는 것이었다. 그 제2의 가정은 무죄 석방이었다. 거북스러운 것은 턱없는 기쁨으로 눈을 찌르는 그 피와 육체의 약동을 진동시키지 않으면 안 되었던 일이다. 그 부르짖음을 억누르고 그것을 타일러야만 하였다. 첫째 가정에서도 나는 태연스러워야만 했던 것이다. 그럴 수 있을 때는 1시간쯤 가라앉은 마음을 가질 수가 있었다. 그만하면 어쨌든 경의를 표할 만한 일이었다.

그럴 즈음 나는 또다시 소속 신부의 면회를 거절했다. 나는 누워서 하늘이 황금빛으로 물드는 것을 보며 여름 저녁이 가까워옴을 느꼈다. 바로 나의 상소를 기각하고 난 터이어서, 나는 혈액 파동이 규칙적으로 내 몸 속을 순환하고 있음을 느낄 수 있었다. 나는 구태여 신부를 만날 필요가 없었던 것이다. 오래간만에 처음으로 나는 마리를 생각했다. 퍽 오래 전부터 마리에게서 편지가 오지 않았다. 그 날 저녁 나는 곰곰이 생각한 끝에 아마 사형 선고를 받은 사람의 연인 놀음에 그만 지쳐 버린 것이리라고 결론을 지었다. 어쩌면 몸이 아프거나 죽었을지도 모른다는 생각이 들었다. 그것은 당연한 일이었다. 서로 떨어져 있는 우리들의 두 육체밖에는 이제 우리들을 결부시키고 서로 생각게 하는 것은 아무것도 없었으니, 어떻게 내가 그러한 사정을 알 수 있을 것인가?

게다가 그때부터 이미 마리의 추억은 나에게는 아무런 관계도 없는 것이었다. 죽었다면 마리에게 나는 아무런 관심도 갖지 않을 것이다. 그것은 당연한 일이라고 생각되었다. 내가 죽은 뒤에는 사람들이 나를 잊어버린다는 사실을 나는 잘 알고 있었기 때문이다. 죽고 나면 사람들은 나와 아무 관계도 없게 되는 것이다. 그런 일은 생각하기 괴로운 것이라고 말할 수도 없었다.

신부가 들어온 것은 바로 그때였다. 그를 보자 나는 몸을 약간 떨었다. 신부는 그것을 보고 겁내지 말라고 하였다. 보통은 다른 시간에 왔었다고 말했더니 그는 이번 면회는 순전히 친구로서 온 것이며, 나의 상소와는 아무 관계도 없으며 상소에 관해서는 자기는 아무것도 모른다고 대답했다. 내 침대 위에 앉은 다음 그는 나더러 가까이 오라고 권하였지만 나는 거절해 버렸다. 그러나 그는 매우 다정스러웠다.

잠시 동안 그는 앉아서, 두 팔을 무릎 위에 올려놓고 머리를 숙여 자기 손을 바라보고 있었다. 그 손은 가냘프지만 근육이 발달해 있었고, 두 마리의 민첩한 짐승을 연상케 했다. 신부는 천천히 그 두 손을 비볐다. 그리고는 여전히 머리를 숙이고 우두커니 앉아 있었다. 너무나 오랫동안 그대로 있어서 나는 잠시 그를 잊어버린 것 같은 느낌이 들었다.

갑자기 그는 머리를 쳐들고 나를 정면으로 바라보았다.

"왜 나의 면회를 거절하십니까?"

하고 그는 말하였다. 나는 하나님을 믿지 않는다고 대답했다. 그 점에 대하여 확신을 가질 수 있느냐고 묻기에, 나는 그러한 것을 자문해 볼 필요는 없다고 말했다. 그런 것은 아무런 중요성도 없는 문제라고 나에게는 생각되었기 때문이다. 그러자 그는 몸을 뒤로 젖히고 손을 펼쳐 넓적다리 위에 대고 벽에 등을 기대었다. 그는 나에게 이야기를 한다는 기색을 거의 보이지 않으면서 사람이란 자기로서는 확신을 가질 수 있다고 생각하지만, 사실은 그렇지 못할 때가 있는 것이라고 설명하였다. 나는 아무 말도 하지 않았다.

그는 나를 쳐다보고 물었다.

"어떻게 생각하십니까?"

그럴 수도 있을 것이라고 대답했다. 어쨌든 정말로 내 관심을 끄는 것에 대하여서는 확신을 가질 수 없을는지도 모르겠으나, 내 관심을 끌지 않는 것에 대해서는 명백히 확신을 가질 수 있다고 말했다. 그리고 그가 이야기하는 것은 바로 내 관심을 끌지 않는 것이라고 말했다.

그는 눈을 돌렸으나 여전히 그 자세를 고치지 않고 절망한 나머지 그런 말을 하는 것이 아니냐고 나에게 물었다. 다만 나는 두려울 뿐이고 그것은 당연한 일이라고 말했다.

"그렇다면 하나님이 도와 주실 것입니다."
하고 그는 지적하였다.

"내가 아는 한 당신과 같은 경우에 처했던 사람들은 모두 하나님께로 돌아갔습니다."

그것은 그들의 권리라고 나는 인정하였다. 그것은 또한 그들이 그럴 만한 시간적 여유를 가졌었다는 사실을 증명하고 있었다. 그런데 나는 도움을 받기가 싫었고, 또 관심이 끌리지 않는 것에 관심을 가질 시간이 없었던 것이다.

그때 그의 손은 짜증이 난 듯한 시늉을 하였으나 곧 그는 몸을 일으키고 옷주름을 바로잡았다. 그러고 나서 나를 '벗'이라고 부르며 이야기를 하였다. 그가 그렇게 나에게 말하는 것은 내가 사형 선고를 받았기 때문이 아니었다. 그의 의견에 의하면 우리들은 모두 사형 선고를 받고 있다는 것이었다. 그러나 나는 그의 이야기를 가로막고 그것은 사정이 같지 않고 또 그것은 어쨌든 위안이 될 수는 없는 일이라고 말하였다.

"그야 그렇지요."
하고 그는 동의하였다.

"그렇지만 당신은 죽지 않는다 하더라도 장차는 죽을 것입니다. 그때 같은 문제가 생길 것이오. 그 무서운 시련을 당신은 어떻게 받으시겠습니까?"

내가 지금 받고 있는 것과 마찬가지로 나는 그 시련을 받을 것이라고 대답했다.

그 말을 듣자 그는 일어서서 내 눈을 똑바로 바라보았다. 그것은 내가 잘 알고 있는 장난이었다. 나는 흔히 엠마누엘이나 셀레스트와 그 장난을 했었는데 대개는 그들이 눈을 돌려 버리는 것이었다. 신부도 그 장난을 알고 있다는 것을 나는 곧 알 수 있었다. 그의 시선은 조금도 떨리

지 않았다. 그리고 그가,

"당신은 그럼 아무 희망도 없고 죽으면 완전히 없어져 버린다는 생각을 가지고 살고 있습니까?"

하고 말하였을 때 그 목소리는 떨리지 않았다.

"그렇습니다."

하고 나는 대답했다.

그러자 그는 말하였다. 그것은 인간으로서 도저히 견딜 수 없는 일이라고 생각한다는 것이었다. 나는 그가 그만 귀찮아지는 것을 느꼈을 따름이다. 이번에는 내가 돌아서서 천장으로 난 창 밑으로 갔다. 나는 어깨를 벽에 기대고 있었다. 귀담아 듣지는 않았으나 그가 또 다시 나에게 뭐라고 묻는 말이 들려 왔다. 그는 불안스럽고 간곡한 목소리로 이야기하고 있었다. 그가 감동되었다는 것을 깨닫고 나는 좀더 귀를 기울였다.

그는 그의 신념을 피력하여 나의 상소는 수락될 것이지만 그러나 나는 죄의 짐을 지고 있으므로 그것을 벗어 버려야 한다고 말했다. 그의 의견에 의하면 인간의 심판은 아무것도 아니고 하나님의 심판이 전부라는 것이었다. 나에게 사형을 선고한 것은 인간의 심판이라고 지적하였더니, 그렇지만 그것으로는 내 죄가 씻긴 것이 아니라고 그는 대답했다. 내가 범인이라는 것을 사람들은 나에게 가르쳐 주었을 뿐이었다. 나는 범인으로 형벌을 받는 것이니, 그 이상 더 나에게 요구할 수는 없는 것이라고 하였다. 그러자 신부는 다시 일어섰다. 워낙 좁은 감방이라 그가 움직이려고 해도 선택의 여지가 없을 것이라고 나는 생각했다. 앉아 있든지 일어서든지 할 수밖에 없는 것이었다.

나는 땅바닥을 내려다보고 있었다. 그는 한 걸음 나에게로 다가서더니, 더 앞으로 나설 용기가 없는 듯이 멈춰 섰다. 그리고는 창살 너머로 하늘을 바라보고 있었다.

"당신의 생각은 잘못이오."
하고 그는 말하였다.

"당신에게 그 이상 더 요구할 수 있어요. 요구하게 될 것입니다."
"무엇을 요구한단 말입니까?"
"보는 것을 요구할 것이오."
"무얼 봅니까?"
신부는 주위를 둘러보고 갑자기 지친 듯한 목소리로 대답했다.

"이 모든 돌들엔 괴로움이 배어 있습니다. 나는 그것을 압니다. 나는 고뇌없이 이것들을 바라본 적이 없습니다. 그러나 나는 마음 속 깊이 당신들 중의 가장 비참한 사람일지라도 이 돌들의 어두움으로부터 성스러운 얼굴이 나타나는 것을 보았다는 사실을 알고 있습니다. 당신에게 보기를 요구하는 것은 그 얼굴입니다."

나는 조금 흥분했다. 여러 달 전부터 나는 이 담벼락을 들여다보고 있었다고 말했다. 이 세상에서 내가 그보다 더 잘 아는 것은 아무것도, 아무도 없었다. 오래 전부터 나는 거기에 하나의 얼굴을 찾아보려 했었다. 그러나 그 얼굴은 태양의 빛과 정욕의 불길을 가졌을 뿐이었다. 그것은 마리의 얼굴이었던 것이다. 나는 그것을 찾으려 했었으나 헛된 일이었다. 이제는 그것도 지나간 일이었다. 어쨌든 나는 그 땀어린 돌로부터 아무것도 솟아나는 것을 보지 못했다고 말했다.

신부는 일종의 슬픈 표정으로 나를 쳐다보았다. 지금 나는 벽에 등을 완전히 기대고 있었으므로 빛이 나의 위로 흐르고 있었다. 그는 무어라고 몇 마디 말했으나 나는 듣지 못했다. 그러더니 그는 매우 빠른 어조로 나를 껴안을 것을 허락해 주겠느냐고 물었다.

"싫습니다."
하고 나는 대답했다. 그는 돌아서서 벽 쪽으로 걸어가 천천히 그 위로

손을 갖다대고,

"그래, 그렇게도 이 땅을 사랑하십니까?"

하고 조그맣게 말하였다. 나는 아무 대답도 하지 않았다.

그는 퍽 오랫동안 돌아서 있었다. 방 안에 그가 있는 것이 마음에 걸렸고 짜증스러웠다. 그에게 혼자 있고 싶으니 가 달라고 말하려고 했는데 그때 그는 다시 나에게로 돌아서면서 갑자기 요란스럽게 외쳤다.

"아뇨, 나는 믿을 수가 없습니다. 당신도 다른 생애를 바란 적이 있으리라고 나는 확신합니다."

물론 그렇긴 했지만 그것은 부자가 된다든가 헤엄을 빨리 칠 수 있게 된다든가 더 멋진 집을 가지게 되는 것을 바라는 것처럼 중요하지 않다고 나는 대답했다. 그것도 그와 같은 종류의 일이다. 그러나 그는 나의 말을 가로막고, 내세(來世)라는 것을 어떻게 보느냐고 묻기에 나는,

"지금의 이 생애를 회상할 수 있는 그러한 생애."

라고 외치고 곧 이어서 이제 그런 이야기는 더 듣고 싶지 않다고 말하였다. 그는 또 하나님의 이야기를 하려고 하였으나 나는 그에게로 다가서며 나에게는 남은 시간이 조금밖에 없다는 것을 마지막으로 한 번 더 설명하려 하였다. 그는 화제를 바꾸려고, 왜 자기를 몽 페르(나의 아버지 —— 신부님)라고 부르지 않고 무슈라고 부르는가 하고 물었다. 나는 화가 나서 그는 나의 아버지가 아니요, 다른 사람들과 한편이라고 대답했다.

"아닙니다. 나의 아들이여!"

하고 내 어깨 위에 손을 올려놓고 그는 말하였다.

"나는 당신과 함께 있습니다. 그러나 당신의 마음이 어두워서 그것을 모르는 것입니다. 당신을 위하여 기도를 드리지요."

그때 왜 그랬는지 몰라도 내 마음 속에서 무엇인가가 터지고 말았다. 나는 있는 목청을 다하여 외치며 그에게 욕설을 퍼붓고 기도는 그만두

라고 말했다. 나는 그의 신부복 깃을 움켜잡았다. 나는 기쁨과 분노가
뒤섞인 용솟음을 느끼며 내 마음 속을 송두리째 그에게 쏟아 버렸다.

당신은 너무나 자신 만만한 태도였다. 그렇지 않은가? 그러나 당신의
신념이란 건 모두 여자의 머리털 한 올 만한 가치도 없다. 당신은 마치
죽은 사람처럼 살고 있으므로 살아 있다는 것에 대한 확신, 그것은 당신
보다 더 강하다. 내 인생과 닥쳐올 이 죽음에 대한 명확한 의식이 내게
는 있다. 그렇다. 나에게는 이것밖에 없다. 그러나 나는 적어도 이 진리
를, 그것이 나를 붙들고 놓지 않는 것과 마찬가지로 굳게 붙들고 있다.
내 생각은 옳았고 지금도 옳고 언제나 또 옳을 것이다. 나는 이처럼 살
았으나, 또 다르게 살 수도 있었을 것이다. 나는 이런 것은 하고 저런
것은 하지 않았다. 어떤 일은 하지 않았지만 이러한 다른 일을 하였다.
그러니 어떻단 말인가? 나는 마치 저 순간 나의 정당함이 인정될 저 새
벽을 여태껏 기다리며 살아 온 셈이다. 아무것도 중요한 것은 없다. 나
는 그 까닭을 알고 있다. 당신도 그 까닭을 알고 있는 것이다. 내가 살
아온 이 허망한 생애에선 미래의 구렁 속에서부터 항시 한 줄기 어두운
바람이, 아직도 오지 않은 해들을 거쳐서 거슬러 올라와, 그 바람이 도
중에 내가 살고 있던 때, 미래나 다름없이 현실적이라 할 수 없는 그때
에, 내가 할 수 있는 일들을 모두 아무 차이도 없는 것으로 만들어 버렸
던 것이다. 다른 사람들의 죽음, 어머니의 사랑, 그런 것이 무슨 중요성
이 있는가? 당신의 그 하나님, 사람들이 선택하는 생활, 사람들이 선택
하는 숙명, 그런 것이 무슨 중요성이 있다는 말인가? 단지 하나의 숙명
이 나 자신을 사로잡고, 나와 더불어 그처럼 나의 형제라고 하는 수많은
특권을 가진 사람들을 사로잡는 것이 아닌가? 누구나 다 특권을 가지고
있다. 특권을 가진 사람들밖에는 없는 것이다. 다른 사람들도 또한 장차
사형을 받을 것이다. 살인범으로 고발되어 내가 어머니의 장례식 때 눈

물을 흘리지 않았다고 해서, 사형을 받는다 해서 그것이 무슨 중요성이 있다는 말인가! 살라마노의 개나, 그의 마누라나 가치를 따지면 마찬가지다. 자동인형 같은 그 자그마한 여자도 마송과 결혼한 그 파리 여자나 마찬가지로, 또 나와 결혼을 하고 싶어하던 마리나 마찬가지로 죄인인 것이다. 셀레스트는 그 성품이 레이몽보다 낫지만 셀레스트나 레이몽도 나의 친구라는 것이 무슨 중요성이 있는가? 마리가 오늘 또 다른 한 사람의 뫼르소에게 입술을 바치고 있다한들 그것이 어떻다는 말인가? 사형 선고를 받은 녀석, 이놈아! 너는 도대체 아느냐? 미래의 구렁 속으로부터…….

그 모든 것을 외치며 나는 숨이 막혔었다. 벌써 신부를 나의 손으로부터 떼어놓고 간수들이 나를 노려보고 있었다. 그러나 신부는 그들을 진정시키고 잠시 묵묵히 나를 바라보았다. 그의 눈에는 눈물이 가득 괴어 있었다. 그는 돌아서서 가 버렸다.

신부가 나가 버린 뒤에 나의 마음은 다시 가라앉았다. 나는 기운이 없어 바닥 위로 몸을 던졌다. 그리고는 잠이 들었던 모양이다. 왜냐 하면 눈을 뜨자 별들이 보였기 때문이다. 전원(田園)의 소리들이 나에게까지 올라왔다. 밤과 대지와 소금의 냄새가 관자놀이를 시원하게 해 주었다. 잠든 여름의 그 멋진 평화가 조수처럼 내 속으로 흘러들었다. 그때 밤의 끝에서 사이렌이 울렸다. 그것은 이제 나에게 영원히 관계 없는 세계로의 출발을 알리고 있는 것이었다.

참으로 오래간만에 처음으로 나는 어머니를 생각했다. 만년에 왜 어머니가 '약혼자'를 가졌었는지, 왜 생애를 다시 꾸며보는 놀이를 했었는지 나는 알 수 있을 것 같았다. 그 곳, 생명이 꺼져 가는 양로원 근처에서도 저녁은 우울한 휴식 시간 같았다. 그처럼 죽음 가까이에서 어머니는 해방감을 느끼며 모든 것을 다시 살아 볼 마음이 생겼을 것임에 틀림없었다. 아무도 어머니의 죽음을 서글퍼할 권리는 없는 것이다. 그리고 나도 또한 모든 것을 다시 살아 볼 수 있으리라는 생각이 들었다. 마치 그 커다란 분노가 괴로움을 씻어 주고, 희망을 없애 준 것처럼, 이 징후와 별들이 가득 찬 밤을 앞에 두고 나는 처음으로 세계의 다정한 무관심에 마음을 열었다. 그처럼 세계가 나와 비슷하고 형제 같음을 느끼며 나는 행복했었고 지금도 행복하다고 생각했다. 모든 것이 성취되고, 내가 외롭지 않다는 것을 느끼기 위해서 나에게 남은 소원은 다만 내가 사형 집행을 받는 날 많은 구경꾼들이 증오의 함성으로 나를 맞아 주었으면 하는 것뿐이다.

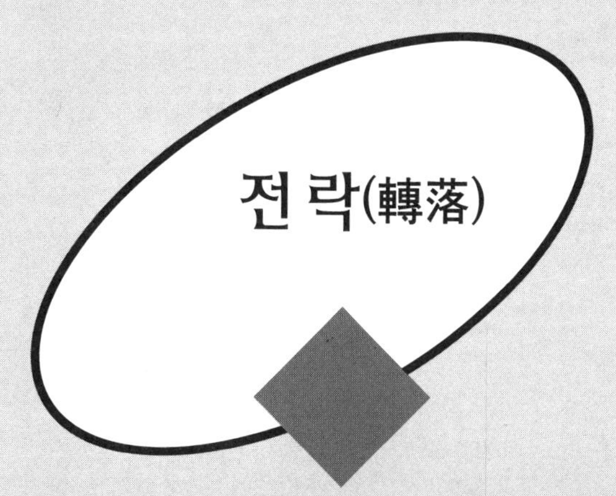

전 락(轉落)

나의 겸손은 다른 사람의 눈길을 끄는 데 도움이 되고,
겸양은 다른 사람을 이기는 데 도움이 되고,
미덕은 다른 사람을 억누르는 데 도움이 되고
있다는 걸 깨달았습니다.

전락(轉落)

저어, 실례가 되지 않는다면 도와 드릴까요? 이 집을 관리하는 저 점잖은 고릴라 양반에겐 당신의 의사가 통하지 않을 겁니다. 저 남자는 네덜란드 어밖에 못하거든요. 누가 통역해 주기 전엔 당신이 진을 주문해도 알아듣지 못할 걸요. 자, 보세요. 이제야 말을 알아들었군요. 저렇게 고개를 끄덕이는 건 내 말뜻을 알아들었다는 뜻이지요. 보세요. 저쪽으로 가지 않습니까. 서두르긴 해도 조심성 있는 걸음걸이지요. 당신은 재수가 좋군요. 저 친구가 궁시렁거리지 않았으니까요. 자기가 귀찮으면 그저 중얼거리고는 그것으로 끝이랍니다. 그럴 때면 더 이상 말을 붙여 볼 엄두도 못 내지요.

제멋대로 하는 건 저런 대형 동물의 특권이죠. 저는 이만 실례하겠습니다. 도와 드릴 수 있어 기뻤습니다. 고맙습니다. 방해되지 않는다면 한 잔 같이 해도 될까요. 참 친절하시군요. 그럼 제 잔을 당신 잔 옆에 나란히 놓겠어요.

네, 사실 그렇습니다. 저 친구는 너무 말이 없어 오히려 귀가 멍멍할 지경이지요. 말없는 저 친구가 문명어라면 악착같이 반발하는 데는 놀라지 않을 수 없답니다. 암스테르담에 있는 이 술집에 무슨 까닭에선지

'멕시코시티'라는 이름을 붙여 놓고는, 아무튼 세계 각국의 뱃사람들을 상대하는 게 그의 직업이니 말입니다. 그런 직업에 저렇게 외국어를 모르다니 꽤 불편할 것 같지 않습니까? 바벨 탑에 기숙하는 크로마뇽 인을 한 번 상상해 보십시오! 적어도 그 크로마뇽 인은 낯설다는 것 정도는 느낄 거란 말입니다.

그런데 세상에, 저자는 타향살이 신세라는 것도 모르고 그저 제 갈 길만 가며 아주 태평하답니다. 저자의 입에서 가끔 나오는 말 가운데 하나는 잡든지 버리든지 해야 한다는 거예요. 대체 뭘 붙잡고 뭘 버린다는 걸까요? 아마 저 자신을 말하는 것일 테지요. 솔직히 말씀드리자면, 나는 저렇게 덩어리처럼 생긴 사람에게 끌린답니다. 직업상 아니면 성격상으로라도 인간 연구를 많이 한 사람이라면 영장류(靈長類)에 대한 향수를 갖고 있게 마련이지요. 영장류라면 음흉하진 않기 때문이지요.

그렇다고 눈에 띄게 드러나는 건 아니지만 이 집 주인에게 음흉함이 전혀 없는 것도 아니랍니다. 눈앞에서 사람들이 떠드는 소리를 알아듣지 못하니 자연히 남을 못 믿는 성격이 되고 만거지요. 엄숙한 듯하면서도 의심 많은 태도는 거기서 나오는 거랍니다. 마치 사람들 사이에 뭔가 부드럽지 못한 관계가 있기라도 한 것처럼 의심하는 눈치거든요.

그렇기 때문에 그의 직업에 직접 관계되지 않는 것에 대해서는 아주 까다롭답니다. 이를테면 저기 저 사람 머리 너머 안쪽 벽을 보세요. 장방형꼴의 자리가 있지요. 그것은 물론 그림을 붙였다 떼어낸 자리랍니다. 정말 아주 그럴 듯한 걸작이 저기에 붙어 있었지요. 나는 이 집 주인이 그걸 사고 파는 광경을 봤는데, 두 번 다 아주 미심쩍은 태도로 여러 주일이나 심사숙고한 끝에 결정을 내리더란 말입니다. 이것으로 보아 사회가 저 친구를 그렇게 만든 것 같은 생각이 듭니다.

나는 저 사람을 비평하는 게 아닙니다. 그의 경계심에는 그럴 만한 근거가 있지요. 보시는 바와 같이 남과 마음을 터놓고 이야기하기 좋아하는 내 성미에 거슬리지 않는다면 나도 쉽사리 저렇게 되었을 것입니다. 그런데 나는 그만 수다스러운 형이어서 아무하고나 곧 친해집니다. 적당한 거리를 지킬 줄 알지만 기회만 있으면 놓치지 않습니다. 프랑스에서 살던 때에는 재치 있는 사람을 만나기만 하면 그 자리에서 교제를 시작하곤 했지요.

아! 내 말투에 좀 놀라시는군요. 사실 나에게는 대체로 고상한 말을 쓰려는 약점이 있습니다. 나 자신 그걸 자책하는 바도 아닙니다. 고급 양말을 좋아한다고 해서 반드시 발이 더러운 것이 아니라는 건 나도 압니다. 하지만 고상한 말은 포플린처럼 피부병을 감추고 있는 일이 허다하거든요. 어쨌든 말이 서툰 사람들이라고 해서 반드시 깨끗하다고 할 수도 없는 것이라고 생각하며 나는 자위하고 있습니다. 그건 그렇고, 진을 더 드십시다.

암스테르담에는 오래 머무를 작정이십니까? 아름다운 도시지요? 매혹적이라고요? 참 오래간만에 들어보는 형용사군요. 정말 파리를 떠난 이후로 처음입니다. 벌써 여러 해가 지났습니다만, 마음이란 기억력이 강해서 그 아름다운 수도, 강변의 둑길들, 무엇 하나 잊어버리지 않고 있습니다. 파리는 그야말로 휘황한 눈흘림, 4백만의 환영들이 살고 있는 으리으리한 무대 장치지요. 최근의 조사에 따르면 5백만에 가깝다고요? 아, 그럼 모두 어린아이를 만들었군요. 그렇다고 놀랄 것도 없지요.

우리 고향 사람들이 열광적으로 좋아하는 게 둘 있는데, 그건 관념과 간음이라고 늘 생각되었으니까요. 말하자면 덮어놓고 그걸 좋아하거든요. 그렇지만 그네들이 옳고 그른지에 대한 시비는 그만둡시다. 그들만 그런 것도 아니고 온 유럽이 그 모양인 걸요. 가끔 나는 미래의 역사가들이 우리들을 뭐라고 평할 것인가 생각해 봅니다만 현대인에 관해선

한 마디면 족할 겁니다—— '그 무렵의 인간은 간음을 하고 신문을 탐독했었다' 이렇게 명확한 정의를 내린 뒤에는 더 이야기할거리가 없을 겁니다.

네덜란드 사람들은 그렇지 않아서 훨씬 덜 현대적입니다. 그들에겐 시간적 여유가 있습니다. 저 사람들 좀 보세요. 무엇을 하느냐고요? 저 사내들은 여자들의 벌이로 살아가죠. 저 패들은 남자나 여자나 아주 속물들이어서, 저런 축들이 늘 그렇듯이, 과장증(誇張症)에 걸리거나 어리석은 탓에 이 곳으로 온 겁니다. 결국 상상력 과잉 또는 상상력 결핍 때문이지요. 이따금 남자들은 단도나 피스톨을 쓰기도 하지만, 그런 일을 좋아하기 때문이라고 생각진 마세요. 직분상 그렇게 하지 않을 수 없을 뿐이어서 마지막 탄환을 쏘아 버리는 순간 두려움에 떨면서 죽습니다. 그런데 나는 가족끼리 좀먹듯 철저히 서로를 죽이는 사람들보다는 차라리 그들을 훨씬 도덕적이라고 생각해요. 우리 사회가 그런 종류의 청산을 위해 조직되어 있다고 생각해 본 적은 없으십니까?

브라질의 강 속에 사는 조그만 물고기 이야기를 물론 들으셨겠지요? 멋모르고 그 속에서 헤엄치는 사람에게 떼거리로 달려들어 쏙쏙 쪼아서 삽시간에 새하얗게 된 해골만 남겨 놓는다는 물고기 이야기 말입니다. 저들의 사회란 바로 그런 것입니다.

"깨끗하게 살기를 바라느냐, 모든 사람들처럼?"
하고 물으면 물론,
"네."
하고 대답하지요. 어떻게 아니라고 할 수 있겠어요?

"좋아. 너를 깨끗하게 처치해 주마. 자, 직업이다, 가족이다, 정기 휴가다."

그리고는 조그만 이빨들이 살을 물어뜯어 나중엔 뼈만 남게 되거든요. 하지만 그렇게 말해선 공정하지 못하군요. 저들의 사회라고 말할 게 아니지요. 그건 결국 우리들 사회의 조직이니까요. 누가 먼저 상대를 없애느냐?

이제야 주문한 진이 왔습니다. 그럼 당신의 성공을 비는 의미로 한 잔. 네, 고릴라 녀석이 입을 벌리고 나를 선생이라고 부르는군요. 이 나라에서는 누구나 선생, 그렇지 않으면 교수라고 불립니다. 이 나라 사람들은 선량하고 겸손하여 남을 존경하기를 좋아하지요. 여기서는 적어도 악의가 국가적 제도로 되어 있진 않습니다. 그건 그렇고, 어쨌든 나는 의사는 아닙니다. 알고 싶으시다면 말해 드리죠. 이 곳에 오기 전에 나는 변호사였답니다. 지금은 회개한 판사예요.

제 소개를 해도 괜찮겠습니까? 용서하십시오. 이름은 장 바티스트 클라망스라고 합니다. 알게 되어서 기쁩니다. 선생님은 아마 실업가이신 것 같군요? 비슷하다고요? 참 좋은 대답이십니다! 그럴 듯한 대답이기도 하고, 무슨 일에나 우리는 대체적인 것밖에 못 되니까요. 어디 탐정 노릇을 좀 해 봐도 괜찮을까요? 당신은 나와 같은 또래이고, 대체로 세상 물정을 두루 경험한 40대의 분별 있는 눈을 가졌고, 프랑스 사람들의 그런 것처럼 의젓한 몸차림이고, 손은 매끈하고, 그러니까 대체로 부르주아지요. 그렇지만 세련된 부르주아!

어떤 말투에 놀란다는 것은 사실 이중으로 당신의 교양을 증명하거든요. 왜냐 하면 첫째로 당신은 그것을 알아볼 수 있고, 둘째로는 그것이 당신의 신경을 건드리니까 말입니다. 끝으로 나를 재미있게 여기는 것으로 보아, 제 자랑은 아니지만 당신에겐 너그러운 마음씨가 있을 것입니다. 그러니까 당신은 대체로……그렇지만 그런 건 아무래도 괜찮습니다. 나는 직업보다는 어떤 부류의 인간인가 하는 것에 더 흥미를 느낍니다. 두 가지 질문만 하게 해 주십시오. 실례가 된다고 생각되시면 대답 안 해도 좋습니다. 당신은 재산을 가지셨습니까? 좀 있으시다고요? 그러면 그것을 가난한 사람들에게 나누어 주셨습니까? 아니라고요? 그렇다면 당신은 내가 사두가이 교도라고 부르는 사람의 하나로군요. 당신이 성서를 따르지 않는다면 짐작이 안 되시기도 하겠지만. 짐작이 되세요? 그럼 성서를 아시는군요? 정말 당신은 재미있습니다.

나로 말하자면……아니, 당신 자신이 판단해 보시지요. 키, 어깨, 남들이 흔히 야성적이라고 하는 이 얼굴로 미루어 본다면, 나의 풍모는 차라리 럭비 선수같이 보이겠지요? 안 그렇습니까? 그렇지만 말투로 판단하자면 나에게도 약간의 세련된 품격을 인정하지 않을 수 없을 겁니다. 내 외투의 모피를 제공해 준 낙타는 아마 옴쟁이였을 테지만, 그 대신 내 손톱은 깨끗이 다듬어져 있어요. 나 역시 분별이 있습니다. 그러면서도 당신의 외모만 믿고 경솔하게 당신에게 속을 털어놓고 있는 판입니다.

그런데 아무리 태도가 점잖고 말투가 고상하다고는 하지만 결국 나는 제디크의 뱃사람들이 출입하는 바의 단골 손님입니다. 뭐 그 이상 캐묻진 마십시오. 한마디로 말하면 나는 모든 인간이 그렇듯이 이중적입니다. 아까도 말했지만 나는 회개한 판사입니다. 내 경우에 있어서 한 가지 간단한 것은 나에게는 재산이 없다는 사실입니다. 네, 옛날에는 부유했었지요. 아니, 가난한 사람들에게 아무것도 나누어 주진 않았습니다. 그것은 무엇을 증명합니까? 나 역시 사두가이 교도였던 셈이지요…… 오! 항구의 사이렌 소리가 들리세요? 오늘 밤엔 주이데르제 위에 안개가 낄 겁니다.

벌써 돌아가시렵니까! 너무 오래 계시게 한 것 같아 죄송합니다. 셈은 제가 치르도록 해 주십시오. 멕시코시티에서는 제 집에 오신 거나 다름없습니다. 당신을 대접할 수 있어서 대단히 기쁩니다. 물론 내일도 다른 날 저녁과 마찬가지로 여기 있겠어요. 청해 주시면 기꺼이 응하겠습니다. 어떤 길로 가야 하느냐고요? 가만 있자……그런데 제가 항구까지 바래다 드리면 제일 간단하겠는데 어떻습니까? 거기서 유태인 거리를 돌면 꽃장식을 한 요란스러운 전차들이 지나가는 거리들을 볼 수 있을 겁니다. 당신의 호텔은 그 가운데 하나인 담라크 거리에 있습니다. 먼저 나가세요.

나는 유태인 거리에 살고 있습니다. 다시 말하자면 히틀러의 무리들이 그 자리를 비우기까지는 그렇게 불리던 곳입니다. 이만저만한 청소가 아니었지요! 7만 5천여 명의 유태인이 추방 내지 학살됐으니, 그야말로 싹 쓸어 버렸지요. 그처럼 빈틈없는 실천, 그러한 방법론적 인내성이란 참 굉장하다고 생각해요.

꿋꿋한 성격을 갖지 못했을 경우엔 방법을 가져야지요. 하나의 방법이 이 곳에서 맹위를 떨친 것은 의논의 여지가 없었던 것으로서, 나는 말하자면 역사상 최대의 죄악 하나가 저질러진 곳에 살고 있는 셈입니다. 아마 그 덕택으로 나는 고릴라와 그의 경계심을 이해할 수 있게 된 것 같아요. 그래서 또 어쩔 수 없이 동감(同感)으로 끌리는 나의 성향에도 저항할 수 있는 겁니다. 새로운 얼굴을 만날 적마다 나의 내부에서 누군가가 경보를 울립니다. '위험하니 천천히 가라!' 공감이 지극히 강할 때에도 나는 경계를 하게 되지요.

레지스탕스에 대한 복수로 나의 고향인 조그만 마을에서 독일군 장교 하나가 무슨 일을 했는지 아세요? 어느 노파에게 인질로 총살하겠으니 두 아들 가운데 하나를 선택하라고 정중하게 말했어요. 선택하다니, 생각인들 할 수 있는 일입니까? 그 아이는 안 되고 이 아이로 해요. 그리고는 끌려가는 꼴을 보아야 합니다. 굳이 그 이야기를 강조하려는 건 아니지만 사실 별별 놀라운 일이 다 있을 수 있는 겁니다.

경계심이란 걸 거부하는 순결한 마음씨를 가진 사람 하나가 있었더랍니다. 그 사람은 평화 주의자요 절대 자유주의자여서 온 인류와 짐승들을 한결같이 사랑했어요. 남달리 고결한 넋을 타고난 사람, 확실히 그랬었지요. 그런데 종교 전쟁의 끝무렵 그는 은퇴하고 시골에 있었는데, 집 대문에다 '어느 편 사람이건 들어오시오. 환영합니다.' 라고 써놓았었대요. 그 갸륵한 초청에 응한 것이 누구였다고 생각하십니까? 민병들이었어요. 마치 저희 집처럼 들어가서 그들은 주인의 창자를 긁어냈답니다.

아, 미안합니다. 마담! 당신에게는 프랑스 어가 통하지 않죠.

이렇게 늦은 밤에, 더구나 여러 날 동안 비가 멎지 않고 내리는데 모두들 잘도 돌아다니는군요. 진이라는 놈이 있으니 다행이지요. 암흑 속의 유일한 광명이지 뭡니까? 진을 마시고 나면 온몸에 금색, 고동색의 광채를 느끼지 않으십니까? 나는 진에 취해서 밤거리를 거닐기 좋아합니다. 밤새도록 걸으면서 몽상하기도 하고 마음 속으로 제 자신과 이야기하기도 하지요. 오늘 밤처럼 말입니다. 내가 너무 지껄여서 좀 얼떨떨하시겠지요. 그렇지만도 않으시다고요? 고맙습니다. 참 친절하시군요. 그런데 하고 싶은 이야기가 마음 속에 너무 많아서 그렇답니다. 입을 열기만 하면 말이 철철 흘러나오거든요. 게다가 이 나라의 탓도 없지 않습니다. 나는 이 나라 사람들을 사랑합니다. 거리에 득실거리며 집들과 운하 사이의 좁은 공간 속에 틀어박혀 있는 그들. 안개, 차디찬 땅, 잿물처럼 김이 피어오르는 바다에 둘러싸여 있는 그들을 나는 사랑합니다만, 그건 그들의 존재가 이중적이기 때문입니다. 그들은 여기에 있으면서 다른 곳에 있는 겁니다.

정말 그렇습니다. 두툼한 포도 위를 걸어가는 그들의 무거운 발소리를 듣고, 금빛 청어며 가랑잎 빛 보석이 가득 찬 가게들 사이를 투박하고 무거운 걸음으로 지나가는 그들을 보면, 그들이 오늘 저녁 여기에 있는 것이라고 아마 생각하실 겁니다. 당신도, 다른 사람들과 마찬가지로 이 양반들도, 무슨 요직에 있는 사람들 또는 상인들 족속이 모두 그렇듯이 골똘히 돈을 세면서 천국에 갈 기회를 꿈꾸고, 이따금 챙 넓은 모자를 쓰고 해부학 공부를 하는 일이 그들의 유일한 서정일 것이라고 생각하시겠지요? 그건 틀린 생각입니다. 그들이 우리들 곁을 걷고 있는 건 사실입니다.

그렇지만 그들의 머리가 어디 있는지 보세요. 붉고 푸른 간판에서 흘러내리는 네온과 진과 박하의 안개 속에 있습니다. 네덜란드는 꿈이랍니다. 낮엔 더욱 연기에 묻히고 밤엔 더욱 금빛을 띠는 황금과 연기의 꿈입니다. 그리고 이 꿈은 밤낮으로 이 사람들 같은 로엔그린들로 가득 차 있습니다. 그들은 핸들이 높직한 검은 새 같은 자전거들은 바다 둘레로 운하를 따라 국내를 쉴새없이 돌고 있지요.

그들은 구릿빛 구름 속에 머리를 박고 빙빙 돌아다니며, 안개의 금빛 향운(香雲) 속에서 몽유병자처럼 기도를 드립니다. 그럴 적엔 그들은 이미 이 곳에 있지 않습니다. 수천 킬로미터 멀리 떨어진 섬, 자바를 향해 출발한 것입니다. 그들은 쇼윈도마다 진열되어 있는, 얼굴을 찌푸린 인도네시아 신들에게 기도를 드립니다. 지금 우리들 머리 위에 떠돌고 있는 그 신들은 또 호사한 원숭이처럼 간판들, 층계 모양의 지붕들에도 장식되고야 맙니다. 그리하여 항수를 억제하지 못하는 식민지 사람들에게 네덜란드는 상인들의 유럽일 뿐만 아니라, 바다 ——치팡고로, 사람들이 열광과 행복에 취하여 죽는 저 섬들로 이끌어가는 바다이기도 하다는 것을 깨우쳐 줍니다.

이거 너무 이야기에 정신이 팔려 변호사의 버릇이 나왔군요. 용서하세요, 습관 때문입니다. 천직이랄까요. 또 이 도시 그리고 만물의 중심을 잘 이해하실 수 있게 해드리고자 하는 저의 욕망 때문이기도 합니다. 우리들은 지금 사물의 중심에 있으니까 말입니다. 동심원을 그리고 있는 암스테르담의 운하가 지옥의 둘레들과 흡사하다는 것을 생각해 보셨습니까? 물론 악몽으로 가득 찬 부르주아 지옥이지요. 외부로부터 들어와 이 둘레들을 지남에 따라, 인생과 그에 따르는 죄악은 더욱 두터워지고 더욱 어두워집니다. 지금 우리들은 마지막 둘레 속에 들어 있는 겁니다.

이 둘레는……아! 그걸 아세요? 정말 당신은 점점 더 알기 어려워지는 분이군요. 그럼 아시겠지요. 우리는 대륙 맨 끝에 있지만 이 곳이 사물의 중심이라고 할 수 있는 까닭을. 민감한 사람은 기이한 일이라도 이해할 수가 있습니다. 어쨌든 신문의 독자들, 간음 상습자들은 여기서 더 이상 갈 수는 없어요. 그들은 유럽 곳곳으로부터 모여들어, 내해(內海) 연안의 빛바랜 모래밭에서 발길을 멈춥니다. 그들은 사이렌 소리에 귀를 기울이고 안개 속에서 헛되이 뱃모습을 찾다가는 다시 운하들을 지나 비를 맞으며 되돌아갑니다. 추위에 떨며 그들은 멕시코시티로 와서 각기 다른 언어로 진을 주문합니다. 거기서 나는 그들을 기다리고 있습니다.

그러니까 내일 다시 뵙겠어요. 아니, 이제는 돌아가시는 길을 아시게 될 겁니다. 저 다리목까지만 바래다 드리지요. 나는 밤엔 절대로 다리를 건너지 않습니다. 맹세를 한 결과랍니다. 어쨌든 어떤 사람이 물 속에 몸을 던진다고 가정해 보십시오. 둘 가운데 하나밖에 없죠. 쫓아가서 그 사람을 건져 주든지——그렇지만 날씨라도 추우면 자칫하다가는 최악의 경우도 있을 수 있습니다. 또 하나는 내버려 두든지——그렇지만 뛰어들려다 말고 보면 야릇하게 몸이 쑤시게 되는 일도 있거든요.

안녕히 주무십시오. 네? 뭐라고요? 유리창 뒤의 저 여자들 말입니까? 꿈입니다. 싸구려로 살 수 있는 꿈, 인도 여행이에요. 저 패들은 몸에 향료를 뿌리고 있어요. 들어가시면 커튼을 내립니다. 그리고는 항해가 시작되지요. 신들이 나체 위에 내리고 섬들이 흐트러진 종려나무의 머리 카락을 바람에 휘날리면서 미친 듯이 흘러갑니다. 한번 시험삼아 해 보시지요.

고해 판사란 무슨 뜻이냐구요? 아! 그 이야기에 궁금증을 느끼신 모양이로군요. 그 말이 까다로운 의미를 지닌 건 아닙니다. 좀더 명확하게 설명해 드릴 수도 있지요. 어떤 의미로는 그건 나의 직무의 일부라고 할 수 있습니다. 그런데 우선 몇 가지 사실을 알려 드려야겠습니다. 그러면 내 이야기를 좀더 잘 이해하시게 될 겁니다.

몇 년 전만 해도 나는 파리에서 변호사 노릇을 하고 있었습니다. 게다가 사실 상당히 이름난 변호사였답니다. 물론 어제 말씀드린 건 내 본명이 아닙니다. 나에게는 전문이 있었어요. 고상한 사건들이 그것이었습니다. 과부와 고아에 관한 일을 왜 그런지 그렇게 부르지 않습니까? 못된 과부들도 있고 사나운 고아들도 있는데 말이에요.

하지만 피고가 조금이라도 희생당하는 것 같은 냄새를 맡기만 하면, 나의 변호복 소매는 활동을 시작했지요. 그것도 굉장한 활동이어서 마치 폭풍 같았지요. 나의 열의로써 변호복 소매는 움직였던 겁니다. 진실로 밤마다 정의가 나와 잠자리를 같이 해 주는 것 같았어요.

나의 정확한 말투, 적당한 감동, 내 변론의 설득력과 열정, 그리고 지그시 억누르면서 터뜨리는 분격—— 그러한 것들을 보셨더라면 당신도 틀림없이 감탄했을 겁니다. 체격도 본디 좋은 편이어서 고결한 태도를 보이기는 결코 어려운 일이 아니었습니다. 게다가 두 개의 성실한 감정이 나를 받들어 주고 있었지요. 법정에서 내가 떳떳한 편에 서 있다는 만족감과 일반적으로 재판관들에 대한 나의 본능적 멸시감을 따져 보면, 아마 그렇게 본능적인 것은 아니었을지도 모르겠습니다.

지금 생각해 보면 거기에는 까닭이 있었던 것을 알 수 있습니다. 그

렇지만 겉으로 보기엔 차라리 그것은 정열과 흡사했어요. 적어도 지금
으로서는 재판관이란 게 필요하다는 건 부인할 수 없겠지요. 그렇지만
한 인간이 그러한 놀라운 직무를 이행하겠노라고 자청한다는 것을 나는
이해할 수 없었습니다. 재판관이란 게 있으니까 나는 재판관을 인정하
긴 했지요. 그렇지만 그건 메뚜기의 존재를 인정하는 것과 좀 비슷했습
니다. 한 가지 다른 점이 있다면 메뚜기는 아무리 몰려와도 나에게는 동
전 한 푼 이득이 없지만, 내가 멸시하는 사람들과 함께 이야기를 주고받
는 것으로써 나는 생계를 유지하고 있다는 점입니다.

어쨌든 나는 떳떳한 편에 있었고, 그것만으로도 양심의 평온함을 얻
을 수 있었습니다. 자신의 정당성을 믿는 감정, 자기가 옳다고 생각하는
만족감, 자기 자신의 존경할 수 있는 기쁨, 그러한 것들은 인간을 분발
케 하고 또는 앞으로 나아가게 하는 강력한 원동력들입니다. 반대로 만
약 인간으로부터 그런 것들을 빼앗아 버린다면, 인간은 침을 질질 흘리
는 강아지나 다름없이 되고 말 것입니다. 자기에게 잘못이 있다는 것이
견딜 수 없어서 다만 그러한 까닭만으로 범죄가 저질러지는 일이 얼마
나 많습니까!

예전에 나는 어느 실업가를 알게 되었는데, 그의 아내는 나무랄 데
없는 여자여서 모든 사람들로부터 칭송을 받았건만, 그는 아내를 속이
고 있었어요. 그 사나이는 자기가 옳지 못하며, 미덕의 면허장을 받을
수도 없고, 그것을 제 손으로 만들어 가질 수도 없어 문자 그대로 속이
탔습니다. 아내가 완전함을 보이면 보일수록 속이 타 견딜 수가 없었지
요. 그래서 결국 어떻게 했는지 아십니까? 아내 속이기를 그만두었을까
요? 천만에……아내를 죽여 버렸답니다. 그러한 일로 해서 나는 그를
변호하게 되었습니다.

나의 처지는 더욱이 부러워할 만한 것이었어요. 범죄자들 편에 한몫

끼게 될 위험성이 나에게는 없었을 뿐만 아니라(특히, 나는 독신이었으니까 아내를 죽일 염려는 조금도 없었고), 그들을 변호하고 있었으니 말입니다. 야만인 가운데에도 어엿한 야만인이 있듯이, 그들이 어엿한 범죄자이기만 하면 언제나 나는 변호를 했어요. 그리고 그 변호의 방법 자체가 나에게 큰 만족감을 주었습니다.

직업 생활에 있어서는 나는 참말 털끝 만큼도 비난받을 만한 점이 없었습니다. 절대로 뇌물을 받지 않는 것은 물론이려니와 무슨 부탁에 못 견디는 일도 결코 없었습니다. 더욱 드문 일이겠지만 신문 기자들의 호감을 사려고 그들의 비위를 맞춘다거나, 잘 사귀어 두면 유리할 관리의 비위를 맞추는 일도 없었습니다. 레종 도뇌르 훈장을 탈 만한 기회도 두서너 차례 있었지만, 교만을 부리지 않고 의젓하게 거절하였지요. 그러한 태도 속에서 진정한 포상을 얻을 수 있는 것이라고 생각했기 때문입니다.

그리고 가난한 사람들에게서는 한 푼도 돈을 안 받았고, 그것을 남들에게 공표하지도 않았습니다. 이러한 모든 이야기를 내가 자랑삼아 하는 것이라고는 생각지 마세요. 나의 공덕이랄 것은 조금도 없었으니까요. 우리들의 사회에서 야망을 대신하는 탐욕이라는 것을 나는 언제나 웃음거리로밖에 생각하지 않았습니다. 나의 목표는 더 높은 것이었어요. 나에게 관해서는 이 말이 옳다는 것을 알게 되실 겁니다.

아무튼 나의 만족감이 어떠했겠는가 생각해 보십시오. 나는 나의 천성을 마음껏 즐기고 있었습니다. 우리는 서로 양심의 거리낌을 가라앉히려고, 이따금 그러한 즐거움을 이기주의라 하여 못마땅하게 여기는 체하지만 그것이야말로 행복이라는 것을 우리는 알고 있습니다. 나는 적어도 나의 천성 가운데 과부와 고아에 대하여 반응하는 부분을 즐기고 있었지요. 반응은 지극히 정확하여 나의 천성의 그 부분이 백방으로 발휘되어, 마침내는 나의 온 생활을 지배하게 되었습니다.

　가령 나는 소경들이 길 건너는 것을 도와 주기를 좋아했습니다. 길모퉁이에서 망설이는 지팡이가 아무리 멀리서라도 눈에 띄기만 하면, 나는 서둘러 달려갔었는데, 때로는 이미 자비로운 손을 내밀어 주고 있는 다른 사람보다 한 발자국 먼저 다가가서, 나 아닌 다른 모든 사람들의 친절로부터 소경을 빼앗아선 부드럽고 든든한 손길로 횡단보도로 안내하여, 거리의 장애물을 피하여 안전지대로 인도해 주곤 했지요. 그리고는 서로 감격해서 헤어졌지요.

　그와 마찬가지로 거리에서 지나가는 사람들에게 길을 가리켜 주고, 담뱃불을 빌려 주고, 너무 무겁게 짐을 실어 낑낑대는 수레를 밀어 주고, 펑크 난 자동차를 밀어 주고, 여자 구세군에게서는 신문을, 몽파르나스 묘지에서 훔쳐온 것인 줄 뻔히 알면서도 노파에게서는 꽃을 사는 따위의 일을 하는 걸 나는 언제나 좋아했습니다. 나는 또—— 아, 이건 더욱 말씀드리기 어려운 일인데—— 동냥주기를 좋아했습니다. 거지가 자기 집 쪽으로 다가오는 걸 볼 때 언뜻 느끼게 되는 첫 감정은 불쾌감이라고 독실한 크리스천인 나의 어느 친구는 고백했지만, 나는 더 심한 편이었어요. 기뻐 어쩔 줄 몰랐거든요. 하지만 이 이야기는 그만해 둡시다.

　차라리 나의 친절에 관한 이야기를 하지요. 나의 그러한 성질은 유명하기도 했고 논의의 여지도 없었습니다. 예의를 갖춘다는 것이 사실 나에게는 크나큰 기쁨을 주었어요. 어쩌다가 아침에 버스나 지하철 안에서 자리를 양보해야 마땅할 사람에게 자리를 내어 주거나, 어떤 노파가 떨어뜨린 물건을 집어 늘 하던 것처럼 상냥한 웃음을 지으며 그것을 돌려 주거나, 또는 그저 나보다 더 급한 사람에게 택시를 양보하거나 할 기회가 있으면, 그 날 하루가 내내 빛나곤 하였습니다.

　교통 기관의 파업으로 집으로 돌아가지 못해 안타까워하고 있는 가

런한 몇몇 시민들을 버스 정류장에서 내 차에 태워 줄 수 있는 날이면 역시 즐거웠다는 것도 말씀드려야겠군요. 그리고 극장에서 함께 온 남녀가 나란히 앉을 수 있도록 내 자리에서 물러나 주거나, 여행중에 젊은 아가씨의 트렁크를 그 여자의 손이 미치지 않는 높은 선반에 올려놓아 주는 일 따위는 다른 사람들보다 내가 자주 하던 선행이었지요. 왜냐 하면 나는 그런 일을 할 수 있는 기회에 남달리 주의를 기울였고, 또 그런 일을 함으로써 다른 사람보다 더 큰 즐거움을 맛보곤 했으니까요.

나는 또 인심이 후하기로 알려져 있었고, 사실 그랬습니다. 공적으로나 사적으로나 나는 다른 사람에게 많이 나누어 주었습니다. 어떤 물품이든지 얼마만큼의 돈을 내놓아야 할 때에는 마음이 괴롭기는커녕 언제나 기뻤어요. 때로는 아무리 희사를 해 보았댔자 소용없을 것이요, 아마 배은망덕밖에 남는 것이 없으리라고 생각하면 일종의 우울감에 사로잡히기도 했지만, 그런 우울감마저 적지 않은 즐거움이었답니다. 그 뿐만 아니라 나는 주기를 어찌나 좋아했던지 어쩔 수 없어 준다는 것을 몹시 싫어했습니다. 돈 문제에 있어서 분명한 태도란 나로서는 아주 질색이어서, 그렇게 해야 할 때면 늘 불쾌했어요. 나는 제멋대로 베풀 수 있어야 마음이 편했습니다.

이런 것들은 하찮은 일이지만 이런 이야기를 들으시면, 내가 일상 생활, 특히 나의 직무 속에서 언제나 얻을 수 있던 즐거움이 어떤 것인가 이해하실 수 있을 겁니다. 예를 들면 재판소 복도에서 정의감이나 동정심만으로 무료로 변호해 준 피고의 아내에게 붙잡혀서 그 여인이 은혜를 뭐라고 감사해야 좋을지 모르겠노라고 말하는 것을 들을 때, 그건 극히 당연한 일이요, 누구든지 그만한 일을 했을 것이라고 대답하고 앞으로 고생을 이겨 나가도록 도울 것을 약속하고 나서 감격을 지나치게 터뜨리지 못하게 하고 알맞은 감명을 지닐 수 있도록, 가련한 여자의 손에 입을 맞춰 주고 끊어 버린다는 건 참말 범속한 야망보다 더욱 높은 곳에 도달하는 것이요, 미덕이 스스로 배양되는 절정까지 올라가는 것입니다.

이 높은 꼭대기에 관해 좀 말씀드리지요. 나에게는 더 높은 목표가 있었다고 한 말의 뜻을 이제 아셨겠지요. 그런 절정을 나는 말했던 겁니다. 그런 곳만이 내가 살 수 있는 유일한 장소입니다. 그래요. 높은 위치에 있지 않으면 나는 결코 마음이 편하질 못합니다. 일상 생활의 자잘한 일에 이르기까지 높은 데 있고자 하는 욕망이 나에게는 있었습니다. 지하철보다는 버스를, 택시보다는 마차를, 중간 이층보다는 테라스를 나는 좋아했어요. 머리를 공중에 드러내고 타는 스포츠용 비행기 애호가이기도 했고, 배를 타면 언제나 높직한 상갑판을 서성대는 버릇이 있었지요. 산에서는 골짜기나 낮은 봉우리를 피하여 적어도 고원으로 올라갔습니다.

만약 운명이 나로 하여금 선반공이나 지붕을 잇는 일꾼 중 직업을 선택하지 않을 수 없게 하였더라면, 여부가 있겠습니까. 나는 지붕을 택하여 현기증과 기꺼이 사귀었을 겁니다. 선창, 배 밑바닥, 지하실, 동굴, 구덩이 같은 것들은 질색이었습니다. 동굴 학자들에 대해서는 특별한 증오감까지 품고 있었지요. 그들은 뻔뻔스럽게도 신문의 제1면을 차지하지만 그 따위 기사에는 구역질이 났습니다. 기를 써서 지하 800미터의 바다 밑으로 내려가서 바위투성이의 계곡(그 주책없는 작가들의 말로는 사이판 관이라든가!)에다 목을 틀어박힐 뻔한다는 노름은, 나에게는 타락하였거나 병적인 성격 소유자나 할 짓으로밖에 보이지 않았습니다. 거기엔 범죄가 깃들어 있는 것만 같았어요.

그와 반대로 해발 5, 600미터쯤 되는 천연 발코니, 햇빛을 듬뿍 받은 바다가 보이는 그러한 곳이 나에게는 호흡하기 가장 좋은 곳이었습니다. 특히 혼자서 개미 떼 같은 인간들을 내려다볼 적에는 더욱 그랬지요. 설교, 오묘하게 내리는 눈, 불꽃의 기적 같은 것들이 오를 수 있을 만한 산 위에서 이루어진 까닭을 나는 쉽사리 이해할 수 있었습니다. 내 생각으로는 지하실이나 감옥의 독방은(높은 탑에 있어서 시야가 넓게 되었다면 별문제지만, 그렇지 않고서는) 명상할 수 없는 곳이었습니다. 그런 데서는 곰팡이가 슬어 버릴 것 같았어요.

자기의 독방이 기대했던 것처럼 탁 트인 전망을 향해 있지 않고 벽으로 막혀 있다고 해서, 모처럼 종문(宗門)에 들어갔다가 다시 환속해 버린 사나이의 심정도 이해할 수 있었습니다. 나에 관해서는 두말 할 것 없이 곰팡이가 슬지는 않았습니다. 하루 가운데 어느 때나 내 마음 속에서, 또 다른 사람들 사이에서, 나는 높은 곳으로 올라가 환하게 불을 켜 놓았답니다. 그러면 즐거운 찬양이 나를 향하여 떠오르곤 했습니다. 그렇게 해서 적어도 나는 나의 인생과 나 자신의 우월성에 기쁨을 느꼈던 것입니다.

나의 직업은 다행스럽게도 정상으로 오르기를 좋아하는 나의 천성을 만족시켜 주었습니다. 이웃 사람에게는 신세지는 일이 도무지 없이 늘 친절을 베풀어 주는 편이어서 이웃 사람에 대한 불쾌감도 없었습니다. 나의 직업은 나를 판사와 피고 위에 서게 하여 오히려 판사를 내가 재판하고 피고로 하여금 나에게 감사하지 않을 수 없게 하였지요. 그러한 점을 잘 생각해 보십시오. 나는 벌받지 않고 살고 있었습니다. 어떠한 판결도 나와는 관계 없는 것이었으니까 나는 재판정 무대 위에 있는 것이 아니라 천장 어느 곳에 있었던 겁니다. 마치 극중에 이따금 기계 장치로 내리워져서 줄거리에 변모를 일으키고 뜻을 부여하는 신과도 같았지요. 어쨌든 높은 데서 산다는 것은 최대 다수의 사람들로부터 존경받는 유일한 방법임에 틀림없었습니다.

내가 변호한 범죄자들 가운데 몇몇 사람은 같은 감정으로 살인을 하였습니다. 그들이 처해 있던 비참한 지경에서는 신문을 읽는다는 것이 아마도 일종의 불행한 야망의 충족을 가져왔던 모양입니다. 많은 사람들이 그러하듯 그들은 이름없는 자기 존재를 견딜 수 없어서, 그러한 불만이 어느 정도 그들을 비통한 결과로 몰아넣게 되었을 것입니다. 유명해지려면 자기가 사는 집의 문지기를 죽이기만 하면 되거든요.

그렇지만 불행히도 그러한 명성은 일시적인 것에 지나지 않습니다. 칼을 맞을 만하고 또 실상 맞는 문지기는 수두룩하니까요. 범죄 자체는 끊임없이 무대 전면을 차지하지만 범죄자는 잠깐 얼굴을 나타냈다가는 곧 바뀌어 버립니다. 게다가 그러한 한순간의 승리는 비싼 대가를 치러야 합니다.

반대로 명성을 동경하는 불행한 사람들을 변호한 때는 그들과 같은 시간과 장소에서 진정한 명성을 얻게 되는데, 그 방법도 훨씬 경제적이지요. 그렇기 때문에 나는 또 그들이 될 수 있는 대로 대가를 덜 치르도록 갸륵한 노력을 전개하였습니다. 그들이 치르는 것은 얼마만큼은 나 대신 치르는 것이라고 할 수 있었으니까요. 그 반면에 내가 소비하는 격분, 재능, 감동이 그들에 대한 나의 모든 빚을 갚아 주었습니다. 판사들은 벌을 주고, 피고들은 죄를 갚고 있었지만, 나는 아무런 의무에도 얽매이지 않고 판결도 제재도 벗어나 자유로이 에덴 동산 같은 빛 속에서 군림할 수 있었습니다.

전생과 직접적으로 연결된 인생, 이것이야말로 사실 에덴 동산이 아니고 무엇이겠습니까? 나의 삶이 그랬습니다. 나는 사는 것을 배울 필요는 전혀 없었습니다. 이 점에 관해서는 모든 것을 태어나면서부터 이미 알고 있었습니다. 인간들로부터 도피하느냐 아니면 적어도 인간들과 화해하고 지내느냐 하는 것을 문제삼는 사람들이 있습니다만, 나로서는 처음부터 화해가 되어 있었습니다. 필요한 때에는 친근한 태도를 보이고 경우에 따라서는 침묵을 지키고 경쾌한 태도를 취할 줄도 알고, 엄숙한 태도를 취할 줄도 알고, 나는 거침없이 어울릴 수 있었어요. 따라서 나의 인기는 대단하고, 세상에서의 나의 성공은 이루 헤아릴 수 없었습니다. 풍채도 좋고 피로를 모르는 댄스의 명수요, 동시에 의젓한 학자로 행세할 수 있었고, 별로 쉬운 일이 아니지만 여자와 정의를 한꺼번에 사랑할 수 있었고, 스포츠도 하지만 미술에도 조예가 있고, 요컨대……이쯤 해 두겠습니다. 자기도취에 빠졌다고 오해를 받아서는 안 되니까요. 그렇지만 상상해 보십시오. 한창 나이에 완전한 건강체요, 재능이 풍부하고 신체 활동에나 지능 활동에 모두 뛰어나고, 부자는 아니지만 가난하지도 않고, 잠도 잘 자고, 자기 자신에 지극히 만족하고 있으면서도 원만한 사교를 통해서가 아니면 그걸 남에게 나타내지 않는 남자, 이만하면 성공한 인생이라고 해도 지나친 자랑이 아니라는 것을 인정하시겠지요.

그렇습니다. 나처럼 자연에 가까운 사람도 드물었습니다. 나는 완전히 인생과 일치하였고 인생의 아이러니, 위대성, 비참성을 조금도 거부하지 않고 있는 그대로의 인생을 송두리째 받아들이고 있었습니다. 특히 육체나 물질, 한 마디로 말하여 형이하학적인 것으로 말하자면 연애나 고독에 있어서 그것은 많은 사람들을 당황케하고 낙망케하지만 나에게는 조금도 구속감을 일으키지 않고 한결같은 기쁨을 갖다 주었답니다. 나는 육체를 향유하도록 태어났습니다. 그러기 때문에 나에게는 조화가 있고 자재로운 억제력이 있어서 그것을 사람들이 느끼고 그것이 그들이 살아가는데 도움이 된다는 말을 들은 적도 이따금 있었습니다. 그러니까 사람들은 나와 교제하기를 바랐지요. 가령 나와 처음 만난 사람들도 흔히 전에 나를 만난 적이 있는 것 같다는 것이었어요. 나에게는 생명력, 그 실체와 그 은혜가 있는 것 같다는 것이었어요. 나는 부드러운 자부심을 가지고 그러한 찬사를 받아들였습니다. 그토록 충만하고 순박하게 인간 노릇을 하노라니 어쩐지 초인이 된 듯한 느낌이었습니다.

나는 부끄럽지 않은 집안의 태생이긴 했지만 나의 집안은 천하에 알려진 문벌은 아닙니다(나의 아버지는 사관이었습니다). 그런데 교만한 생각 없이 고백할 수 있지만, 어느 날 아침에는 내가 왕자인 듯한, 또는 마치 타오르는 가시덤불(모세 앞에 불덩어리가 되어 나타난 신)인 듯한 느낌을 가지곤 했어요. 그건 어느 누구보다도 내가 현명하다는 확신과는 다른 것이었다는 걸 주목하십시오. 그러한 확신이라는 것은 수많은 바보들도 가지고 있는 것이어서 가져 보았댔자 별 수 없는 것이니까요. 그런 것이 아니라 말씀드리기 난처합니다만, 무엇에나 충족하여 나는 택함을 받은 자라는 생각이 들었던 겁니다. 모든 사람들 가운데서 끊임없는 성공을 거둘 수 있도록 선택받은 몸이란 의식이었어요. 그것은 결국 나의 겸양의 결과였지요. 나는 그러한 성공을 단지 나의 재능에서 비롯되는 것이라고 생각하기를 거부했습니다. 한 사람 속에 그렇게 다방면에 걸친 너무나 큰 재질이 어울려 있는 것을 단순한 우연의 결과만으로는 생각할 수 없었던 것입니다.

그렇기 때문에 나는 행복하게 살면서 어쩐지 그 행복이 어떤 지상 명령으로서 나에게 허용된 것이라는 느낌을 가졌어요. 나에게 종교가 없었다는 이야기를 들으시면 그러한 확신이 특이한 것임을 더 잘 알게 되실 겁니다. 특이하든 않든 간에 그 확신이 나를 오랫동안 평범한 일상생활 위로 끌어올려 주어서, 나는 여러 해 동안 문자 그대로 그 때가 그립습니다. 그렇게 날기를 그 날 밤까지……아니 이건 다른 문제이고 잊어버려야 할 일입니다.

그런데 내 이야기는 아마 좀 과장되었을지도 모릅니다. 내가 모든 일에 안주했던 건 사실이지만 아울러 무슨 일에도 만족하진 못했었나 봐요. 어떤 즐거움을 맛보면 그것이 또 다른 즐거움을 찾게 하였지요. 나는 환락으로 헤매었지요. 인간들과 인생에 더욱 열광해서 여러 날 밤 계속적으로 춤추는 일도 있었습니다. 때로는 밤늦게 춤과 가벼운 술기운과 나의 광란과 사람들의 격렬한 도취로 인해 피곤과 충족감이 뒤섞인 황홀경에 빠지면, 피로의 끝에서 한순간 그제서야 나는 인간들과 세계의 비밀을 알게 된 듯한 생각이 들곤 했어요. 그러나 이튿날이 되면 피로는 사라지고 그와 함께 비밀도 사라지는 것이었습니다.

그래서 나는 다시금 그런 일로 뛰어들곤 했지요. 그렇게 나는 충족감은 얻을 수 있어도 포만감은 느껴 보지 못하면서 어디서 멎어야 할지를 모르고 그 날까지, 차라리 그 날 밤, 음악도 그치고 빛도 꺼져 버린 그 날 밤까지 헤매었던 것입니다. 내가 행복했던 그 환락은……그런데 저 고릴라 친구를 좀 불러야겠습니다. 인사하는 셈치고 머리나 끄덕여 주시지요. 그리고 무엇보다도 나와 함께 마셔 주세요. 내게는 당신의 동정이 필요합니다.

이런 말을 해서 놀라시는군요. 갑자기 동정, 원조, 우정 따위의 필요를 느껴본 적은 없으십니까? 물론 있었겠지요. 나는 동정으로 만족하기로 했습니다. 동정은 더 쉽게 얻을 수 있고 게다가 아무런 구속도 주지 않으니까요.

"진심으로 동정합니다."

어쩌고 하지만, 속으론 곧 뒤이어,

"그럼 이젠 다른 일에 관한 이야기를 합시다."

하고 말하거든요. 의장 투의 감정이지요. 재난이 있은 뒤에는 헐값으로 얻을 수 있는 겁니다.

우정은 그렇게 간단하지 않습니다. 우정을 얻자면 시간도 오래 걸리고 힘도 드는데, 한 번 가지게 되면, 떨쳐 버릴 수 없는 노릇이어서 마주 대하고 있을 수밖에 없단 말입니다. 더구나 친구란——응당 그래야 할 것처럼——밤마다, 당신이 자살을 결심한 것이나 아닌지, 또는 그저 말벗이 필요하지 않은지, 외출하고 싶은 생각이 없는지 알아보려고 전화를 거는 것이라고는 생각지 마세요. 그렇기는커녕 친구란 작자들이 전화를 한다면 그건 틀림없이 당신이 혼자 있지 않고 인생이 아름답다고 생각되는 그러한 날 밤일 것입니다. 자살도 차라리 친구들이 그렇게 하게끔 만들 겁니다. 당신으로서 양심상 취할 바 태도가 어떠니 하는 그들의 생각으로서 말입니다. 하나님! 제발 친구 녀석들로부터 과대평가를 받는 일이 없게 하여 주십시오! 우리를 사랑하는 직분을 가진 사람들, 말하자면 친척들, 일가 동족들(굉장한 표현이 아닙니까!) 그런 사람들은 또 그네들대로 골치가 아프지요. 그들은 저마다 할 말을 가지고 있는데 차라리 그 말들은 총알이에요. 그들의 전화는 소총을 쏘는 거나 마찬가지입니다. 게다가 겨냥도 정확하거든요. 아! 시시한 놈들!

네? 무엇이라고요? 어느 날 밤 말입니까? 아! 그 이야길 이제 하겠습니다. 좀 기다려 주세요. 그리고 지금 내가 하고 있는 친구며 동족 이야기도 어느 의미로는 그 이야기와 관계가 있는 겁니다. 이런 이야기가 있습니다. 어떤 남자가 자기 친구가 감옥살이를 하게 되었기 때문에 사랑하는 친구가 빼앗겨 버린 안락을 자기도 누리지 않기 위해서, 매일 밤 방바닥에서 잠을 잤다는 거예요. 그런데 여보세요, 누가 우리를 위해서 땅바닥에서 잠을 자 줄까요? 나 자신 그렇게 할 수 있겠냐고요? 나는 그렇게 되고 싶어요. 그렇게 될 수 있을 겁니다.

그렇습니다. 우리들이 장차 모두 그렇게 될 날이 있을 거예요. 그러면 구원받게 되겠지요. 그렇지만 그건 쉬운 일이 아닙니다. 왜냐 하면 우정이란 방심하기 일쑤요, 적어도 무력한 것이니까요. 우정은 자기가 하고 싶은 일을 하지 못합니다. 아마 결국 그렇게 하고 싶다는 생각이 우정에는 부족한 것인지도 모르지요. 어쩌면 인생을 사랑하는 마음이 우리에겐 부족한 것인지도 모릅니다. 죽음만이 우리들의 감정을 깨우쳐 준다는 사실을 주목한 적이 있으십니까? 사별한 친구를 우리들은 얼마나 사랑합니까! 그때는 찬사가, 그들이 아마도 일생 동안 우리들의 입에서 나오기를 기다렸던 찬사가 극히 자연스럽게 흘러나오게 됩니다.

그런데 왜 우리들이 죽은 사람들에 대해서 더 정당하고 너그러운지 아십니까? 이유는 간단합니다. 죽은 사람에 대해서는 의무가 없기 때문입니다. 죽은 사람들은 우리의 자유를 구속하지 않습니다. 얼마든지 시간 여유를 가질 수 있고, 칵테일을 한 잔 마시고 예쁜 애인과 만나고 하는 사이에 틈을 내어, 말하자면 여가가 있을 때 찬사를 드리면 그만입니다. 죽은 사람들이 우리들에게 무슨 의무를 떠맡긴다면 그건 추억을 요구하는 것일 터인데, 우리의 기억력은 짧거든요. 그러니 친구들 가운데 우리가 사랑하는 건 갓 죽은 사람, 마음 속에 고통을 주고 있는 사람뿐으로 결국 그건 우리들의 감동을 사랑하는 것이요, 우리들 자신을 사랑하는 거예요!

나에게는 내 편에서는 되도록이면 만나기를 피하던 친구가 하나 있었습니다. 좀 갑갑증이 나는 녀석이고 게다가 훈계조의 말버릇이 있는 녀석이었어요. 그렇지만 임종 때에는 틀림없이 나를 만날 수 있었답니다. 나는 하루를 헛되이 보내지 않은 셈이지요. 그 친구는 내게 만족하여 나의 두 손을 잡고 죽었습니다. 나를 귀찮게 따라다녔지만 뜻을 이루지 못했던 여자 하나가 마침 요절해 버린 일이 있었지요. 그러자 당장에 그 여자가 나의 마음을 차지하더라니까요. 게다가 자살인 경우에는……아, 그 얼마나 달콤한 소동이겠습니까! 전화통이 울리고, 가슴이 뛰고, 일부러 말을 짤막하게 하지만 말 속에 숨은 뜻이 이만저만하지 않고, 아픈 가슴을 지그시 누르면서 약간의 자책감마저 들거든요!

인간이란 그런 겁니다. 두 가지 면이 있어요. 자기 자신을 사랑하지 않고선 남을 사랑하지 못한단 말이에요. 아파트 안에서 갑자기 사람이 죽는 일이 있거들랑 이웃 사람들을 관찰해 보십시오. 모두들 하루하루를 그럭저럭 살며 깊은 잠이 들어 있을 무렵, 가령 갑자기 문지기가 죽었다고 칩시다. 그러면 곧 모두 부랴부랴 눈을 뜨고 펄쩍펄쩍 뛰면서 까닭을 알아보고 가엾어하지요. 초상이 났으니 이제는 구경거리가 생긴 겁니다. 비극에 굶주리고 있던 그들이니 그럴 수밖에 없지요. 그게 그들의 자그마한 감격, 그들의 아페리티프니까요.

그런데 내가 문지기 이야기를 하는 건 우연에 지나지 않는 것일까요. 내게도 문지기 하나가 있었는데, 그 녀석은 정말 못돼먹은 놈이어서 엉큼하기 짝이 없고, 아무리 신앙심이 강한 승려라도 실망시켰을 만큼 하잘것없는 데다가 심술궂은, 그야말로 흉측한 괴물이었지요. 나는 그 녀석과는 말도 하지 않았습니다. 그렇지만 그 녀석이 세상에 있다는 사실만으로도 나의 매일매일의 만족감이 파괴되었어요. 그런데 그 녀석이 죽어 버리자, 나는 그의 매장터까지 갔었답니다. 왜 그랬겠습니까?

장례식이 있기 전의 이틀 동안이 퍽 흥미있었습니다. 문지기의 마누라는 병이 들어서 단 하나밖에 없는 방에 누워 있었고, 그 곁 받침판 위에 시체가 담긴 궤짝이 놓여 있었습니다. 편지를 직접 가지러 가야만 했기 때문에 방문을 열고,

"안녕하십니까?"

하고 말한 뒤 마누라가 죽은 사람을 손으로 가리키면서 늘어놓는 칭찬을 듣고야 편지를 들고 나오는 것이었어요. 아무런 재미도 없는 일 아니겠습니까? 그런데 아파트 사람들이 죄다 석탄산 냄새가 풍기는 그 문지기네 방 안에 꼬리를 이어 드나들었습니다. 그 집에 들어 있던 사람들은

하인을 보내지 않고 직접 그 귀한 구경을 하러 몰려들었어요. 하인들도 기회를 놓치지 않고 슬그머니 와서 기웃거렸지요.

매장하던 날 관이 너무 커서 방 문을 나갈 수 없을 지경이었어요. 문지기 마누라는 침대에 누워서 대견하기도 하고 걱정스럽기도 한 눈초리로 놀라서 소리를 질렀지요.

"어머나, 그 양반이 크기도 했어!"

"염려 마세요. 모로 세워서 들어 낼 테니까요."

하고 우두머리 상여꾼이 대답했죠. 관을 세워서 들어 내다가 다시 눕혔는데 묘지까지 가서 놀라우리만큼 으리으리한 관 위에 꽃을 던져 준 것은 나 혼자 뿐이었어요(하기는 카바레의 심부름꾼 노릇을 한 일이 있는 사내 하나와 동행이었군요. 그 녀석은 죽은 이와 둘이서 매일 저녁 한 잔 마시곤 했었다는 걸 나는 알았지요). 그리고는 문지기 마누라를 방문하고 그 비극의 여주인공으로부터 치사를 받았습니다. 그 모든 일에 무슨 이유가 있었겠습니까? 아페리티프란 것 말고는.

변호사회에서 옛날부터 같이 일해 오던 사람의 장례식에 참석한 일도 있었습니다. 다른 사람들에게 매우 멸시받던 서기였는데, 나는 언제나 그에게 악수해 주었었지요. 내가 일하고 있던 곳에서는 나는 모든 사람과 악수를 했으니까요. 그것도 한 번만이 아니라 두 번씩 말입니다. 그러한 상냥함과 담담한 태도 덕분에 나는 쉽사리 모든 사람들의 호감을 살 수 있었는데, 그것은 나의 기쁨에 필요한 것이었습니다. 서기의 장례식으로 말하자면, 변호사회 회장이 그런 일에 참석한 일은 없었어요. 여행 떠나기 전날이었지만 나는 참석했지요. 그래서 더욱 눈길을 끌었어요. 그러니 그 날 눈이 내리고 있었는데도 나는 서슴지 않았던 거랍니다.

뭐라고요? 이제 곧 하겠습니다. 걱정 마세요. 지금도 그 이야기를 하고 있는 셈입니다. 그런데 그 문지기 마누라가 말입니다. 슬픔을 더 잘 맛보려고 십자가를 만들고, 번들번들한 참나무 관을 만들고, 돈을 마구 뿌리다시피하여 그만 파산하고 만 그 마누라가, 한 달이 지나자 목청이 좋은 어느 멋쟁이 놈과 놀아났지요. 사내녀석이 여자를 두들겨 패면 처참한 아우성이 들렸고, 싸움이 끝나면 곧 사내는 창문을 열고 애창곡인 '로망스'를 불렀지요. '여자들이여, 그대들 귀엽더라!' 하고 말이에요. 이웃 사람들은,

"저런! 저런!"

하고 말했답니다.

저런이라니, 뭐가 어쨌단 말입니까? 어쨌든 보기에 그 바리톤 녀석은 마땅치 못했고 문지기 마누라 역시 마찬가지였지만, 그들이 서로 사랑하지 않았다고 증명하는 건 아무것도 없고, 문지기 마누라가 자기 남편을 사랑하지 않았다는 증거도 없었습니다. 아무튼 멋쟁이 녀석이 목소리도 팔도 지쳐서 날아가 버리자 마누라는 정숙하게 다시 죽은 남편을 칭찬하기 시작했답니다. 하기야 언뜻 보기에는 얌전한 것 같아도 실상은 그 마누라보다 더 충실할 것도 없는 사람들을 나는 알고 있습니다.

20년 동안이나 주책바가지 여자와 산 남자가 있었습니다. 그 남자는 우정이며 노력이며 단정한 생활이며 모든 것을 그 여자를 위해서 희생하였는데, 어느 날 저녁 문득 자기는 아내를 사랑한 일이 없다는 걸 알게 되었어요. 간단히 말해서 싫증이 났던 겁니다. 대부분의 사람들처럼 싫증이 났던 거예요. 그래서 그는 인생을 복잡스럽게 비극적인 것으로 완전히 바꿔 버렸답니다. 무슨 일이든지 일어나야만 한다는 생각, 이것이야말로 인간들 대부분의 결단을 설명해 주는 겁니다. 무슨 일이든지 일어나야만 합니다. 사랑 없는 예속이라도 또는 죽음이라도. 그러니 장례식도 대환영이지요!

그런데 나에게는 적어도 그러한 변명이 있을 수 없었습니다. 나는 군림하고 있었으므로 싫증이 나지는 않았어요. 내가 이야기하려는 그날 밤에는 유달리 싫증을 느끼지 않았다고까지 말할 수 있습니다. 정말 나는 무엇인가 일어나기를 바라지는 않았습니다. 그랬건만……그것은 어느 가을날 저녁이었어요. 거리는 아직 따스한데 세느 강변은 벌써 축축했습니다. 밤이 다가오고 있어서 서쪽 하늘은 아직도 밝았지만 차츰 어두워가고 등불들이 희미하게 비치고 있었습니다.

나는 퐁데자르를 향하여 왼쪽 강가를 거슬러올라가고 있었지요. 고서 (古書) 상인들의 닫힌 궤짝들 사이로 강물이 번쩍이는 것이 보였어요. 둑길에는 인기척이 별로 없었습니다. 파리 사람들은 벌써 저녁식사를 하고 있었던 겁니다. 나는 아직도 여름을 연상케 하는 누렇고 먼지에 쌓인 나뭇잎을 밟으며 걸어가고 있었습니다. 하늘에는 차츰 별이 들어차고, 그것이 가로등에서 가로등으로 발길을 옮길 때마다 잠시 동안 보이곤 하였습니다. 나는 되돌아온 정적, 저녁의 부드러운 기운, 쓸쓸해진 파리를 맛보았습니다. 나는 만족했어요. 그 날은 하루 종일 좋은 날이었습니다. 장님을 도와 주었고, 기대했던 대로 감형언도가 있었고, 의뢰자로부터 열렬한 악수를 받았고, 후한 인심도 몇몇 베풀어 주고, 오후에는 지배 계급의 잔인성과 지식인들의 위선에 관하여 몇몇 친구들 앞에서 멋진 즉흥연설도 했습니다.

그 시각에는 인기척이 없는 퐁데자르에 올라가 이제는 컴컴한 밤 속에서 거의 분간할 수 없게 된 강물을 나는 바라보고 있었습니다. 앙리 4세 동상 앞에서 강 속의 섬을 내려다보고 있었지요. 나는 마음 속에 거대한 힘과, 뭐라고 할까요. 무슨 완성을 본 듯한 감정이 솟아오름을 느끼고 가슴이 후련했습니다. 나는 몸을 일으키고, 담배에, 만족감을 의미하는 담배에 불을 붙이려고 했습니다. 바로 그때였습니다. 등 뒤에서 웃음소리가 터진 것은. 깜짝 놀라서 나는 휙 돌아섰습니다.

그러나 아무도 없었습니다. 난간까지 다가가서 살펴보았지만 보트 하나도, 작은 배 하나도 없었습니다. 그러자 또다시 등 뒤에서 웃음소리가, 이번에는 좀더 멀리서 강을 따라 흘러내리듯이 들려 왔어요. 나는 그 자리에 우두커니 서 있었습니다. 웃음소리는 약해져 갔습니다. 그렇지만 아직도 등 뒤에서 똑똑히 들렸습니다. 물 속에서 오는 것이 아니라면 어디서 오는지 알 수 없는 일이었어요. 그와 동시에 나는 심장이 두근거리는 것을 느꼈습니다.

그런데 오해 마십시오. 그 웃음에는 전혀 이상한 것이 없었습니다. 그것은 자연스럽고, 친근한 듯 따뜻한 기운마저 띤 명랑한 웃음이었어요. 그리고 조금 있노라니까 아무 소리도 들리지 않아 나는 둑길로 돌아와서 도로 거리로 발길을 옮겨 생각도 없는 담배를 샀습니다. 어리둥절하고 숨이 가빴습니다. 그 날 밤 어느 한 친구를 전화로 불렀습니다만 자리에 없었습니다. 외출할까 망설이고 있으려니까, 갑자기 창 밑에서 웃음소리가 들렸습니다. 창문을 열고 보니 과연 거리에서 젊은 패들이 즐겁게 작별 인사를 주고받고 있더군요. 나는 어깨를 으쓱하며 창문을 닫아 버렸지요. 검토해야 할 서류가 있었으니까요. 그리고는 욕실로 가서 물을 한 잔 마셨습니다. 거울 속에 내 모습이 웃고 있었습니다만 그 미소는 이중으로 어른거리는 것 같았어요.

뭐라고요? 실례했습니다. 그만 딴 생각을 하고 있었습니다. 내일 또 뵙게 되겠지요. 내일, 그렇습니다. 네, 내일 뵙지요. 아니에요, 가 봐야겠어요. 저기 갈색 머리의 곰처럼 생긴 녀석이 보이지요? 저 녀석이 의논할 일이 있다고 와달라는군요. 확실히 정직한 놈인데 경찰이 옹졸하게 심술을 부려 못살게 군답니다. 생김생김이 살인범 같아 보여요? 직업상 저런 얼굴을 하고 있을 뿐입니다. 그야 도둑질도 하지만 우락부락한 저 사내가 그림 장사에 있어선 전문가라는 걸 아시면 놀라실 겁니다. 네덜란드에서는 누구나 미술과 튤립의 전문가랍니다. 저 녀석은 외모는 보잘것 없어도 가장 유명한 그림 도난 사건의 범인이에요. 무슨 사건이냐고요. 앞으로 말씀드리게 되겠지요. 내가 별것을 다 알고 있다고 놀라진 마십시오. 회개한 판사이긴 하지만 여기서 심심풀이로 일도 하고 있답니다. 나는 저 양반들의 법률 고문이거든요.

나는 이 나라의 법률을 연구하여, 면허장을 요구하는 일이 없는 이 구역에 손님들이 생겼어요. 쉬운 일은 아니었지만 나는 곧 신용을 얻는단 말씀이에요. 그렇죠? 나의 담담한 웃음, 힘있게 그러쥐는 나의 악수, 이것이면 안 되는 일이 없답니다. 게다가 몇몇 어려운 사건을 처음엔 이득을 보자는 생각에서였지만 차츰 신념에 끌려서 해결했거든요. 만약 기둥서방이나 도둑놈들이 어디에서나 유죄 언도를 받는다면, 얌전빼는 측들은 모두 언제나 자기들에겐 죄가 없다고 믿어 버릴 게 아닙니까? 내 생각으로는—— 네, 갑니다!—— 무엇보다도 그런 일이 없도록 해야 할 겁니다. 그렇지 않다면 그야말로 웃음거리가 될 테지요.

참말 그처럼 호기심을 가져 주시니 고맙습니다. 그렇지만 내 이야기에는 아무것도 특이한 건 없습니다. 궁금해하시니 말씀드리지만 그 웃음을 며칠동안 좀 생각해 보았지요. 그리고는 잊어버렸습니다. 이따금 마음 한구석에서 들리는 듯하기도 했지만 대개의 경우에는 쉽사리 다른 일을 생각할 수 있었습니다.

그렇지만 파리의 강변 길엔 발을 들여놓지 않도록 했다는 것은 인정하지 않을 수 없었습니다. 자동차나 버스로 그 곳을 지날 때는 나의 마음 속에 일종의 침묵이 생기곤 했어요. 아마 무엇을 기다리는 거였겠지요. 그러나 세느 강을 다 건너도 아무 일도 일어나지 않고, 그러면 나는 안도의 숨을 내쉬곤 했습니다. 그 무렵 나는 또 몸이 불편했습니다. 뭐라고 꼬집어 말할 순 없지만 그저 맥이 빠지고 어쩐지 그전처럼 유쾌함을 되찾을 수가 없었어요. 몇몇 의사에게 보였더니 강장제를 주더군요. 좀 회복되는 듯하다가는 도로 축 늘어지곤 했어요. 인생이 전처럼 쉽지 않았습니다. 몸이 편치 못하면 정신도 잦아드니까요. 배우지 않고서도 그렇게 내가 잘 알던 것, 즉 산다는 것을 좀 잊어버리는 듯한 느낌이었어요. 그래요. 지금 생각하면 모든 것이 시작된 건 그때부터인 것 같습니다.

그런데 오늘 밤도 기분이 좀 어색하군요. 이야기도 잘 되질 않습니다. 말솜씨도 줄어든 것 같고, 말도 명확하지 못합니다. 아마 날씨 탓이겠지요. 숨도 답답하고 공기가 무더워서 가슴을 누르는군요. 밖으로 나가 거리를 좀 거닐었으면 어떨까요? 고맙습니다.

밤의 운하는 참 아름답기도 하군요! 곰팡내나는 이 수증기, 운하에 잠기는 가랑잎 냄새, 꽃을 가득 실은 쪽배에서 떠오르는 불길한 향내가 나는 좋아요. 아닙니다. 이러한 취미는 조금도 병적인 것이 아니에요. 그건 오히려 내게는 일종의 결의 같은 겁니다. 사실을 말하자면 나는 이 운하들을 좋아하려고 애를 쓰는 거죠. 세상에서 내가 가장 좋아하는 건 시칠리아 섬이에요. 그것도 에트나 화산 꼭대기에서 빛을 받으며 섬과 바다를 내려다볼 수 있을 때 말입니다. 자바도 좋지요, 무역풍이 불 때면. 네, 젊었을 때 가 본 일이 있습니다. 대체로 섬은 모두 좋아해요. 섬에서는 군림하기가 쉬우니까요.

알뜰한 집이지요? 저기 보이는 두 얼굴은 흑인 노예의 얼굴입니다. 간판이에요. 저 집은 노예 상인의 집이랍니다. 아! 그 무렵에는 그런 놀음을 숨기지도 않았어요. 뱃심좋게,

"자, 이게 내 가게요. 노예 장사를 합니다. 검둥이를 팔아요."
하고 버젓이 말했지요. 오늘날 그런 걸 제 직업이라고 광고하는 사람을

상상할 수 있겠습니까? 그렇다면 굉장한 사건이 될 겁니다. 파리의 내 동료들이 뭐라고 떠들어댈지 들리는 듯합니다. 그런 문제에 관한 그들의 태도는 강경하거든요. 서슴지 않고 성명서를 두서넛, 어쩌면 더 많이 발표할 테지요! 나도 좀 생각을 해보고 나서 서명 운동에 참가할 겁니다. 노예 제도라니 될 말인가. 우리는 반대한다! 제 집에나 공장에 노예 제도를 두지 않을 수 없다는 것은 그런대로 이치에 닿는 일이지만 그걸 자랑한다는 건 말도 안 되는 이야깁니다.

사람이란 남을 지배하든지 남에게 섬김을 받든지 하지 않고는 배기지 못한다는 것은 나도 알고 있습니다. 누구에게나 맑은 공기가 필요하듯이 노예가 필요합니다. 명령한다는 것은 숨쉬는 거나 마찬가집니다. 이 의견에 찬성하시겠죠? 그리고 아무리 보잘것 없는 사람일지라도 숨은 쉽니다. 사회 최하급의 인간일지라도 제 배우자와 자녀가 있고 독신일 경우에는 개가 있습니다. 중요한 것은 결국 상대방에게는 말대답할 권리가 없고 자기는 화를 낼 수 있다는 사실입니다.

"아버지에게 말대답하는 법이 아니야."

이런 판에 박은 듯한 말을 아시지요? 어떤 의미로는 그건 야릇한 말입니다. 사랑하는 사람에게가 아니라면 이 세상의 어떤 사람에게 말대답을 할 수 있단 말입니까?

또 다른 의미로서는 그 말은 그럴싸하기도 합니다. 거역할 수 없는 말을 하는 사람이 누구든 하나는 있어야 할 겁니다. 그렇지 않다면 모든 이유에는 또 다른 이유가 맞서 결론이 나지 않을 테니까요. 그렇지만 권력이란 것은 모든 것에 해결을 지어 줍니다. 많은 시간이 걸리기는 했지만 우리는 그것을 깨닫게 되었습니다. 당신도 느꼈을 줄 압니다. 이제야 늙은 유럽은 좋은 철학을 갖게 된 것입니다. 우리는 옛적의 소박했던 시대 사람들처럼,

　"나는 그렇게 생각합니다. 당신의 의견은 어떻습니까?"
하는 말은 하지 않습니다. 우리는 총명해졌어요. 대화를 코뮈니케로 바꿔 놓았지요.
　"그것이 진리이다. 너희들은 얼마든지 그것을 논의할 수 있겠지만, 그건 우리의 관심사가 아니다. 그러나 그것이 옳다는 것은 뒷날 경찰이 증명하게 될 것이다."
　이렇게 말합니다.
　아! 정다워라, 지구여! 모든 것이 이제는 분명해졌습니다. 우리들은 자기 자신을 알게 되었고, 우리가 할 수 있는 것이 무엇인가를 알고 있습니다. 그런데 화제를 바꾼다기보다 보기를 바꾸어서 나의 경우는 어떤가 하면, 나는 언제나 남이 웃는 낯으로 나를 섬겨 주기를 바랐습니다. 만약 하녀가 서글픈 낯으로 있으면 하루 종일 마음이 편치 않았어요. 하녀라고 늘 즐겁기만 해야 한다는 법은 없을 테지만 울면서 일하는 것보다는 웃으면서 일하는 편이 당사자에게도 나을 것이라고 나는 생각했습니다. 사실인즉 그러는 편이 나에게 좋았지요. 훌륭한 이론이라곤 할 수 없어도 내 이론도 아주 어리석은 것은 아니었어요.
　그와 마찬가지로 나는 언제나 중국 요릿집에서는 식사를 하지 않았습니다. 어째서 그랬느냐고요? 왜냐 하면 동양인이란 그 뚝뚝한 태도로 백인 앞에 나설 때는 상대방을 멸시하는 듯한 표정을 하니까요. 심부름을 할 적에도 물론 그런 표정을 버리지 않는단 말이에요. 그러니 풀레라케를 어떻게 제대로 맛볼 수 있겠으며, 특히 녀석들의 그런 꼴을 보면서 어떻게 자기가 떳떳하다는 생각을 할 수 있겠습니까?
　정말 우리끼리만의 이야기지만, 그러니까 복종이라는 건 특히 고분고분한 복종은 없어서는 안 될 것입니다. 그렇지만 그걸 인정할 수야 없지요. 그러니 노예를 자유인이라고 불러두는 편이 나을 것 아닙니까? 우선 원리적으로 그렇고 또 노예에게 절망을 주지 않기 위해서는 그렇습니다. 노예에게도 그만한 보수쯤은 주어야 하지 않겠어요. 그렇게 하면 노예들은 계속 웃음을 띨 것이고, 우리들도 양심의 만족을 유지할 수 있을 것입니다. 그렇지 않다면 우리들은 자기를 반성하지 않을 수 없게 되어 고통으로 발광을 하게 되든가, 그렇게까지 되지는 않더라도 무슨 일이 일어날는지 알 수 없는 노릇입니다. 그러니까 간판은 내걸 필요가 없고, 더욱이 저런 노예상의 간판은 말도 안 되는 것입니다. 그뿐만 아니라 모두 식탁에 자리잡고 앉아서 저마다 제 본업을 제시하고 제 정체를 드러낸다면, 어찌할 바를 모르게 될 겁니다. 가령 이런 명함들을 좀 상상해 보세요. 뒤퐁, 비겁한 철학자 또는 기독교도, 악덕 지주, 상습 간통범, 휴머니스트—— 선택의 자유는 얼마든지 있습니다. 그렇지만 그렇게 되면 그건 지옥일 것입니다. 그렇습니다. 지옥이란 그런 곳, 그게 지옥일 겁니다. 누구나 분류되어 버리고 나면 그것으로 끝이겠지요.

가령, 당신의 간판은 어떠할는지 좀 생각해 보시지요. 말이 없으시군요! 그럼 이 다음에 대답해 주세요. 어쨌든 내 간판은 이렇습니다. 야누스처럼 얌전하게 이중의 얼굴을 그려 놓고, 그 위에다가는 '신용 불허'라는 가게 이름을 붙입니다. 명함에는 '쟝 바티스트 클라망스, 희극 배우'라고 박습니다. 그런데 내가 이야기한 그 날 저녁의 일이 있은 며칠 뒤 한 사실을 발견했어요. 뭐냐하면 보도까지 인도해 주고 장님과 헤어질 때 나는 늘 머리를 불쑥 쳐들고 하는 동작은 물론 장님이 상대가 아닙니다. 장님은 보지 못하니까요. 그러니 누가 상대였겠습니까? 대중이었어요. 역할을 끝내고는 인사를 한다는 것, 얼마나 좋습니까?

그즈음 또 어느 날은 내가 도와 준 것에 대해 고맙다고 인사하는 어느 자동차 주인에게 아무도 그런 일은 해 주지 않았을 것이라고 대답했답니다. 물론 누구나 그런 일은 다 해 주는 것이라고 말하려던 것이지요. 그렇지만 그 주책없는 말이 마음에 걸렸습니다. 겸손하기로는 이 세상 정말 누구에게도 지지 않는 나였으니까요.

솔직하게 인정할 수밖에 없는 일이지만, 나는 언제나 허영심으로 가득 찼었습니다. 나, 나, 나, 이 나라는 말은 내 알뜰한 인생의 반복이어서, 내가 하는 이야기라면 무엇에나 그 말이 들어갔답니다. 나는 내 자랑을 하지 않고서는 이야기를 할 수 없었고 특히 나의 숨은 재주인 그 겸양스러운 듯한 태도를 보이며 말할 적엔 더욱 그랬었습니다. 내가 언제나 자유롭고 강한 인간으로 살았던 것은 사실입니다만, 그건 나에게는 견줄 사람을 찾아볼 수 없다는 이유로서, 나는 모든 사람들에 대하여 전혀 얽매일 필요가 없다고 느꼈기 때문이었어요. 앞에서 말한 것처럼 나는 누구보다도 현명하다고 언제나 자처했을 뿐만 아니라, 또 누구보다도 민감하고 능숙하며 드물게 보는 사격수요, 운전도 뛰어나게 잘하고 연인으로서도 나무랄 데 없다고 생각했던 것입니다.

재주가 남보다 못하다는 것을 쉽사리 확인할 수 있는 분야, 가령 테니스 같은 것에 있어서도 그저 웬만한 파트너에 지나지 않는 게 틀림없는데 연습할 시간만 있으면 일류 선수들을 이길 수 있을 것이라고 믿지 않고는 배기기 어려웠어요. 나는 나의 우월성밖에 인정하려 들지 않았습니다. 나의 친절과 평온한 마음은 그것으로 설명될 수 있었던 겁니다. 남의 일을 돌보아 줄 적에는 순전한 호의로써 자유로운 처지에서 하는데, 공로는 고스란히 나에게로 돌아왔었지요. 그리하여 나의 자애심은 한층 더 높아지곤 했습니다.

이러한 사실들을 다른 몇몇 사실들과 함께 내가 이야기한 그 날 저녁 이후로 나는 차츰차츰 알게 되었습니다. 그 뒤 곧 알게 된 건 아니고 아주 뚜렷하게 알 수 있었던 것도 아닙니다. 처음에는 우선 기억을 더듬어 봐야 했습니다. 그래서 사태가 더 뚜렷하게 드러나면서 내가 알고도 모른 체하고 있던 것을 깨닫게 되었던 겁니다. 그때까지 나는 늘 놀랄 만한 망각 능력의 도움을 받았습니다. 나는 모든 일을, 무엇보다도 먼저 내 결심을 잊어버리는 것이었어요. 결국 중요한 건 아무것도 없었지요. 전쟁이며, 자살이며, 사랑이며, 빈곤이며, 사정이 어쩔 수 없을 때는 그런 것에 주의를 하긴 했었지만, 예의상으로 표면상으로 그랬을 뿐이었습니다. 때로는 내 일상 생활과 관계 없는 일에 열렬한 관심을 가지는 체하기도 했었어요. 그렇지만 실상은 나의 자유가 구속당하는 경우가 아니면, 정말 그 일에 참여하진 않았습니다. 뭐라고 할까요? 그저 스치며 지나갈 뿐이었어요. 그렇습니다. 모든 것이 나를 스치면서 흘러가기만 했습니다.

하지만 공정하게 말한다면 나의 망각이 기특할 때도 있었답니다. 모든 모욕을 용서하는 것을 신앙처럼 여기고 또 실상 용서하기도 하지만, 그것들을 제대로 잊어버리지 않는 사람들이 있는 걸 보셨겠지요. 나의 인품은 모욕을 용서하리만큼 훌륭하진 못했지만 나는 언제나 받은 모욕을 결국에 가선 잊어버리곤 했어요. 그래서 나의 미움을 받고 있으리라고 생각하던 사람이 내가 싱글벙글 웃으면서 인사를 하는 것을 보고는 어리둥절했었지요. 그럴 때는 그 사람의 성격에 따라 나의 너그러운 마음씨를 찬탄하기도 하고, 또는 나의 비굴함을 멸시하기도 했었는데 나의 이유는 그보다 더 간단하다는 것을 생각하진 못했어요. 나는 그 사람의 이름까지도 잊어버린 것이었습니다. 나를 무관심하게, 또는 의리를 모르는 사람으로 만들던 결함이 그럴 때면 나를 도량이 넓은 사람으로 만들어 주었답니다.

그러니까 나는 그날 그날 나, 나, 나의 연속말고는 아무 연속도 없이 살고 있었습니다. 그날 그날 여자들과 지내고, 그날 그날 미덕 또는 악덕과 함께 지냈으니 강아지새끼나 다를 바 없었지만, 어느 날이나 내 자신은 확고하게 자리잡고 있었습니다. 그처럼 나는 인생의 표면에 떠서 말하자면 말뿐이요, 결코 현실 속엔 들어가지 못하고 지나갔습니다. 모든 책들도 그저 읽는 둥 마는 둥, 친구들도 사랑하는 둥 마는 둥! 도시들도 구경하는 둥 마는 둥, 여자들도 휘어잡는 둥 마는 둥! 내 몸짓들은 권태로움에서 심심풀이로 하는 것에 지나지 않았어요. 사람들은 내 뒤를 따르며 매달려 보려 했지만 아무것도 붙잡을 게 없었으니 다음엔 불행이었지요. 그들에게는 불행이었단 말입니다. 왜냐 하면 나는 잊어버리기 때문입니다. 내게는 나 자신의 추억밖에 없었습니다.

그러나 차츰차츰 기억이 되돌아왔어요. 차라리 내가 기억으로 돌아간 겁니다. 나를 기다리고 있던 추억을 찾게 되었던 거예요. 그 추억 이야기를 하기 전에 내가 그것을 탐색하던 도중에 발견한 것 몇 가지를 예로 들겠습니다(이것들은 확실히 당신에게 도움이 될 겁니다).

어느 날 자동차를 운전하고 가다가 신호등이 파란 불로 바뀌었을 때, 나는 잠시 출발이 늦어졌습니다. 그 동안 내 등 뒤에서는 참을성 많은 파리지앵 양반들이 클랙슨을 요란스럽게 울려대더군요. 그러자 갑자기 그와 같은 경우에 일어났던 다른 사건의 추억이 내 머리에 떠올랐습니다.

코안경을 쓰고 골프 바지를 입은, 홀쭉하고 키가 작달막한 사나이를 태운 오토바이가 나를 앞지르고 붉은 신호 앞에 멈춰 섰습니다. 정지하는 바람에 엔진이 꺼져 버려서 그 작달만한 사내는 시동을 다시 거느라고 애를 썼지만 걸리지 않았습니다. 신호가 파랑으로 바뀌자 나는 그에게 지나갈 수 있도록 오토바이를 옆으로 비켜 달라고——언제나 그렇듯이——공손하게 부탁했지요. 작달막한 사내는 여전히 헛김만 뿜는 엔진으로 안달을 하고 있었습니다. 그래도 파리지앵 식의 예의를 따라 대답한다는 소리가 옷이나 갈아입고 오라는 거예요. 나는 다시 한번 여전히 공손하게 그러나 목소리에 약간 노기를 띠고 재촉했습니다. 그러자 또한다는 소리가 걸어가거나 말을 타고 가거나 하기 전에는 별 도리가 없다는군요. 그 동안 내 뒤에서는 클랙슨 소리가 몇 번 잇따라 울렸습니다. 나는 좀더 단호한 말투로 무례한 소리는 그만두고 교통을 방해하고 있는 걸 보라고 했지요. 그랬더니 그 성질 급한 녀석은 엔진 고장이란 게 분명해지자 울화가 치밀었던지 주먹다짐이나 한 대 맞고 싶다면 얼마든지 주겠노라고 소리를 지르더란 말이에요. 그토록 뻔뻔스러움에 화가 치밀어, 그 입버릇 사나운 녀석의 따귀를 갈겨 줄 생각으로 나는 차에서 내렸습니다. 나는 내가 거장이라곤 생각지 않았고(그렇지만 누구나 생각이야 어떻게든 못하겠습니까!) 나는 상대방보다 머리 하나쯤 더 컸을 뿐만 아니라, 내 완력은 언제나 내게 유리했었습니다. 내가 주먹다짐을 하면 했지 얻어맞지는 않았으리라고 나는 지금도 생각합니다.

그런데 내가 찻길에 내려서자마자, 몰려들기 시작하던 군중으로부터 어떤 사내 하나가 나서더니 나에게로 달려와서 날더러 너절하기 짝이 없는 녀석이라고 하면서 오토바이를 탄 사나이, 그러니 불리한 처지에 있는 사람에게 손질을 하게 하지 않겠노라고 대드는 것이었어요. 나는 그 의협가에게로 눈을 돌렸지만 그는 보이지 않았습니다. 얼굴을 돌리자마자, 거의 동시에 오토바이의 엔진 소리가 다시 들리기 시작하더니, 나는 귀퉁이를 호되게 얻어맞았어요. 무슨 영문인지 알아차리기도 전에 오토바이는 떠나 버렸습니다. 나는 어리둥절해서 기계적으로 달타냥 같은 의협가에게로 걸음을 내디뎠는데, 그러자 그와 동시에 퍽 길게 줄지어 멎은 자동차들에서 한꺼번에 클랙슨 소리가 극성스럽게 울렸습니다. 다시 신호가 파랑으로 바뀌었던 것입니다. 그래서 아직도 좀 얼떨떨한 채 나에게 대들었던 괘씸한 녀석을 후려갈기지 못하고 나는 온순하게 자동차로 돌아와서 그 자리를 떠났습니다. 내가 지나가는 것을 보며 그

괘씸한 녀석은 '얼간이!' 하고 소리지르던 것이 아직도 기억에 남아 있습니다.

별로 중요하지도 않은 이야기라고 하실는지 모르겠습니다. 그럴지도 모릅니다. 다만 그 일을 잊어버리는 데 오랜 시간이 걸렸어요. 그게 중요합니다. 나에게는 그러나 변명의 여지가 충분히 있었습니다. 대항하지도 않고 얻어맞았지만 나를 비겁하다고 할 수는 없을 겁니다. 뜻하지 않은 일격이었던데다가, 양쪽에서 대드는 바람에 뭐가 뭔지 알 수 없었고, 또 클랙슨 소리에 정신을 차릴 수 없었으니까요. 그렇지만 명예를 저버리기나 한 것처럼 나는 불쾌했습니다. 아무런 반응도 없이 군중의 비웃는 눈길을 받으며 차에 오르던 내 꼴이 자꾸만 눈앞에 떠올랐어요.

지금도 기억하고 있지만 그 날 나는 매우 말쑥하게 푸른 옷차림을 하고 있었던 만큼 군중은 더욱 좋아했습니다. '얼간이'라는 소리가 다시 들려 오자 그런 소리를 들어도 마땅하다는 생각이 들기까지 했습니다. 결국 나는 군중 앞에서 기가 질리고 말았다고밖에 할 수 없었어요. 공교롭게 여러 가지 사정이 일치하여 그렇게 된 건 사실이었지만 사정이란 언제나 있는 법입니다. 나중에야 어떻게 했어야 옳았을 것인가 뚜렷이 알 수 있었습니다. 달타냥처럼 굴던 그 녀석을 보기좋게 갈겨서 쓰러뜨리고 차에 뛰어올라 나를 때린 녀석을 추격하여 그 녀석의 오토바이를 길 옆으로 밀어붙이고 그 녀석을 끌어내 그 녀석이 마땅히 받아야 할 주먹을 먹여 주는 장면을 나는 상상했습니다. 다소간 다르게 꾸미는 일도 있었지만, 나는 이 필름을 백 번 천 번 머릿속에서 되풀이해 보았어요. 그러나 때는 이미 늦어 며칠 동안 나는 추악한 원한을 꾹 참아야 했습니다.

아, 또 비가 내리는군요. 저 현관 밑에서 좀 쉬면 어떨까요? 그러십시다. 어디까지 이야기했던가요? 아, 그렇군. 명예에 관한 이야기였지요!

그래 그 사건을 다시 떠올리게 되었을 때 나는 그것이 무엇을 의미하는 지 깨달았습니다. 결국 나의 몽상이 사실의 시련에 견디어 내지 못했던 겁니다. 그러고 보니 나는 인격적으로나 직업적으로나 남들의 존경을 받는 빈틈없는 사람이 되려고 꿈꾸어 왔음이 뚜렷했습니다. 말하자면 절반은 세르당 같고, 절반은 드골 장군 같은 인물이 되고 싶었지요. 요 컨대 나는 무슨 일에 있어서나 군림하고 싶었던 겁니다. 그러기 때문에 나는 일부러 보란 듯이, 두뇌의 능력보다도 육체적 역량을 보이기를 즐 겼던 거예요.

그런데 꼼짝 못하고 군중 앞에서 얻어맞은 다음부터는 그러한 나 자 신의 아름다운 이미지를 가질 수 없게 되었어요. 만약 내 자신이 자처하 던 것처럼 내가 진실과 지혜의 벗이었더라면 그 광경을 본 사람들이 벌 써 잊어버리고 말았을 그런 사건이 나와 무슨 상관이 있었겠습니까? 아 무것도 아닌 일로 화낸 것에 대하여 자신을 나무라고 또 아무리 화가 났다 하더라도 침착성을 잃고, 홧김에 생기게 될 결과를 막지 못한 것에 대하여 자신을 꾸짖는 정도에 지나지 않았을 겁니다.

그런데 그렇기는커녕 복수를 하고, 때려 주고, 이기고 싶은 욕망에 불 탔다니까요. 마치 나의 진정한 욕망이 세상에서 가장 지혜롭고 가장 너 그러운 사람이 되는 것이 아니라, 다만 내 마음대로 누구나 쳐부수고, 결국 가장 강한 사람이 되는 것, 그것도 아주 유치한 수단으로 그렇게 되는 것이었다는 듯이 말입니다. 사실인즉, 잘 아시는 바와 같이 지혜 있는 사람은 누구나 갱이 되어 순전히 폭력으로 사회를 지배하기를 꿈 꾸는 법입니다. 그렇지만 그것은 갱소설에서 볼 수 있는 것처럼 쉬운 일 이 아닌지라, 대개는 정치를 수단으로 택하여 가장 잔인한 정당으로 달 려갑니다. 모든 사람을 지배할 수 있다면 자기의 정신을 욕되게 한들 어 떻겠습니까? 안 그래요? 그리하여 내 마음 속에서 나는 흐뭇한 압제의 몽상을 발견했습니다.

적어도 내가 알게 된 것은 죄인이나 피고의 잘못이 나에게 아무런 손해도 입히지 않는다는 정확한 범위 안에서만 나는 그들 편을 들고 있다는 사실이었습니다. 나는 피해자가 아닌 까닭에 그들의 죄는 나로 하여금 웅변을 터뜨리게 했습니다. 내가 위협을 받으면 나도 판사가 될 뿐만 아니라 그보다 더 심한 인간, 모든 법률을 무시하며 범죄자를 때려눕히고 무릎꿇게 하고 싶어하는 폭군이 되었답니다. 그렇게 되고 보니 내가 정의의 천직을 맡은 사람이요, 과부와 고아의 선택받은 옹호자라고 계속 진정으로 믿기는 매우 어려운 노릇이었지요.

빗발도 굵어지고 시간도 있고 하니, 그런 일이 있은 얼마 뒤에 내가 기억 속에서 발견한 것을 또 하나 말씀드릴까요? 저 의자 위에 앉으십시다. 여러 세기 동안 사람들은 거기서 담배를 피우면서 지금과 같은 비가 운하 위로 내리는 것을 보아 왔습니다. 이제부터 말씀드리려는 건 좀 더 하기 어려운 이야기입니다. 이번에는 여자 이야기예요. 먼저 나는 여자와 접촉할 때 언제나 성공했었다는 사실을 미리 알아두셔야 합니다. 여자들을 행복하게 하거나 그렇지는 못할망정 여자들에 의하여 내가 행복하게 되거나 하는 일에 성공했었다는 말이 아닙니다. 그저 성공했단 말씀이에요.

내가 바라기만 하면 거의 틀림없이 언제나 나는 목적을 이룰 수 있었어요. 모두들 나에게서 매력을 느꼈지요. 상상해 보십시오! 매력이란 어떤 건지 아시지요. —— 아무런 뚜렷한 질문도 하지 않고 '네'라고 대답하게 하는 방법입니다. 그 무렵 나는 그랬어요. 깜짝 놀라시는 모양이군요. 뭐 숨기지 마세요. 지금 이 꼴이 된 내 얼굴을 보면 그야 당연한 일이니까요. 서글픈 일이지만 어느 나이를 지나면 누구나 제 얼굴에 대하여 책임을 져야 합니다. 내 얼굴은…… 하지만 그런 건 아무래도 좋습니다. 어쨌든 모두들 나에게 매력을 느꼈었다는 게 틀림없는 사실이고 나는 그것을 이용했습니다.

그렇지만 타산적으로 그런 일을 한 건 절대로 아닙니다. 나는 성실했어요. 나의 여성 관계는 자연스럽고, 담담하고 흔히 말하듯이 쉬웠습니다. 책략을 쓴다거나 하는 일은 없었어요. 쓴다고 하더라도 다만 여자들이 경의로 여기는 것, 숨김없이 보일 수 있는 책략뿐이었습니다. 흔히 쓰는 말대로 나는 여자라면 모두 좋아했습니다. 결국 어느 여자도 사랑하지 않은 셈이지요. 여자를 싫어한다는 것을 나는 언제나 저속하고 어리석은 짓이라고 생각했고 내가 안 여자는 거의 모두 잘났다고 나는 생각했었습니다. 그러나 그렇게 높이 평가하면서도 나는 여자들을 위하였다기보다 이용하는 일이 더 많았습니다. 어찌된 셈인지 알 수 없지요.

물론 진정한 사랑이란 예외적인 것이어서, 한 세기에 두서넛 있을까 말까한 정도입니다. 그 밖의 경우에는 허영, 아니면 권태가 있을 뿐입니다. 나로 말하자면 포르투갈의 여승과는 딴판이었지요. 나는 냉담한 사람이 아닙니다. 그러기는커녕 오히려 과감하고 게다가 눈물도 잘 흘리는 편입니다. 다만 나의 감격은 언제나 내게로 향하고 나의 감동은 나에 관한 것입니다.

아무튼 내가 사랑한 일이 없다는 건 사실이 아니고, 나는 나의 생애에서 적어도 커다란 사랑을 하나 맺었는데 그 사랑의 대상은 늘 나 자신이었습니다. 그러한 관점에서 아주 젊은 시절의 피할 수 없는 고민이 끝나자, 나의 태도는 결정되었습니다. 그것이 나의 애정 생활을 지배했습니다. 나는 오직 쾌락과 정복의 대상만을 찾았습니다. 게다가 나의 천품이 그것을 도왔던 것도 사실입니다. 하늘로부터 나는 혜택을 많이 받았으니까요. 나는 그것을 적잖이 자랑스럽게 여겼고, 그 때문에 커다란 만족감을 느끼기도 했는데, 그 만족감이 쾌락에서 오는 것인지 지금 생각하면 알 수 없는 일입니다. 또 자기 자랑하는 것이라 하실는지 모르겠습니다. 그걸 부정하지는 않겠습니다만 이 점에 있어서는 사실일뿐이니까 별로 자랑이라고는 생각지 않습니다.

다른 이야기는 그만두고 모든 경우에 있어서 나의 관능적 쾌락은 지극히 절실한 것이어서 단 10분 동안의 정사를 위해서라도 나는 부모를 부인했을 거예요. 뒤에는 몹시 후회하게 되더라도 말입니다. 아니, 특히 단 10분 동안의 정사를 위해서 그랬었고, 그것이 오래 계속될 성질의 것이 아니라는 확신을 가질 때 더구나 그랬어요. 그렇지만 나에게는 원칙들이 서 있었습니다. 가령 친구 마누라는 신성불가침이었지요. 다만 그런 경우엔 아주 솔직하게 며칠 전에 그녀의 남편과 우정을 끊어 버렸답니다.

아마 그런 것을 관능의 쾌락이라 불러서는 안 될지도 모르겠습니다. 관능의 쾌락이란 그 자체로서는 추한 것이 아니니까요. 너그럽게 결함이라고 말해 둡시다. 사랑 속에 육체적인 관계밖에 보지 못하는 일종의 타고난 무능력이지요. 그러한 결함은 결국 편리하였습니다. 나의 망각이란 능력과 결합되어 그것은 나의 자유에 도움이 되었거든요. 그와 동시에 그것이 나에게 갖게 하던 냉담하고 구속 없는 태도에 의하여 그러한 결함은 나에게 새로운 성공의 기회를 제공해 주었어요. 로맨틱하지 않음으로써 나는 로마네스크한 것에 억센 영향을 줄 수 있었던 것입니다. 사실 여자란 거의 대부분이 모든 사람이 실패하더라도 언제나 자신만은 성공할 수 있으리라고 생각한다는 점에 있어서 나폴레옹과 같다고 할 수 있을 거예요.

그리고 그러한 교섭에서 나는 관능 이외의 것, 즉 즐기기 좋아하는 나의 기질을 만족시켰습니다. 나는 여자 속에 있는 일종의 오락 파트너를 사랑했던 겁니다. 적어도 순진한 맛이 있는 오락이었지요. 나는 권태를 참지 못하는 까닭에 삶에 있어서 놀음거리가 되는 것 이외에는 귀중하게 여기지 않습니다. 아무리 화려한 사회라도 곧 싫증이 나 견딜 수 없습니다. 그런데 마음에 드는 여자하고라면 싫증난 적이 없어요. 말씀드리기 거북하지만 어여쁜 말단 역의 여배우와 최초의 랑데부를 갖기 위해서라면 아인슈타인과 열 번의 회담이라도 나는 버렸을 겁니다. 랑데부가 열 번째쯤 되면 아인슈타인을 만나보고 싶어지기도 하고, 맹렬히 독서를 하고 싶어지는 게 사실였습니다만. 결국 중대한 문제들에 대한 관심은 다만 짤막짤막한 음란의 틈을 타서 가져 볼 뿐이었지요. 길가에 서서 친구들과 한창 열띤 논쟁을 하다가도, 때마침 가슴 설레게 하는 미인이 길을 건너는 바람에 추리의 실마리를 잃어버린 일이 나에게는 빈번했답니다.

그러므로 나는 유희를 했었지요. 여자들이란 남자가 너무 빨리 목적을 이루지 않는 것을 좋아한다는 걸 나는 알고 있었어요. 여자들의 말을 빌면 우선 처음에는 이야기와 정다운 맛이 필요합니다. 변호사이고 보니 나는 말문이 막힌다는 일이 없었을 뿐만 아니라, 군대에서 배우 흉내를 내본 경험도 있어 눈초리도 제법이었지요. 번번이 역이 바뀌었지만 언제나 같은 내용의 각본이었습니다. 가령 불가사의한 매력을 가진 각색으로는 '뭔지 알 수 없는 그 무엇'이라든가, '이유는 없어요. 나는 사랑에 이끌리게 되기를 원치 않았어요. 사랑에는 염증이 났으니까요……'이라든가 하는 것이 있었는데, 그런 것은 아주 케케묵은 연극이었지만 언제나 대단한 효과를 냈지요. 여태껏 어느 다른 여자도 준 일이 없는 신비로운 행복, 아마 아니 확실히, 오래 계속되지는 못하겠지만(스스로 경계를 아무리 하여도 지나친 법은 없으니까요) 그러기 때문에 무엇하고도 바꿀 수 없는 행복이란 내용의 것도 있었지요.

특히 짤막한 대사 하나를 그럴 듯하게 꾸몄는데, 그건 언제나 환영을 받았고, 당신도 들어 보면 칭찬할 것이라고 확신합니다. 그 대사의 요점은 나라는 사내는 하잘것없는 놈이라는 것, 나는 사랑할 만한 값어치가 없으며, 내 인생은 다른 데 있고, 나날의 행복, 아마도 내가 무엇보다도 누리고 싶었던 행복이 나의 인생에 깃들여 주지는 않았다는 것, 그러나 이미 때는 늦었다는 사연을 가슴 아픈 체념조로 이야기하는 것이었어요. 어째서 이미 늦었다는 것인지 그 이유에 관해서는 비밀을 지켰지요. 신비로운 것을 껴안고 자는 편이 좋다는 걸 나는 알고 있었으니까요. 그런데 어떤 의미로는 내가 하는 말을 나는 믿었습니다. 나의 역을 나는 생활로써 연출했으니까요. 그러니까 나의 파트너들이, 그녀들 역시 무대에서 열연하게 되었다고 해서 놀랄 것은 없습니다. 나의 여자 친구들 가운데 가장 민감한 패들은 나를 이해하려고 노력했지만, 그러한 노력은 결국 서글픈 체념으로 그녀들을 이끌어 갔습니다.

다른 패들은 내가 오락 규칙을 존중하고 행동으로 옮기기 전에 이야기하는 아량을 보고 만족하여 망설이지 않고 곧장 현실로 돌아갔지요. 그러면 나는 두 번 승리한 셈이었습니다. 여자에 대하여 가졌던 욕망을 만족시켰을 뿐만 아니라 그때마다 나의 뛰어난 능력을 확인함으로써 나의 자기애를 만족시킬 수 있었으니까요.

그것은 아주 틀림없는 사실이어서 어떤 여자들은 보잘것 없는 쾌락밖에 주지 못하는 일이 있을지라도 나는 그녀들과의 관계를 이따금씩 간격을 두고 다시 맺도록 노력했습니다. 서로 헤어져 있으면 욕망이란 다시 일어나게 마련이어서 갑자기 옛정을 다시 찾기도 하는 것이겠지만, 두 사람 사이는 여전히 이어져 있으며, 그것을 다시 가깝게 하는 것은 오직 나에게 달려 있다는 것을 확인해 보려는 생각도 있었습니다. 때로는 여자로 하여금 다른 어느 남자와는 연애 관계가 없노라는 맹세를 시키기까지 해서, 그 점에 관한 나의 불안을 완전히 가라앉히기도 했지요. 그렇지만 애정이라든지, 심지어 상상력까지 그러한 불안과는 무관했습니다.

사실 나에게는 자부심도 강하게 뿌리박혀 있었기 때문에, 뚜렷한 증거가 나타나 있을 때라도 한 번 나의 것이 되었던 여자가 남의 것이 된다는 것은 나로서는 상상하기 어려운 일이었어요. 그러나 여자들의 얽어맴으로써 나를 해방시켜 주었습니다. 여자가 어느 다른 남자와도 연애 관계가 없다는 걸 알고 나서야 나는 관계를 끊으려는 결심을 할 수 있었는데, 그렇지 않고서는 거의 언제나 관계를 끊기가 불가능했어요. 여자에 관한 확인이 끝나야 나의 능력은 영원히 보증되는 셈이었어요. 기묘하지 않습니까? 그렇지만 사실이 그런 걸요. 어떤 사람은,

“나를 사랑해 달라.”

고 외치고, 또 다른 사람들은,

“나를 사랑하지 마라.”

고 외치지만 어떤 부류의 사람들, 가장 악질적이고 가장 불쌍한 인종은,

“나를 사랑하지 말고 나에게 충실하라.”

고 외칩니다.

그렇지만 확인은 결코 결정적일 수는 없고, 한 사람 한 사람씩 새로 시작하지 않으면 안 됩니다. 자꾸 되풀이하면 그만 습관이 되어 버립니다. 얼마 안 가서 생각지 않아도 말이 저절로 나오고 반사적으로 행동이 뒤따르게 됩니다. 마침내는 정말로 원하지도 않으면서 움켜잡는 상태에 빠지게 되지요. 사실 그렇습니다. 적어도 어떤 사람들에게는 바라지 않는 것은 가지지 않는다는 게 세상에서 가장 어려운 일이랍니다.

어느 날 그런 사태가 일어났습니다. 상대가 어느 여자였는지 말씀드릴 필요는 없겠고, 다만 욕망을 일으켜 정말로 내 마음을 뒤흔드는 건 아니었지만, 그 여자의 수동적이면서도 탐욕적인 태도에 이끌렸다는 것

만 말씀드리겠습니다. 솔직히 말해서 당연히 예상했던 것처럼 탐탁하지 못했습니다. 나는 콤플렉스를 가져 본 일이 없었으므로 그 여자를 곧 잊어버리고 다시는 만나지도 않았지요. 그 여자는 아무것도 눈치채지 못했으려니 나는 생각했고, 또 그 여자가 무슨 생각을 가질 수 있으리라고는 상상조차 안 했습니다. 게다가 그 수동적인 태도 때문에 내게는 제외된 듯한 여자였어요.

그러나 몇 주일 뒤, 그 여자가 제삼자에게 나를 무능하다고 말했다는 사실을 알게 되었습니다. 그 순간 나는 약간 속았구나 하는 생각이 들었어요. 그 여자는 내가 생각했던 것보다는 수동적도 아니었고 판단력도 있었다는 증거였으니까요. 다음 순간, 나는 어깨를 으쓱하고 웃음짓는 시늉을 했습니다. 사실 정말로 웃기도 했습니다. 그 사건이 중요성이 전혀 없다는 건 뚜렷한 일이었으니까 말입니다. 겸양을 규칙으로 삼아야 할 영역이 있다면, 그건 예측할 수 없는 일이 허다한 성문제가 아니겠습니까? 그런데 현실은 조금도 그렇지 않고, 고독 속에서일망정 저마다 윗자리에 서려고 하거든요. 어깨를 으쓱했음에도 불구하고 과연 나의 행동은 어떠했겠습니까?

얼마 뒤 나는 그 여자를 다시 만나 그 여자를 유혹하고 정말로 휘어잡기 위해서 모든 노력을 다했습니다. 그건 그다지 어려운 일이 아니었어요. 여자들도 실패로 그쳐 버리기를 좋아하지 않으니까요. 그때부터 나는 뚜렷이 그렇게 하고자 한 건 아니었지만, 온갖 방법으로 그 여자를 괴롭히기 시작했습니다. 버렸다가는 다시 정을 맺고, 어울리지도 않는 장소와 시간에 강제로 몸을 맡기게 하고, 모든 면에 있어서 하도 난폭하게 다루어서 마침내는 간수와 죄수의 연분이 그러리라 싶은 관계로써 나는 그 여자와 얽히게 되었습니다. 그러한 관계는 강요당한 쾌락의 격심한 혼란 속에서 그녀가 자기를 굴종으로 몰아넣는 것을 소리 높여 찬

미하기 시작한 날까지 계속되었습니다. 그 날 비로소 나는 그 여자와 멀어지기 시작하였고 그 뒤 그 여자의 일은 깨끗이 잊어버렸습니다.

예의상 당신은 아무 말씀도 하지 않지만, 그 사건은 그다지 훌륭한 일이 못 된다는 건 나도 동감입니다. 그렇지만 당신 자신의 생활을 생각해 보십시오. 기억을 파헤쳐 보세요. 그러면 아마 당신은 그와 비슷한 이야기를 발견할 수 있을 겁니다. 나중에 말씀해 주십시오. 나로 말하자면 그 사건이 머리에 떠올랐을 때 또 한 번 웃었지요.

그러나 그건 전과는 다른 웃음이었습니다. 언젠가 퐁데자르에서 들었던 웃음소리와 퍽 비슷했어요. 나의 이야기, 나의 변론에 대해 나는 웃었던 거예요. 여자에게 하던 이야기보다 나의 변론이 더욱 우스웠어요. 여자들에겐 적어도 거짓말은 별로 하지 않았습니다. 본능이 내 태도 속에서 아무런 구실을 달지 않고 분명하게 이야기했으니까요. 가령 사랑의 행위는 일종의 고백입니다. 거기에서는 이기주의가 노골적으로 부르짖고 자만심이 나타나고 또는 진정한 아량이 드러나기도 합니다. 결국 그 유감스러운 사건에서 나는 다른 자질구레한 정사(情事)들에서보다도 더 한층 생각했던 것 이상으로 솔직하였고 내가 어떠한 인간인지, 나는 어떻게 살 수 있는지를 말했습니다. 그러니까 겉으로는 어떠했든지간에 무죄며, 정의에 관한 직업적 대활약에 있어서보다도 나는 사생활에 있어서, 지금 이야기한 것 같은 행동을 하고 있었을 때라도, 아니 특히 그런 때일수록 더 인간다웠던 셈이지요. 적어도 인간들과 더불어 움직이는 나 자신을 보고 나는 나의 본성을 그르칠 수는 없었습니다. 아무도 쾌락 속에서는 위선을 부리지 않는다는 말은 내가 어느 책에서 읽은 것인지, 또는 나 자신이 생각해 낸 것인지 모르겠군요.

그처럼 어느 여자와 결정적으로 헤어지려 할 때 느끼는 난처함——그래서 나는 한꺼번에 수많은 여자 관계를 가지게끔 되었지만——그러한 난처함을 생각할 때, 나는 여린 마음을 탓하지는 않았습니다. 여자 친구 가운데 하나가 정열의 승리를 기다리다 못해 지쳐서 물러나겠다는 이야 기를 할 때, 나를 움직이게 하던 것은 나의 여린 마음이 아니었으니까 요. 그렇게 되면 곧 나는 한걸음 앞으로 나서서 달래기도 하고, 웅변을 늘어놓기도 했지요. 여린 심정이며 부드럽고 약한 마음씨, 그런 것을 오 히려 여자의 마음 속에 일깨워 놓고, 나 자신은 그것을 피상적으로 느낄 뿐 다만 여자의 거절 때문에 조금 흥분되고 애정을 잃게 될지도 모른다 는 불안에 사로잡힐 따름이었습니다.

때로는 내가 정말로 괴로운 듯한 생각이 든 적도 있었어요. 하지만 반항심을 품은 여자가 정말로 떠나 버리고 나면, 쉽사리 그 여자를 잊어 버리기에 충분했습니다. 그와 반대로 여자가 다시 돌아오기로 결심했을 때도 곁에 온 다음엔 그 여자를 잊어버리는 것과 마찬가지였지요. 버림 받을 위험에 처하였을 때 나를 자극하던 것은 참으로 사랑도 아량도 사 랑받고 싶은 욕망, 내 생각으로 보자면 당연한, 내가 받아야 할 것을 받 고 싶은 욕망이었습니다. 사랑받게 되자, 그리고 파트너를 다시금 얻게 되자마자, 내게는 그것이 짐스럽게 여겨지더란 말입니다.

화가 날 지경일 때는 나에게 관심을 가지는 여자의 죽음이 이상적인 해결책일 거라고 생각하기까지 했습니다. 여자가 죽어 버리면 우리들 사이의 관계는 결정적으로 확립되는 동시에 또 한편으로는 그 속박이 제거될 것이니까요. 그렇지만 모든 사람의 죽음을 바랄 수도 없는 자유 를 누리기 위하여 지구상의 전 인류를 말살할 수도 없는 노릇이고, 극단 적으로 말해서 그렇지 않고서는 상상할 수 없는 자유를 누리기 위하여 지구상의 전 인류를 말살할 수도 없는 일입니다. 나의 감성, 그리고 나 의 인류애가 그것을 허용하지 않았습니다.

모든 것이 순조롭고 마음의 안정과 어디로나 마음대로 왔다갔다 할 수 있는 자유를 가질 수 있을 때 그러한 정사에 젖어서 느끼게 되는 유일한 깊은 감정은 감사하다는 생각이었습니다. 그러고 보니 한 여자의 잠자리를 방금 떠났을 때면, 다른 여자에 대하여 더할 나위 없이 상냥하고 쾌활했었습니다. 마치 어느 한 여자에게 진 빚을 모든 여자들에게 갚는 것과 마찬가지였지요. 게다가 표면상으로는 아무리 내 감정이 착잡한 듯해도 내가 획득하는 결과는 뚜렷했습니다.

나는 내 둘레의 모든 애정을 유지하면서, 언제든지 마음대로 그것을 이용할 수 있었습니다. 그러니까 나 자신도 인정하는 바였지만, 내가 살 수 있기 위해서는 다음과 같은 조건이 없어서는 안 되었어요. 즉 지구상의 모든 인간들이, 또는 되도록 최대 다수의 인간들이 영원히 공백 상태로, 자주적 생활을 갖지 말고 어느 때고 나의 부름에 응할 태세를 갖추고 나의 광명으로써 내가 그들을 돕는 날까지 불모의 삶에 몸을 맡긴 채 나를 향하고 있어야만 했습니다. 다시 말하면 내가 행복하게 살기 위해서는 내가 선택하는 사람들이 살지 말아야 했습니다. 그들은 다만 내 의사에 따라서 이따금씩 일시적으로 그들의 생명을 얻을 수 있어야만 했어요.

나는 이러한 이야기를 조금이라도 자랑거리로 여기지는 않습니다. 나 자신은 아무것도 치르지 않으면서도 모든 것을 요구하던 그 시절, 수많은 사람들을 나를 섬기도록 동원하여 어느 날이고 필요할 때 꺼내 쓸 수 있게끔, 말하자면 그들을 냉장고 속에 넣어 두던 그 시절을 생각할 때 나의 가슴 속에서 일어나는 야릇한 감정을 뭐라고 불러야 할지 모르겠습니다. 수치심이 아닐는지요? 수치심은 타오르지 않습니까? 그렇죠? 그렇다면 아마 그와 같은 감정일 거예요. 그렇지 않으면 명예에 관련되는 쑥스러운 감정의 하나일 겁니다. 어쨌든 그 감정은, 내 기억의 한복판에서 발견된 사건이 있은 뒤로는 나를 떠난 적이 없는 것 같습니다.

여태껏 내 이야기는 번번이 길을 벗어나기도 하고 이야기를 꾸미느라 나는 퍽 노력도 했는데, 그걸 당신도 합당하게 여기리라고 기대합니다만, 그 사건에 대한 이야기는 더 미룰 수가 없습니다.

아! 비가 그쳤습니다그려! 제 집까지 좀 바래다 주시지요. 몹시 피로하군요. 이야기를 해서 그런 건 아니지만 계속해서 이야기해야 한다고 생각하기만 해도 피로하군요. 그렇지만 해야죠! 나의 중대한 발견을 알려 드리기 위해서는 몇 마디 말이면 충분할 겁니다. 그리고 그 이상 더 말할 필요가 어디 있겠어요? 조상(彫像)을 고스란히 드러내면 미사여구는 걷어치워야 합니다. 이야기인즉 이렇습니다. 등 뒤에서 웃음소리가 들린 듯한 생각이 들었던 그 날 저녁보다 2, 3년 전 11월의 일입니다만, 그 날 밤 나는 세느 강 왼쪽으로 해서 나의 집으로 가느라고 퐁데자르를 건너려던 터였습니다.

자정이 지나 새벽 1시였는데, 가랑비라기보다는 오히려 이슬비가 내려서 드문 인기척마저 흩어져 가고 있었습니다. 어느 여자 친구와 막 헤어져 돌아오는 길이었는데 그 여자는 벌써 잠들었을 것임에 틀림없었습니다. 좀 흐리멍덩한 기분으로 걷는 것이 즐거웠습니다. 몸은 가라앉고 부슬부슬 내리는 비처럼 흐뭇한 피가 온몸에 감돌고 있었습니다. 다리 위에서 난간에 허리를 굽히고 강물을 내려다보고 있는 듯한 사람의 모습 뒤로 지나가게 되었습니다. 가까이 다가가서 보니 검은 옷을 입은 호리호리한 젊은 여자였어요. 거무스름한 머리와 외투깃 사이로 산뜻하게 젖은 목덜미가 드러나 나의 가슴이 설레었습니다. 그러나 조금 망설이다가 나는 가던 길을 계속 갔습니다. 다리 끝 목에서 그때 내가 살고 있던 생 미셸 거리로 향하는 둑길로 접어들었습니다. 벌써 한 50미터쯤 발길을 옮기자, 물 속으로 떨어지는 소리가 들렸어요. 거리가 상당히 멀었지만 밤의 고요함 속에서 내 귀에는 무척 요란스럽게 들렸습니다. 나는 우뚝 발길을 멈추었습니다만 뒤돌아보지는 않았습니다. 거의 때를 같이 하여 비명이 들렸는데 연거푸 몇 번 꼬리를 끌며 역시 강물 속을 흘러 내리더니 뚝 끊어져 버렸습니다. 그 뒤를 이은, 갑자기 얼어붙은 듯한 어둠 속에서의 침묵은 끝없이 길게 느껴졌습니다.

달려가고 싶다는 생각을 하면서도 몸을 움직일 수가 없었어요. 서둘 러야겠다고 생각했지만 어찌할 수 없는 무기력이 온몸에 퍼지는 듯했습 니다. 그때 내가 무슨 생각을 하였는지는 잊어버렸지만, 아마 '이미 늦 었다. 너무 멀어……' 라든가, 그 비슷한 생각이었을 거예요. 나는 그대로 얼마 동안 귀를 기울이고 있다가 비를 맞으며 종종걸음으로 그 곳을 떠 났습니다. 그리고 아무에게도 알리지 않았습니다.

다 왔는걸요. 이것이 나의 집, 나의 피난처입니다. 내일이요? 그러시지 요, 좋으실 대로. 마르켄 섬으로 기꺼이 안내해 드리겠습니다. 주이데르 제를 보시게 될 겁니다. 11시에 '멕시코시티'에서 만나십시다. 뭐라구 요? 그 여자 말입니까? 어떻게 됐는지 모릅니다. 정말 몰라요. 그 이튿 날도 그 뒤로도 나는 신문을 읽지 않았으니까요.

마치 인형처럼 알뜰한 마음이지요. 안 그렇습니까? 아름다운 풍경들 이 참말 많습니다. 그렇지만 이 섬으로 모신 것은 풍경 때문이 아닙니 다. 머리 모양이며 나막신이며 밀랍 냄새 풍기는 가운데서 어부들이 향 기로운 담배를 피우고 있는 곱게 장식된 집들, 그런 것은 누구나 보여 드릴 수 있습니다. 그런데 나는 그와 반대로 이 곳에서 중요한 것을 보 여 드릴 수 있는 몇 안 되는 사람들 가운데 하나입니다.

둑에 다다랐습니다. 저 너무나 아기자기한 집들로부터 될 수 있는 대 로 멀리 떨어지자면, 이 둑을 따라가야 합니다. 좀 앉읍시다. 어떻습니 까? 이야말로 말할 수 없이 아름다운 풍경의 극치가 아닐 수 없습니다. 왼편의 저 잿더미들을 보세요. 이 고장에서는 모래 언덕이라고 부르지요. 오른편에는 잿빛 둑, 발 밑에는 납빛 모래밭, 눈앞에는 양잿물 같은 빛깔이 바다와 희끄무레한 물을 반영하고 있는 넓디넓은 하늘이 보입니다. 참말 흐느적거리는 지옥 같습니다. 모두 밋밋한 것뿐이요, 빛이라곤 조금도 없고, 공간은 무색, 생명은 죽었습니다. 만물의 소멸, 눈에 보이는 허무가 아니겠습니까? 무엇보다도 사람이 없습니다. 사람이 없어요. 드디어 무인지경이 되어 버린 떠돌이 별 앞에 오직 당신과 나만이 있을 뿐입니다. 하늘이 살아 있다고요? 옳은 말씀입니다.

사실 저 하늘은 두터워져서 깊은 수렁이 생기기도 하고 바람의 계단을 벌여 놓기도 하고, 구름의 문을 닫아 버리기도 합니다. 저건 비둘기들이에요. 네덜란드 하늘은 몇백만 마리의 비둘기로 가득 차 있다는 걸 모르십니까? 보이진 않아요. 아주 높이 떠 있으니까요.

활개를 치고 한결같은 움직임으로 오르내리면서 바람부는 대로 이리 밀리고 저리 밀리며 검푸른 털의 출렁거림으로 공중을 채우고 있는 거랍니다. 비둘기들은 높은 상공에서 1년 내내 기다립니다. 땅 위를 두리번거리며 떠돌면서 내려오고 싶어합니다. 그렇지만 바다와 운하와 간판 투성이의 지붕들밖에는 아무것도 없습니다. 내려앉을 만한 머리 하나 없지요.

내가 무슨 소리를 하는지 모르겠다고요? 사실은 좀 피로합니다. 나 자신 내 이야기를 종잡을 수 없습니다. 친구들이 그렇게도 칭찬해 주던 명쾌한 말솜씨는 이제 없어져 버렸어요. 친구들이라지만 그건 그저 원칙상 그렇게 말했을 뿐입니다. 이제는 친구도 없어졌습니다. 공범자들이 있을 뿐이에요.

그 대신에 숫자는 늘었습니다. 인류 모두 공범자들이니까요. 인류 속에는 먼저 당신이 있습니다. 곁에 있는 사람이 언제나 맨 첫째입니다. 친구가 없다는 걸 어떻게 아느냐고요? 그건 매우 간단한 일입니다. 언젠가 친구 녀석들을 곯려 주기 위해서 말하자면 친구란 녀석들을 벌하기 위해서 자살할까 하고 생각했던 날 나는 그것을 알게 되었어요. 그러나 누구를 탓한단 말입니까? 어떤 자들은 놀랄 테지만, 아무도 벌을 받지는 않을 겁니다.

그래서 친구가 없다는 걸 깨달았지요. 어쩌다 친구가 있었다 하더라도 그다지 나을 것도 없었을 겁니다. 자살하고 나서 그 녀석들의 낯짝을 볼 수 있는 것이라면 해 볼 만도 한 일이겠지요. 그렇지만 땅 속은 어둡고 관은 두껍고, 시체를 묶는 삼베는 불투명하거든요. 영혼의 눈으로는 그야 볼 수 있겠지요. 만약에 영혼이라는 게 있고 그것에 눈이 있다면. 그렇지만 그건 확실하지 않습니다. 절대로 확실하지 않아요.

만약 그게 뚜렷하다면 해결책도 있겠고, 진정한 대접을 받을 수도 있을 것입니다. 사람들은 가령 당신이 죽어야만 당신의 생각, 당신의 성실성, 당신의 심각한 괴로움을 알아 줍니다. 그렇지만 살아 있는 동안에는 누구나 그 처지가 모호하고 사람들이 미심쩍게 생각하는 대상이 될 수 있을 따름이에요.

그러니 죽은 뒤의 꼴을 볼 수 있다는 게 분명하기만 하다면, 사람들이 믿으려고 들지 않는 것을 증명하여 녀석들을 깜짝 놀라게 해 줄 만도 하지요. 그렇지만 자살을 하고 나면 녀석들이 믿거나 말거나 소용이 없습니다. 세상을 떠났으니 녀석들의 놀라움이며 후회를——어차피 일시적인 것이겠지만——받아들일 수 없단 말입니다. 누구나 바라듯이 자기 자신의 장례식에 참여할 수는 없는 노릇이에요. 모호하기를 그치려면 그저 사는 것을 그만두는 수밖에 없습니다.

한데 그런 편이 차라리 낫지 않을까요? 그렇지 않다면 녀석들의 무관심 때문에 우리들의 마음은 너무나 아플 겁니다.

“두고 보세요. 기막힌 일이 생길 테니.”

하고 어느 딸이 머리를 너무 빤지르르하게 빗은 애인과 결혼을 하지 못
하게 한 아버지에게 말했습니다. 그리고 자살을 했어요. 그렇지만 아버
지에게 기막힌 일은 조금도 생기지 않았습니다. 그 아버지란 사람은 낚
시질을 무척 좋아하는 사내였는데 3주일이 지나자 다시 냇가로 가기 시
작한 걸요. 잊어버리기 위해서라는 거였죠. 그리고 바라는 대로 정말 잊
어버렸어요. 사실 그렇지 않았다면 놀라운 일이었을 겁니다. 아내에게
벌을 주기 위해서 죽어 버린다고 생각하지만 실상은 아내를 자유롭게
해 주는 것에 지나지 않습니다. 그런 건 안 보는 편이 차라리 낫지요.
자기 행동에 녀석들이 제멋대로 붙이는 까닭들을 듣게 될 건 말할 것도
없고요.

나의 경우를 생각해 본다면 벌써부터 녀석들이 하는 소리가 들리는
것 같습니다.

"그 친구가 자살을 한 건 견뎌 내지 못했기 때문이지……."

아아, 여보세요. 인간의 생각이란 참 빈약하기 그지 없어요. 한 가지
까닭만으로 자살을 하는 것이라고 사람들은 믿고 있거든요. 그렇지만
두 가지 까닭으로써 자살을 할 수도 있습니다. 그건 사람들의 머리에는
안 들어간단 말입니다. 그러니 스스로 죽어 본들 무슨 소용이 있겠습니
까? 자기에 대해서 남이 가져 주었으면 하는 그 관념에 자신을 희생시
켜 본들 무슨 소용이 있겠는가 말입니다. 당신이 죽어 버리고 나면 녀석
들은 당신의 행동에 어리석은 동기 아니면 저속한 동기를 붙여서 이야
기할 겁니다. 여보세요. 순교자는 결국 잊혀져 버리든지, 비웃음을 받든
지, 이용당하든지, 그 가운데서 어느 것을 고를 수밖에 없어요. 남이 자
기를 이해해 준다는 건 결단코 있을 수 없는 일입니다.

곧바로 말씀드리지요. 나는 삶을 사랑해요. 그것이 나의 진정한 약점
입니다. 삶에 대한 나의 애착은 얼마나 강한지 삶 밖의 것은 조금도 상

상할 수 없습니다. 그토록 탐욕스럽다는 건 좀 상스러운 일이지요. 그렇게 생각 안 하십니까? 귀족 계급이란 자기 자신이나 자기 자신의 삶에 대한 약간의 심리적 거리가 없이는 생각할 수 없는 겁니다. 필요하다면 목숨도 버리고 굽히기보다는 차라리 꺾여 버리고 맙니다. 그렇지만 나는 굽힙니다. 나는 나 자신을 여전히 사랑하니까요. 여보세요. 여태까지의 내 모든 이야기를 듣고 나서, 나에게 무엇이 왔으리라고 생각하십니까? 자기 혐오라고 생각하세요? 천만에, 내가 염증을 느끼게 된 건 특히 다른 사람들에 대해서입니다. 물론 나의 모자라는 점을 모르는 바 아니었고, 그것을 유감으로 여기기도 했지요. 그렇지만 나는 그것을 퍽 훌륭하다고 할 만큼 끈질기게 잊어버리기를 계속했어요. 그 반면에 다른 사람들에 대한 비난이 쉴새없이 내 마음 속에 일어났습니다. 물론 못마땅하게 여기시겠지요? 아마 그건 논리적이어야 한다는 데 있지 않습니다. 문제는 슬그머니 빠져 나가는 겁니다.

무엇보다도, 그렇습니다. 무엇보다도 문제는 심판을 회피하는 겁니다. 벌을 회피한다는 말이 아닙니다. 왜냐 하면 심판없이 벌을 받는다는 건 견딜 수 있는 일이니까요. 그것에는 더구나 우리의 무죄를 보증해 주는 한 가지 이름이 있습니다. 불행이란 이름이 바로 그거지요. 아니에요. 그러니까 그와 반대로 심판을 막는 것, 심판받는 일을 피하도록 하는 것, 그리하여 절대로 판결이 내려지지 않도록 하는 게 문제입니다.

그렇지만 심판을 막는다는 건 그리 쉬운 일이 아닙니다. 심판하는 일이라면 오늘날 우리들은 간통이나 마찬가지로 언제든지 하려고 듭니다. 다만 간통의 경우와 다른 점은 정력이 감퇴되는 일이 없는 거죠. 의심스러우시다면 8월에 자비심 많은 우리 동포 양반들이 권태를 잊기 위해 전원 생활을 찾아 모여드는 호텔의 식탁에서 들려 오는 말에 귀를 기울여 보세요. 그래도 결론을 내리기가 미심쩍다면 현대의 이름난 분들의 글을 좀 읽어 보세요. 아니면 당신네 가족을 잘 살펴보세요. 그러면 아시게 될 겁니다. 녀석들에게 조금이라도 우리를 심판할 구실을 주어서는 안 됩니다! 그렇지 않으면 우리들은 당장에 갈가리 찢기고 맙니다. 우리에게는 맹수를 다루는 사람과 같은 조심성이 필요해요. 맹수 다루는 사람이 만약 우리 속에 들어가기 전에 불행히도 면도를 하다가 상처를 냈다면 틀림없이 맹수의 밥이 되고 말거든요! 아마도 나는 그렇게 훌륭한 인간이 못 될지도 모른다는 의심을 품게 되었던 어느 날, 그것을 언뜻 깨달았습니다. 그때부터 나는 경계하게 되었어요. 피가 조금 흐르고 있으니까, 온몸이 피투성이가 될지도 모르는 일이었단 말입니다. 녀석들은 나를 잡아먹고 말 것이라는 생각이 들게 되었지요.

나와 나의 동시대 사람들과의 관계는 겉으로 보기에는 여느 때와 다름없었습니다만, 사실은 미묘한 파탄이 일어나게 되었습니다. 나의 친구들은 달라지지 않았었습니다. 그들은 여전히 기회 있을 적마다 나의 곁에 있으면 조화가 이루어지고 안전한 느낌을 얻을 수 있노라고 칭찬을 늘어놓았습니다. 그렇지만 나 자신은 부조화, 내 마음 속에 퍼지고 있는 혼란밖에 느껴지지 않아서 나는 상처를 입기 쉽고 뭇 사람들의 비난에 내맡겨져 있는 것만 같았습니다. 이제 내 눈에는 사람들이 친숙하고 공손한 청중으로 보이지 않았어요. 내가 중심이 되어 있던 둘레가 무너져 버리고 사람들은 재판소에서 하듯이 가지런히 한 줄로 자리를 잡더란 말입니다.

나에게 심판받아야 할 그 무엇이 있지나 않나 하는 생각이 들게 된 때부터 요컨대 그들에게는 억누를 수 없는 심판의 버릇이 있다는 것을 나는 깨달았습니다. 그래 요녀석들은 여느 때와 다름없이 내 눈앞에 있었지만, 이제는 웃고 있었어요. 웃고 있었다기보다 차라리 내가 만나는 녀석들은 저마다 웃음을 감추고 나를 바라보는 것 같았어요. 그 무렵 나는 녀석들이 다리를 걸어 나를 넘어뜨리려는 것 같은 느낌마저 들었습니다. 정말로 두서너 번 사람들이 모인 곳에 들어가다가 까닭없이 발부리를 채인 일도 있습니다. 한 번은 나둥그러지기까지 했었지요. 데카르트다운 두뇌를 가진 프랑스 인답게 나는 곧 정신을 가다듬어 그러한 생각들을 유일한 합리의 신, 즉 우연의 소치로 돌렸습니다. 하지만 경계심은 그대로 남아 있었어요.

그렇게 주의를 하게 되자, 나에게 적들이 있다는 걸 알아차리기에는 조금도 어렵지 않은 일이었습니다. 먼저 직업상의 적들, 다음에는 사교관계의 적들이었어요. 어떤 녀석들은 내가 친절을 베풀어 준 사람들이었지만 또 다른 녀석들은 친절을 베풀어 주어야 했을 사람들이었습니다. 그러한 일은 요컨대 당연한 일이어서 그런 줄 알게 되어도 그다지 서글프진 않았습니다. 그 반면에 거의 알지도 못하는 사람들, 또는 전혀 모르는 사람들 가운데에도 적이 있다는 것을 인정하지 않을 수 없는 게 더 어렵고 괴로운 일이었어요.

그 증거를 몇몇 보여 드렸으니 당신도 아실 겁니다만 나는 언제나 순진하게, 나를 모르는 사람들이라도 나와 사귀게 된다면 나를 좋아하지 않고는 배길 수 없을 것이라고 생각했습니다. 그런데 웬걸요! 나를 멀리서밖에 알지 못하고 나 자신은 전혀 알지도 못하는 사람들 사이에, 특히 나에 대한 반감이 있었어요. 아마 그들은 내가 충족하게 마음껏 행복에 빠져서 살고 있는 것으로 생각했던 모양이지요. 그건 용인될 수 없는 일입니다. 성공의 겉모습은 남의 눈에 잘못 띄게 될 적엔 당나귀 같은 녀석의 비위라도 건드리게 되거든요. 게다가 내 생활이 터질 지경으로 꽉 차 있는 관계로 틈도 없고 해서 나와 친분을 맺고자 하는 많은 사람들의 접근을 거절했었습니다. 그리고는 같은 까닭으로 거절해 버린 사실을 잊어버리곤 했었지요. 그렇지만 나에게 접근하려는 태도는 시간 여유가 없지 않은 사람들이 보여 준 것이어서 그들은 그러한 까닭으로 해서 나의 거절을 잊어버리질 않았어요.

그래서 한 가지 예만 들어 보더라도 여자들은 결국 나에게는 값비싸게 먹혔습니다. 내가 여자들에게 바치는 시간, 나는 그것을 남자들에게 줄 수는 없었는데, 남자들은 그것을 언제나 용서하진 않더란 말입니다. 어떻게 하면 좋겠습니까? 행복이나 성공을 너그럽게 나누어 주지 않으면 사람들은 그걸 용서하지 않아요. 그렇지만 행복하게 되려면 너무 남의 일을 걱정하지 말아야 합니다. 그러면 꼼짝 못하게 되고 마니까요. 행복을 붙들고 심판을 받든지 용서를 받고 비참하게 살든지 할 수밖에 없는 일입니다.

나의 경우로 말하자면 훨씬 더 부당했습니다. 지난날의 행복 때문에 나는 처단되었으니까요. 여기 저기로부터 심판이, 비난의 화살과 비웃음이 나에게 퍼부어지고 있었는데도 나는 오랫동안 멋도 모르고 싱글벙글 웃으면서 모든 일이 잘 되어 간다는 환상 속에서 살았습니다. 경계심을 품게 된 날부터 나는 갑자기 힘을 잃어버렸습니다. 그러자 우주 전체가 내 둘레에서 웃기 시작했어요.

이야말로 어떠한 인간일지라도(살아 있다고 할 수 없는 사람들, 말하자면 현자(賢者)들이 아니고서는) 견딜 수 없는 일입니다. 공격을 막아내는 유일한 길은 짓궂게 구는 수밖에 없습니다. 그래서 사람들은 자기 자신이 심판을 받지 않기 위해 서둘러 남을 심판하는 겁니다. 하는 수 없지요. 인간에게 가장 자연스러운 생각, 마치 인간 본성의 밑바닥으로부터 솟아오르듯 천연스레 떠오르는 생각은 자기에겐 죄가 없다는 생각입니다. 그러한 관점에서 본다면 우리들은 모두 그 프랑스 꼬마와 같습니다. 그 사내는 뷰헨왈트의 수용소에서 그의 도착을 기록하고 있던 서기에게 —— 서기 자신도 포로였지만 —— 이의 신청을 해야겠다고 고집했었지요. 이의 신청이라니? 서기와 포로들은 웃었습니다.

"소용없는 노릇이야. 여보게, 여기선 이의란 건 있을 수 없어."

"하지만……."

하고 그 프랑스 꼬마는 말했지요.

"내 경우는 예외입니다. 나에겐 죄가 없어요!"

우리들은 누구나 모두 예외입니다. 우리들은 모두 무엇인가를 호소하고자 합니다. 누구나 모두 기어코 자기의 결백성을 요구하려 들고, 그러기 위해서는 모든 인류와 하늘이라도 고발하기를 서슴지 않습니다. 어떤 사람에게, 노력 덕분으로 그가 총명해지고 너그러워진 것에 대해서 칭찬을 해 주어도 그 사람은 별로 좋아하지 않을 겁니다. 그러나 반대로 그의 너그러운 천성을 칭찬해 주면 좋아서 어쩔 줄 모를 겁니다. 또 그와는 반대로, 어느 죄수에게 그의 타고난 천품의 탓도 성격 탓도 아니고, 오직 불행한 사정 탓이라고 말해 주면, 정말로 감사히 여길 것입니다. 그런 말을 변론 중에 한다면 그 녀석은 그 대목에서 눈물을 흘릴 겁니다.

그렇지만 천성이 정직하거나 총명하다는 것은 자랑거리가 될 수 없고, 천성을 죄인으로 타고났다고 해서 사정 때문에 죄인이 되었다는 것보다 책임이 더 무거운 것은 조금도 아닙니다. 하지만 그 염치없는 녀석들은 특사(特赦)를, 다시 말하면 책임을 지지 않으려고 하고, 뻔뻔스럽게도 천성의 정당성을 주장하고, 모순된 것이라도 사정을 구실로 삼은 변명을 붙이려 든단 말입니다.

요는 자기들에게는 죄가 없다는 것, 자기들의 덕성이 선천적이기 때문에 의심할 여지가 없다는 것, 그리고 자기들의 잘못은 어쩌다가 닥친 불행으로 인해 저질러진 것으로서 일시적인 것에 지나지 않는다는 거예요. 아까도 말씀드렸습니다만 문제는 심판을 막는 데 있습니다. 그런데 심판을 막는다는 건 어려운 일이고 천성에 대한 찬탄과 용서를 한꺼번에 받는다는 건 매우 곤란한 일인지라 모두들 부자가 되고 싶어하지요. 왜 그러냐고요? 그걸 생각해 본 일이 있으십니까? 물론 권력 때문이지요. 그리고 또 무엇보다도 돈은 눈앞의 심판을 면할 수 있게 해 주기 때문입니다. 돈의 힘은 지하철의 군중으로부터 나를 데리고 나와 니켈 칠을 한 자동차 속에 넣어 주고, 아무나 들어갈 수 없는 널따란 뜰이며 침대차며 특등 선실에 혼자 있게 해 주니까요. 돈의 힘이란 건 석방은 되지 못할망정 집행 유예쯤은 되는 겁니다. 어쨌든 얻어 놓고 볼 만하거든요.

무엇보다도 당신의 친구들이 솔직한 말을 해달라고 할 때 그들을 믿어서는 안 됩니다. 그들은 다만 그들 자신에 대해 품고 있는 좋은 평가를 당신이 보장해 주기를 바랄 뿐입니다. 당신의 솔직한 뜻 표시의 약속 속에서 그들은 한층 더 확신을 얻게 될 것이니까 그걸 바랄 뿐이에요. 솔직하다는 게 어떻게 우정의 조건이 될 수 있겠습니까? 한사코 진실을 애호하는 버릇은 아무것도 용서함이 없고 그것에는 아무것도 저항할 수 없는 미친 짓에 지나지 않습니다. 그것은 하나의 고질이어서 때로는 편리하기도 하고 또는 이기주의가 되기도 합니다. 그러니까 만약에 당신이 그런 경우에 부딪치거든 서슴지 마세요——솔직히 말하겠노라고 약속을 하고 나서 될 수 있는 대로 거짓말을 늘어놓으십시오. 그러면 그들의 깊은 욕망에 응하고 그들에 대한 당신의 우정을 이중으로 증명하게 될 것입니다.

그건 어쩔 수 없는 사실이기 때문에 우리들은 우리보다 나은 사람에게 마음을 털어놓고 이야기하는 일이 별로 없습니다. 차라리 우리는 그런 사람들과의 교제를 피하게 됩니다. 대개는 그와 반대로 자기와 비슷하고 자기와 같은 약점을 가진 사람에게 마음을 털어놓습니다. 그러니 우리는 모든 결점을 고치고 싶어하지도 않고, 남의 교정을 받고 싶어하지도 않는 겁니다. 그러자면 먼저 잘못이 있다는 판결을 받아야 할 것입니다. 우리는 다만 동정을 받고 제가 걷고 있는 길 속에서 격려를 받고 싶어할 뿐이에요. 결국 죄를 짊어지고 있기도 싫고 결백해지려고 노력하기도 싫은 겁니다. 충분한 냉소주의도 없고 충분한 용기도 없어요. 우리에겐 악의 에너지도 선의 에너지도 없습니다. 단테를 아십니까? 정말 아세요? 허! 그럼 단테가 신과 악마 사이의 투쟁 속에 중립적인 천사들의 존재를 인정하고 있다는 걸 아시겠군요. 그리고 단테는 그 천사들이 있는 데가 지옥 변두리라는데, 말하자면 지옥의 현관이지요. 우리들도 현관에 있는 셈입니다.

인내심이요? 그렇지요, 당신 말이 옳습니다. 우리에게는 최후의 심판을 기다리는 인내심이 필요할 거예요. 그렇지만 마음이 바쁜 걸 어떡합니까? 하도 바쁘기 때문에 나는 고해 판사가 되지 않을 수 없었어요. 그렇지만 먼저 나는 내가 발견한 사실들을 해결하고 인간들의 웃음에 대비해야만 했습니다. 나를 부르는 소리를 들은 그날 밤 후로——정말 나를 부른 것이었으니까요——나는 대답을 해야만 했었고 적어도 대답을 찾아야 했습니다. 그건 쉬운 일이 아니었습니다. 나는 오랫동안 방황했지요. 먼저 그 끊임없는 웃음소리와 웃는 사람들은 나의 내부를 전보다 더 뚜렷하게 볼 수 있도록 나에게 가르쳐 주게 될 수밖에 없었습니다. 마침내 내가 단순하지 않다는 걸 깨닫게 해 주었어요. 웃지 마세요. 이 진리는 겉보기처럼 그렇게 기본적인 것이 아닙니다. 사람들이 기본적 진리라고 부르는 것은 다른 모든 진리 뒤에 발견되는 진리를 말합니다.

어쨌든 오랜 자기 탐구 끝에 나는 인간의 깊은 이중성을 밝혔습니다. 그리하여 나는 나의 기억을 낱낱이 떠올려 본 결과 나의 겸손은 다른 사람의 눈길을 끄는 데 도움이 되고, 겸양은 다른 사람을 이기는 데 도움이 되고, 미덕은 다른 사람을 억누르는데 도움이 되고 있다는 걸 깨달았습니다. 나는 평화적 방법으로 전쟁을 하는 것이었고, 결국 나는 깨끗한 듯한 수단으로 내가 얻고자 하는 모든 것을 손에 쥐는 것이었습니다.

가령 나는 내 생일날을 사람들이 잊어버리는 것을 불평하지 않았고 그러한 일에 내가 덤덤한 것을 사람들은 감탄의 빛을 보이면서 놀라기까지 했었지요. 그러나 내가 때묻지 않은 까닭은 좀더 깊숙이 숨은 것이었습니다. 나는 스스로 그것을 슬퍼할 수 있기 위해 남들이 나의 일을 잊어 주기를 바랐던 것입니다. 나 자신만은 잘 알고 있는 특별히 영광스러운 그 날이 되기 며칠 전부터 미처 그것을 생각지 못해 주었으면 하고 내가 기대하던 사람들의 주의나 기억을 깨우칠 만한 눈치를 조금도 보이지 않도록 조심하면서, 나는 사람들의 동정을 살폈어요.(한번은 방안의 달력을 고쳐 버릴 생각까지 하지 않았겠습니까?) 나의 고독이 뚜렷해지면 나는 꿋꿋한 슬픔에 쾌감을 느낄 수 있었던 겁니다.

그처럼 나의 모든 미덕에는 그 껍질을 벗겨 보면 그다지 떳떳하지 못한 면이 있었습니다. 어떤 의미로는 나의 결점들이 나에게 유리한 결과를 가져오게 되었던 것도 사실입니다. 생활의 아름답지 못한 부분을 감추지 않을 수 없기 때문에, 이를테면 나는 냉담한 듯힌 태도를 보였었는데, 그걸 사람들은 미덕에서 비롯되는 태도와 혼동하였고, 나의 무관심은 사람들의 호감을 샀고, 나의 극도의 이기주의는 너그러움으로 받아들여졌습니다. 그만해 두겠습니다. 여러 가지 사실을 너무 정연하게 늘어놓게 되면 나의 논증이 약해질 우려가 있습니다.

그런데 글쎄 무뚝뚝하게 도사린 나였지만 술과 여자에게는 도저히 저항할 수 없었답니다. 나는 활동적이요, 정력적이라는 평판을 받았었지만 나의 왕국은 잠자리였어요. 자신의 성실성을 나는 드높이 부르짖었지만 내가 사랑한 사람으로서 결국은 나에게 배반을 당하지 않은 사람은 아마 하나도 없을 겁니다. 물론 배반을 하면서도 사랑에는 달라진 것이 없었고, 정도 감동도 없는 탓으로 여간한 일이라도 손쉽게 해치우고 언제나 나로서는 쾌감을 느낄 수 있는 일이기 때문에 남 돕는 일을 그치지 않았지요.

그러나 그러한 뚜렷한 사실들을 스스로 되풀이하여 늘어놓아 보아도 소용없는 일이어서 피상적인 위안밖에는 얻을 수 없었습니다. 어떤 때는 아침에 변호를 맡은 사건을 끝까지 검토하고 나서 내가 특히 뛰어나게 잘 하는 일은 남을 업신여기는 것이라는 결론에 이르곤 했습니다. 내가 가장 흔히 도와 준 사람들이 바로 나의 업신여김을 가장 많이 받는 사람들이었거든요. 친절한 태도와 아주 감동적인 우애심을 나타내면서 나는 날마다 모든 장님들의 얼굴에다 침을 뱉고 있었던 겁니다.

솔직히 말해서 그것에 무슨 변명이 있을 수 있습니까? 한 가지 있기는 하지만 너무 한심한 것이어서 그걸 내세울 생각조차 할 수 없었습니다. 어쨌든 이런 것입니다. 즉 나는 인간의 모든 일들이 심각한 것이라고 깊이 믿을 수 있었던 적이 없었습니다. 심각한 일이 어디 있는지 나는 알 수가 없었습니다. 내 눈앞에 보이는 모든 것에는 그런 게 없다고만 생각되었어요. 무엇이나 재미있지 않으면 귀찮은 장난 같았습니다. 노력이라든가 신념이라든가 하는 것이 있긴 하지만 나는 그것을 이해할 수 없었습니다. 나는 돈 때문에 죽는다든가 지위를 잃은 탓으로 절망한다든가 집안의 번영을 위해서 결연히 제 몸을 희생한다든가 하는 이상한 사람들을 언제나 좀 놀라고 의아스러운 눈으로 바라보았습니다. 나의 어떤 친구는 담배를 끊을 생각을 하고 굳은 의지로써 그것에 성공했었는데 나는 그 친구를 더 잘 이해할 수 있었어요. 어느 날 아침 그 친구는 신문을 펼쳐들고 맨 처음으로 수소 폭탄이 폭발되었다는 기사를 읽고, 그 어마어마한 효력을 알게 되자 망설이지 않고 곧장 담배 가게로 들어갔답니다.

물론 때로는 나도 인생을 심각하게 생각하는 척했습니다. 그러나 나는 곧 심각성 자체가 하찮다는 생각이 들어 그저 될 수 있는 대로 교묘하게 내 역할의 연기를 계속할 뿐이었습니다. 나는 효과적인 역할로써 총명한 체 덕스러운 체 선량한 시민으로서 분개하기도 하고, 너그럽기도 한 체 협동 정신을 발휘하고 남의 모범이 되는 체했지요……그만해 두겠습니다. 요컨대 이미 아셨겠지만 거기에 없는 저 네덜란드 사람들과 마찬가지였습니다. 차지한 자리가 가장 크다고 느꼈을 때 나는 이미 살아 있지 않는 셈이었어요. 내가 성실하고 열렬했던 것은 다만 스포츠를 할 때와 군대에서 장난으로 상연했던 연극에 출연했을 때뿐이었습니다. 그 두 경우에는 장난의 규칙이 있어서 심각한 게 아니지만 그걸 심각한 것으로 여기고 노는 겁니다. 지금도 터질 듯이 초만원을 이룬 스타디움에서 볼 수 있는 일요일의 운동 경기장과 내가 무엇보다도 좋아한 극장은 내가 죄의식을 안 느낄 수 있는 유일한 장소입니다.

그렇지만 사랑이며 죽음이며 빈곤한 사람들의 임금이 문제될 적에, 그런 태도를 누가 옳다고 인정하겠습니까? 하지만 어쩔 도리가 있어야죠? 이졸데의 사랑 같은 것은 나로서는 소설이나 무대 위에서밖에는 상상할 수가 없었어요. 죽음을 눈앞에 둔 사람들이 나에게는 자기 역할을 연기하기에 여념이 없는 것으로 보인 적이 있었습니다. 나에게 변호를 부탁하는 가난한 사람들의 이야기는 언제나 같은 틀에 맞는 것으로 보였습니다. 그러니 사람들 사이에 섞여 살면서도 그들의 이해 관계에 동감할 수 없어서 나는 내가 맡은 일을 진정으로 믿을 수 없었습니다.

사람들이 나의 직업, 나의 가정, 또는 나의 시민 생활로부터 기대하는 것에 응할 수 있을 만큼 나는 친절하고 동시에 무심했습니다만, 그때마다 어쩐지 방심한 듯한 마음에서 결국은 모두가 헛되게 보이는 것이었

어요. 나의 온 생애를 나는 이중 심리로 살아온 셈이어서 나의 가장 중
대한 행동이 가장 책임을 느끼지 않아도 좋을 경우의 행동이었습니다.
내가 더욱 쑥스러운 것으로서 나 스스로를 용서할 수 없게 되어 내 마
음 속에 또 내 옆에 발동되고 있는 것이 느껴지던 비판에 맹렬하게 반
항하고 급기야는 탈출구를 찾지 않을 수 없게 된 것은 결국 그 까닭이
아니었을까요?
　얼마 동안 나의 생활은 겉으로는 아무런 변화도 없는 듯이 계속되었
습니다. 나는 궤도에 올라 있었으니 그대로 굴러가고 있었지요. 공교롭
게도 나의 둘레에서는 찬사가 더욱 자자했습니다. 화근은 바로 그러한
데서 왔습니다. 생각나십니까? '모든 사람들이 그대를 칭찬할 때 그대에
게 불행이 있으리라'는 말이 있지요. 정말 명언입니다. 나에게 불행이
닥쳤어요! 그래서 기계는 망령을 부리고 알 수 없는 고장을 일으키기
시작했습니다.
　나의 일상 생활 속에 죽음에 대한 생각이 침입한 것은 그때였습니다.
내가 죽을 때까지 몇 해나 남아 있을까 헤아려 보기도 하고 나와 나이
가 비슷한 사람으로서 이미 죽은 사람의 예를 찾아보기도 했습니다. 그
리고 나의 임무를 다할 시간이 나에게는 없으리라는 생각이 들자 괴로
웠습니다. 내 임무란 무엇인지 그건 나도 모르죠. 솔직히 말해서 내가
하고 있던 일, 그게 계속할 만한 값어치가 있는 것도 아니었습니다. 사
실은 일종의 우스꽝스럽고도 두려운 마음에 나는 쫓기고 있었습니다.
거짓을 모두 털어놓지 않고서는 죽을 수 없다는 생각이 들었어요. 신이
나 또는 신의 대리자에게 고백해야 한다는 건 아니었습니다.
　짐작하시겠지만 나는 그런 것엔 초연한 사람입니다. 그런게 아니라
인간들에게, 가령 어느 친구라든지 사랑하는 여자에게 고백해야 할 거
란 말입니다. 그렇지 않고서는 일생에 숨긴 거짓이 단 하나 있다 할지라

도 죽음은 그것을 결정적인 것으로 만들어 버릴 겁니다. 아무도 그 일에 관해서는 진상을 알 수 없게 될 것입니다. 왜냐 하면 진상을 아는 유일한 사람은 그 비밀 위에 잠들어 버린 죽은 사람뿐이니까요. 그러한 진실의 말살, 그걸 생각하면 현기증이 날 지경이었습니다. 지금이라면——여담이지만——오히려 야릇한 쾌감을 느낄 수 있었을 거예요. 가령 나 혼자만이 모든 사람들이 찾고 있는 것을 알고 있다든지 세 사람의 경찰관이 아무리 뛰어다녀도 찾아내지 못하는 물건을 내 집에 가지고 있다든지 하는 건 생각만 해도 통쾌합니다. 그건 그렇지만 그 무렵에는 그런 생각도 못하고 나는 고민했어요.

물론 반발을 하기도 했었습니다. 수많은 세대의 역사 속에서 어느 한 사람의 거짓쯤이 뭐 그리 중요하겠는가, 세월의 커다란 흐름 속에 바닷속의 소금 한 알처럼 파묻혀 버린 하찮은 거짓을 진실의 빛 가운데로 끌어내 보았댔자 무슨 소용이 있단 말인가! 그리고 또 육체의 사멸은 내가 보아온 예들로 판단하건대 충분한 벌이요, 모든 것을 속죄해 주는 것이라고 나는 생각하고 있었어요. 그때 사람은 단말마의 땀을 흘려 구원을(즉 결정적으로 사라져 버리는 권리를) 얻는 것이라 생각했었지요. 그러기는 했어도 불안감은 커지기만 하고 죽음은 나의 머리맡을 떠나지 않아 눈을 뜨면 죽음의 곁에 있었고 게다가 남들의 칭찬하는 말이 차츰 더 견딜 수 없게 되었습니다. 그와 더불어 거짓이 더욱 엄청나게 들어가서 도저히 수습할 수 없을 것 같았어요.

마침내 참을 수 없는 날이 오고야 말았습니다. 나의 맨 처음 반응은 걷잡을 수 없는 것이었습니다. 어차피 거짓말쟁이인 바에야 그것을 드러내고 나의 기만성을 바보 같은 녀석들이 알아차리기 전에 그 녀석들의 낯짝을 후려갈겨 주리라 생각했지만 가면을 벗도록 몰리자, 나는 도전으로써 맞서는 셈이었습니다. 결국 여전히 심판을 막으려는 것이었지요. 비웃음을 회피하기 위해서 모든 사람의 업신여김 속으로 뛰어들 생각을 했던 것입니다. 나는 비웃는 자들을 내편으로 삼든지 그렇지 않으면 적어도 그 녀석들과 한패가 되려고 했습니다.

가령 나는 거리에서 장님들을 떠밀어 넘어뜨릴 생각을 했었습니다. 그러자 내 마음 속에 느껴지는 뜻하지 않은 음흉한 기쁨으로 보아, 내 마음의 일부분이 얼마나 그들을 증오하고 있는가 알 수 있었습니다. 또 불구자들이 타고 다니는 조그만 차의 바퀴를 깨뜨려 버린다든가, 노동자들이 일하고 있는 발판 밑으로 가서,

"이 빌어먹을 자식들!"

하고 소리를 지른다든가, 지하철 찻간에서 갓난아이를 할퀸다든가, 그러한 짓들을 할 생각도 했습니다. 나는 그러한 일들을 상상했을 뿐 하나도 실천하지는 않았습니다. 그와 비슷한 일을 했다 했더라도 무슨 일이었던지 잊었습니다. 어쨌든 정의라는 말까지도 나를 이상하리만큼 격분시켰습니다.

변론에는 어쩔 수 없이 여느 때처럼 그 말을 사용했지만, 공공연하게 나는 인애(仁愛) 정신을 저주함으로써 앙갚음을 했었습니다. 나는 피압박자가 선량한 사람들에게 가하는 압박을 고발하는 선언문을 발표할 것을 예고하기도 했습니다. 어느 날 어떤 레스토랑에서 새우 요리를 먹고 있었는데, 거지 하나가 귀찮게 굴기에 나는 그 녀석을 내쫓으려고 주인을 불렀지요. 그리고는 그 응징자의 말을 소리 높여 칭찬했어요.

"방해가 되지 않나!"

하고 그는 말했습니다.

"이 분들과 입장을 바꿔 생각해 봐!"

끝으로 나는 넌지시 여러 사람들에게 별난 성격을 가진 러시아의 지주처럼 하지 못하는 게 유감이라고 말했습니다. 러시아의 지주는 그에

게 인사를 하는 농부와 인사를 하지 않는 농부를 동시에 매질하게 했던 겁니다. 어느 쪽이나 버르장머리가 없으니 벌을 줘야 한다는 거였죠.

하지만 그보다 더 허황된 일도 생각납니다. 나는 '경찰에 바치는 소시(少時)와 살육용 식도의 찬가'를 쓰기 시작하고 특히 직업적 휴머니스트들이 모이는 카페를 정기적으로 방문했습니다. 내 과거의 이력으로 말미암아 나는 물론 환영을 받았습니다.

거기에 들어서서 태연스럽게 나는 상스러운 말을 던지곤 했어요.

"하나님 고마워라……."

라든가 아니면 그저,

"아이구 하나님!"

이라든가 말입니다. 술집에 모여드는 무신론자라는 패들이 얼마나 소심한 신도들이라는 걸 당신도 아시겠지요. 그러한 폭언이 떨어지면 한순간 그들은 모두 깜짝 놀라는 표정이었고, 어안이 벙벙해서 서로 얼굴을 쳐다보다가 카페 안은 소란해지고 어떤 패들은 카페 밖으로 뛰쳐나가고 어떤 패들은 내 말에는 귀도 기울이지 않고 분격해서 중얼거리고 모두들 성수의 물벼락을 맞은 악마들처럼 꿈틀거리면서 몸을 비트는 것이었어요.

당신은 그러한 일을 유치하다고 생각하실 겁니다. 그렇지만 그런 실없는 희롱 속에는 아마 더 심각한 까닭이 있었을지도 모릅니다. 나는 연극을 망쳐 버리고 싶었습니다. 그렇습니다. 특히 세상 사람들의 그 호평을 깡그리 뭉개 버리고 싶었던 겁니다.

그건 생각만 해도 화가 치밀어올랐어요. 모두들 상냥스럽게,

"당신 같은 사람은……."

하고 말했는데, 그러면 나는 파랗게 질려 버리곤 했습니다. 그들의 존경은 일반적인 것이 못 되었기 때문에 나는 그것을 받고 싶지 않았어요.

나 자신은 그 존경에 동감하지 않는데 그게 어떻게 일반적일 수 있겠습니까? 그러니 평판이며 존경이며 모든 것을 웃음거리라는 망토로 덮어버리는 게 차라리 나았습니다. 나는 숨이 막히도록 답답한 마음을 어떡해서든지 풀어야만 했습니다.

내가 어디서나 내세우던 허울좋은 마네킹의 뱃속에 들어 있는 것을 사람들의 눈앞에 보이기 위해서 나는 그것을 부수고자 했습니다. 그러한 본보기로서 젊은 변호사 시보들 앞에서 해야 했던 나의 연설이 생각납니다. 나를 소개한 변호사 회장의 어처구니없는 찬사에 화가 나서 나는 오래 참을 수 없었습니다.

나에게서 사람들이 기대할 만한 그리고 나로서도 어렵지 않게 가장 할 수 있었던 열의와 감동어린 목소리로 나는 이야기를 시작했었습니다. 그런데 변호의 수단으로 나는 갑자기 혼합법을 권장하기 시작했지요. 도둑과 착한 사람을 한꺼번에 재판하여 도둑의 죄를 착한 사람에게 뒤집어씌우는 현대식 취조술에 의하여 아주 발달한 혼합법이 아니라, 반대로 착한 사람, 재판의 경우로 말하자면 변호사의 죄를 역설함으로써 도둑을 변호한다는 말이라고 했습니다. 그 점에 관해서 나는 뚜렷하게 나의 생각을 설명했습니다.

"가령 질투심 때문에 살인을 저지른 가엾은 어떤 시민의 변호를 내가 맡았다고 가정합시다. 나는 이렇게 말할 것입니다——'배심관 여러분, 자기의 선량한 천성이 암상스러운 성적 본능에 의해 실연당하는 것을 볼 때 격분하였다고 해서 무슨 죄가 있을까 생각해 보십시오. 그와 반대로 선량한 적도 없고 기만당하여 괴로움을 겪어 본 일도 없이 법정 이편에, 내 자신의 자리에 앉아 있다는 것이 더 그 죄가 무겁지 않겠습니까? 나는 여러분의 엄격한 비판을 받을 필요없이 자유롭습니다. 그렇지만 나는 어떤 사람입니까? 거만하기로 말하면 그야말로 태양 시민이요,

엉큼한 음란의 숫양이요, 골을 내면 파라옹 나태의 왕자입니다. 나는 아무도 죽이진 않았습니다.

아직까지는 죽이지 않았습니다. 그렇지만 훌륭한 사람들이 죽는 것을 그대로 내버려 둔 일이 나에게는 없었을까요? 그건 아마 있을 겁니다. 그리고 아마 그런 일을 앞으로도 계속할 생각을 가지고 있을 겁니다. 그 반면에 저 사람을 보세요. 저 사람은 다시는 그런 일을 안 할 것입니다. 일이 그렇게 거침없이 된 것에 아직도 놀라고 있을 뿐이니까요."

그런 말은 나의 젊은 동료들을 좀 불안하게 했습니다만, 잠시 뒤 그들은 웃어 버리고 말았습니다. 결론에 이르러 내가 인간성과 마땅히 이에 따라야 할 것으로 생각되고 있는 권리에 대해 힘있는 말투로 호소하자 그들은 완전히 안심한 눈치였어요. 그 날엔 아무래도 습관의 힘이 가장 컸습니다.

그러한 악담을 되풀이해 보았지만 그것으로 나는 그저 좀 세평을 어리벙벙하게 할 수 있을 뿐이었습니다. 세평을 가라앉힐 수도 없었고, 더구나 내 마음을 가라앉힐 수는 없었습니다. 내 이야기를 듣는 사람들이 대체로 보이던 놀라움, 말없는 어색한 표정──그건 당신 얼굴에 나타나 있는 것과 비슷한 것이었죠. 아니, 부인하지 마십시오── 그런 것은 나의 마음을 조금도 가라앉혀 주지 못했습니다. 죄의식을 떨쳐 버리기 위해서는 그저 자책만 해서는 안 됩니다.

그렇지 않다면 나는 순결한 어린 양이 되었을 거예요. 자책에도 알맞은 방식이 필요한 것인데, 그걸 알아내느라고 나는 오랜 시간을 보냈고, 모든 것으로부터 완전히 버림을 받고서야 비로소 그걸 발견할 수 있었습니다. 그때까지는 웃음이 내 곁에서 끊이지 않고 떠돌았고, 아무리 몸부림치며 애써도 이 상냥스럽고 거의 다정스럽기까지 한 그 웃음이 나의 마음에 언짢게 여겨지던 것을 없애 버릴 수가 없었어요.

　　그런데 밀물이 오르는 모양이군요. 우리들의 배도 이제 곧 떠날 때가 됐습니다. 해도 기울어 갑니다. 보세요, 비둘기들이 모이고 있습니다. 서로 몸을 맞대도 거의 움직이지도 않습니다. 날이 어두워지는데 잠깐 이야기를 멈추고 이 음침한 시각을 맛보지 않으시렵니까? 아니, 내 이야기에 더 흥미를 느끼신다고요. 참 정직하시군요. 하긴 이제부터 내 이야기가 정말 당신에게도 관계가 있을지 모릅니다. 회개한 판사들에 관한 설명을 해 드리기 전에 방탕과 번민에 관한 이야기를 해야겠습니다.

　　천만에, 그렇지 않습니다. 배는 빠른 속도로 달리고 있습니다. 그러나 주이데르제는 사해(四海), 또는 거의 그 비슷한 겁니다. 질펀한 바닷가가 안개에 싸여 있어서, 이 바다는 어디서부터 시작되어 어디서 끝나고 있는지 알 수가 없습니다. 그러니 전혀 지표가 될 만한 것이 없기 때문에 배의 속도를 헤아릴 도리가 없습니다. 우리는 그저 나아갈 뿐, 달라지는 게 조금도 없습니다. 항해가 아니고 꿈이지요.

　　그리스의 다도해에서는 인상이 전혀 반대였습니다. 잇따라 새 섬들이 수평선 위로 나타나고 나무도 없이 편편한 그 등성이들은 하늘과 한계를 긋고, 바위투성이의 해안은 바다 위에 뚜렷이 드러나 보였습니다. 희미한 것이란 아무것도 없고 뚜렷한 빛 속에서는 모든 것이 지표였습니다. 그래서 조그만 배를 타고 끊임없이 이 섬에서 저 섬으로 옮겨 가노라면 배는 슬며시 미끄러져 가건만, 마치 파도와 웃음이 가득 찬 뱃길을 달리며 밤낮으로 시원한 잔물결을 타고 뛰어오르는 듯한 인상이었어요.

　　그때부터 그리스란 지방 자체가 한결같이 내 마음 속 어느 구석에, 내 기억 한 기슭에 늠실거리고 있습니다……허어! 나도 늠실늠실 떠내려 가는데요. 이렇게 서정적 기분에 사로잡혀서야! 좀 멈춰 주십시오. 이러다간 안 되겠습니다.

　　그런데 그리스에 가 본 적이 있으십니까? 없으세요? 다행한 일입니다! 거기서 무엇을 할 수 있겠어요. 생각해 보십시오. 순결한 마음을 가진 사람이나 갈 곳이지요. 거기서는 친구들이 둘씩 손을 맞잡고 거리를 산책한다는 걸 아십니까? 그렇습니다. 여자들은 집에 남아 있고, 수염을 기른 점잖은 중년 남자들이 서로 손가락을 끼고 길 위를 한가로이 걸어 다닌답니다.

동양에서는 가끔 그런 일이 있다고요? 그렇습니까? 그렇지만 파리의 거리에서 당신은 내 손을 잡고 다닐 수 있겠어요? 아, 어림도 없습니다. 우린 몸가짐을 단정히 하지요. 때묻은 몸이라 점잖은 체하는 겁니다. 그리스로 가기 전에 우리는 오래오래 몸을 씻어야 할 겁니다. 거기는 공기가 깨끗하고 바다도 쾌락도 맑습니다.

그저 여자들에게로 피신한 거지요. 아시다시피 여자란 어떠한 나약함도 결코 탓하진 않습니다. 오히려 우리들의 힘을 억누르거나 또는 꺾어버리지요. 그렇기 때문에 여자나 전사에 대한 보상이 아니라 범죄자에 대한 보상입니다. 여자는 범죄자의 항구요 피난처여서 범죄자가 붙들리는 건 대개의 경우 여자의 침대에서입니다. 이 땅의 낙원에서 우리에게 끝으로 남겨진 것이 있다면 바로 여자가 아니겠습니까.

당황한 나는 결국 천연적인 피난처로 달려갔습니다. 그렇지만 전처럼 달콤한 말을 늘어놓진 않았어요. 습관적으로 여전히 좀 연극을 꾸며대긴 했지만, 새로운 술책을 생각해 내진 못했습니다. 또 무슨 상스러운 말이 튀어나올까 봐 고백을 해서 좋을지 어떨지 모르겠습니다만, 그 무렵 나는 사랑에 욕망을 느꼈던 것 같아요. 추잡하지요? 어쨌든 일종의 은은한 고통을 느끼고 무엇인가 모자라는 느낌이 들자 차츰 더 공허감에 빠져서 절반은 어쩔 수 없이, 절반은 호기심에 끌려서, 몇몇 여자와 관계를 맺게 되었어요. 사랑하고 싶고, 또 사랑을 받고 싶었던 까닭에 나는 어느 여자에 대해서도 연정을 품고 있나 보다 하였지요. 다시 말하면 동물적 본능을 드러냈습니다.

그런 일에는 노련한 사내로서 그때까지는 늘 피해 오던 질문을 내가 저도 모르게 하고 있는 것을 발견한 때가 많았습니다.

"나를 사랑해?"

하고 묻는 내 목소리가 들리곤 했어요. 그러한 경우에,

"당신은 어때요?"

하고 대답하는 것이 보통이라는 건 당신도 아시지요. 만약에 사랑한다고 대답하면 나는 실제의 감정을 넘어서는 것이 되겠고, 만약 대담하게 사랑하지 않는다고 대답하면 사랑받을 수 없게 될 염려가 있어서 마음 괴로운 일이었습니다. 나에게 안식을 줄 수 있으리라고 기대했던 감정이 위협을 받으면 받을수록 나는 더욱 상대방 여자에게 그것을 요구했었습니다.

그래서 나는 점점 더 뚜렷한 언약을 하게 되고, 내 마음에 대해서 차츰 더 넓은 감정을 요구하기에 이르렀습니다. 그렇게 해서 어떤 예쁘장한 얼간이 여자에게 어름어름 열정을 품게 되었던 것인데 그 여자는 도색 잡지의 애독자여서 계급이 없는 사회를 예언하는 인텔리와도 같은 뚜렷한 믿음과 신념을 가지고 사랑을 이야기했어요. 그러한 신념에는 당신도 아시겠지만 다른 사람도 마음이 끌리기 쉬운 법입니다.

나도 사랑 이야기를 시험삼아 해 본다던 것이 마침내는 나 자신도 그걸 믿어 버리게 되었지요. 적어도 그 여자가 나의 정부가 되고, 도색 잡지란 것이 사랑에 관한 이야기의 방향을 가르쳐 주지만, 사랑의 행동은 가르쳐 주지 못한다는 걸 알게 되기까지는 그랬었습니다. 앵무새를 사랑하고 나서 나는 뱀과 같이 잠자리를 하지 않으면 안 되었습니다. 그래서 책들이 약속해 준 사랑, 그러나 현실에서는 한 번도 만나 보지 못한 사랑을 나는 다른 데서 찾으려 했습니다.

그러나 나에게는 훈련이 모자랐어요. 30년 이상이나 오로지 나 자신만을 사랑했었으니까요. 그런 습관을 버린다는 것이 어디 그리 쉬운 일인가요? 그 습관을 버리지 못했고, 충동적인 욕정을 따랐을 뿐입니다. 나는 함부로 사랑을 맹세했지요. 전에도 여자와 수많은 관계를 가졌던 것처럼 나는 한꺼번에 많은 연애 관계를 맺었습니다. 그리하여 나는 태연스럽게 쌀쌀맞은 태도를 취하던 때보다도 더 많이 다른 사람들의 불행을 빚어 내게 됐습니다. 그 앵무새 같은 여자가 절망에 빠져 먹는 것까지 거절하며 죽어 버리려고 했다는 걸 말씀드렸던가요? 다행히 나는 때맞춰 달려가서, 그 여자가 애독하던 주간 잡지에 예언되었던 대로 발리 섬에서 돌아온 관자놀이가 희끗희끗한 기사를 그 여자가 만나게 될 때까지 할 수 없이 그 여자와 손을 끊지 않고 지낼 수밖에 없었답니다.

어쨌든 나는 흔히 말하는 것처럼 영원히 애욕을 떠나 그것으로부터 해방되기는커녕 계속해서 잘못과 나쁜 짓의 무게를 더했습니다. 마지막엔 사랑이라는 것에 진절머리가 나서 몇 해 동안이나 '장밋빛 인생'이며 '이졸데의 정사' 같은 것은 듣기만 해도 이가 갈릴 지경이었어요. 그래서 나는 어떤 의미로는 여자를 단념하고 순결한 상태로 살아 보려고 했었지요. 결국 그 여자들의 우정만으로도 족한 게 아닌가 싶었던 겁니다.

그런데 그건 연극을 단념해야만 될 일이었어요. 정욕을 떠나서는 여자들이란 재미없기가 그야말로 상상 이상이었고, 또 한편 분명히 나도 여자들에게 재미가 없었어요. 연기도 연극도 없어졌으니 아마 나는 진실 속에 있었을 겁니다. 그렇지만 여보쇼, 진실이란 견디기 어려운 것입니다.

사랑에도 순결에도 절망하여 나는 마지막으로 방탕이 남아 있다는 것에 생각이 미쳤습니다. 방탕은 얼마든지 사랑을 대신해 줄 수 있고,

웃음소리도 그치게 하여 침묵을 되찾게 해 주고 특히 불면증을 줄 수도 있습니다. 명철한 도취감이 어느 정도에 이르러 밤늦게 두 창녀 사이에 누워서 온갖 정욕이 가셔졌을 때는 희망은 이미 고뇌가 아니요, 정신은 모든 시대에 군림하고 삶의 고통은 영원히 끝나 버렸습니다.

어떤 의미에선 나는 언제나 영원히 없어지지 않는 몸이 되고 싶어했던 까닭에 늘 방탕 속에서 살았다고 할 수도 있습니다. 그건 나의 본성이요, 또 내가 말씀드린 그 커다란 자기애의 결과가 아니었을까요? 그렇습니다. 나는 불멸을 바라는 욕망 때문에 죽을 지경이었어요. 나는 너무나 나 자신을 사랑했기 때문에 내 사랑의 귀중한 대상이 사라지지 않기를 바라지 않을 수 없었습니다. 맑은 정신을 가지고서는 그리고 조금이라도 자기 자신을 안다면 추잡스러운 원숭이 같은 녀석에게 불멸의 특권이 부여될 정당한 까닭을 발견할 수는 없는 일이니까 불멸의 대용품을 찾을 수밖에 없지요. 나는 영생을 바랐기 때문에 창녀들과 자고 밤마다 술을 마셨습니다. 아침이 되면 물론 죽어야 할 인간 조건의 쓰디쓴 맛이 입 속에 남곤 했었지요. 그렇지만 여러 시간 동안 행복에 잠겨 높이 날 수 있었습니다. 고백할까요?

아직도 그립고 잊혀지지 않는 밤들이 생각납니다만, 나는 재빠르게 모습을 잘 바꾸곤 하던 어떤 댄서를 만나려고 누추한 카바레를 가곤 했었습니다. 그 계집애는 내게 호의를 가져 주었고 그애의 명예를 위해서 나는 어느 날 밤 거만한 기둥서방 녀석과 싸움까지 했답니다. 나는 밤마다 그 환락장의 붉은 빛과 먼지 속에서 카운터에 버젓이 자리를 잡고 태연하게 거짓말을 늘어놓으면서 오래도록 술을 마시곤 했었어요. 그러면서 새벽이 오기를 기다려 마지막엔 언제나 난잡한 나의 여왕의 침대 속으로 기어들었습니다. 그러면 여자는 기계적으로 쾌락에 몸을 맡기고 그대로 잠들어 버립니다. 햇빛이 슬며시 찾아와서 그 참상을 비춰 주었고 그러면 나는 가만히 움직이지 않고 영광스런 아침 하늘을 향해 높이 떠오르곤 했어요.

술과 여자, 고백하자면 그것만이 나에게 어울리는 오직 하나의 위안을 줄 수 있었습니다. 이 비결을 당신께 가르쳐 드립니다. 겁내지 말고 이용해 보세요. 그러면 진정한 방탕은 아무런 의무도 낳지 않기 때문에 인간을 해방시켜 준다는 것을 아시게 될 겁니다.

방탕에서 남는 건 오로지 자기 자신뿐입니다. 그러니까 자기 자신을 무척 소중히 여기는 사람에게 환영받는 일이 다름아닌 방탕이에요. 그건 말하자면 미래도 과거도 없고, 무엇보다도 약속이 필요없고, 즉각적인 처벌도 없는 밀림과도 같습니다. 방탕이 벌어지는 장소는 세계와는 동떨어져 있습니다. 그 곳으로 들어갈 때는 두려움도 희망도 버립니다.

거기서는 의무적으로 지껄이지 않아도 좋습니다. 사람들이 그 곳에서 구하는 것은 힘들여 말하지 않고, 그리고 흔히 돈 없이라도 얻을 수 있는 것입니다. 아아! 그 무렵 나를 도와 주었건만 이름도 모르게 잊혀진 그 여자들에게 특별한 사의를 나타내고 싶습니다. 오늘까지도 그 여자들에 대한 나의 추억에는 무엇인가 존경심 비슷한 것이 뒤섞여 있습니다.

어쨌든 나는 그러한 해방책을 마음껏 즐겼습니다. 어느 호텔에서 죄악이라고 불리는 것에 젖어서 나이 지긋한 창녀와 상류 계급의 젊은 처녀를 아울러 거느리고 살았던 일도 있습니다. 창녀에겐 귀부인을 연모하는 기사 같은 행동을 취했고 아가씨에게는 몇 가지 현실을 알려 주었지요. 불행히도 그 창녀는 성품이 몹시 저속해서 그 뒤 이른바 새로운 사상을 기쁘게 받아들인다는 어느 실화 신문에다가 나에 대한 회상기를 쓰겠다고 했습니다.

한편 그 처녀는 해방된 본능을 만족시키고 뛰어난 재질을 발휘하기 위하여 결혼을 했습니다. 그리고 또 한 가지 퍽 자랑스럽게 여기는 것은 그 무렵 내가 너무나 흔히 비난의 대상이 되어 있던 남성 단체에 동인으로 한몫 끼게 되었다는 사실입니다.

그 이야기는 그만두고 지나가겠습니다만 매우 지성적인 사람들일지라도 남보다 한 병 더 마실 수 있다는 걸 명예스럽게 여긴다는 건 당신도 아시지요. 그쯤 되면 드디어 주덕(酒德) 속에서 평화와 해방을 얻을 수 있을 법도 했습니다. 그런데도 그만 이번에도 나 자신 속에 장애물이 생겼어요. 그러자 간장이 못 쓰게 되고 피로가 극심해졌는데 아직 그것이 가시지 않았습니다. 불멸의 몸이 되는 연극을 부려보지만, 몇 주일이 지나면 정말 내일까지 명맥을 이을 수 있을는지 어떨지조차 모르게 됩니다.

밤에 이룩되던 그러한 나의 공훈도 단념하게 되자 그 경험에서 얻게 된 유일한 이득은 인생이 덜 고통스러워졌다는 사실이었습니다. 나의 육체를 쏠던 피로가 나의 내부의 활력을 간직한 많은 부분들을 갉아먹었던 것입니다. 과격한 짓을 할 적마다 생명력이 줄어들고 따라서 고통도 줄어드는 법이거든요. 사람들이 생각하는 것과 반대로 방탕은 열광적인 것이 아닙니다.

그건 긴 잠이에요. 당신도 아시겠지만 정말 질투로 고민하는 사내들이 가장 극성스럽게 하고자 하는 일은 자기가 배반했다고 생각하는 여자와 같이 자는 일입니다. 물론 자기의 귀중한 보물이 여전히 제 것이라는 것을 다시 한번 확인하려는 거지요. 흔히 말하듯이 그것을 차지해 보고 싶은 겁니다. 그렇지만 또 한편으로는 그렇게 하면 곧 질투심이 좀 가라앉기도 하기 때문입니다. 육체적 질투란 자기 자신에 대한 비판인 동시에 상상의 소산입니다. 같은 처지에 있었을 때 자기가 품었던 비열한 생각을 상대방 남자도 품고 있으리라고 믿는 것입니다.

다행히 과격한 쾌락은 상상력도 비판도 약화시켜 줍니다. 그렇게 되면 고통은 정욕과 함께 때를 같이하여 잠들어 버립니다. 그와 같은 까닭으로 젊은이들은 첫 애인과 함께 형이상학적 불안을 잃어버리고, 관청에 등록한 방탕에 지나지 않는 어떤 종류의 결혼은 아울러 과감성과 창의를 매장하는 단조로운 영구차로 바뀌어 버리고 맙니다. 참말입니다. 속된 결혼은 프랑스를 안일한 국가로 만들었고, 머지않아 죽음의 문으로 몰아넣게 될 것입니다.

과장이라고요? 아닙니다. 이야기가 길을 벗어난 겁니다. 나는 그 몇 달 동안의 난잡한 생활에서 얻은 이득을 말하고 싶었을 뿐입니다. 나는 그야말로 안개 속에서 살았습니다. 거기서는 웃음소리도 어렴풋해져서 마침내는 들리지 않게 되었습니다. 이미 내 마음 속에서 많은 자리를 차지하고 있던 무관심이 이제는 아무런 저항도 받지 않고 그 경화증을 넓혀 갔습니다. 아무런 감동도 없었습니다. 기분은 그저 한결같았다기보다 차라리 전혀 기분이란 게 없었습니다. 결핵에 걸린 폐는 굳어짐으로써 낫지만, 조금씩 그 복된 임자를 질식시키거든요. 병을 고침으로써 편안히 죽어 가던 나도 그와 마찬가지였지요.

엉뚱한 말 때문에 나의 평판엔 흠이 생기고 무질서한 생활로 인해 규칙적 직무 수행도 신통치 않게 되었지만 그래도 여전히 나는 내 직업으로 살아가긴 했습니다. 그런데 나의 도발적 말씨에 견주면 약간 과격한 행동은 그다지 사람들의 비난의 대상이 되지 않았다는 것은 흥미있는 일입니다. 이따금 변론 중에 나는 순전히 언어 표현의 필요상 신을 끌어들이는 일이 있었는데, 그것이 나의 고객들에게 의아심을 갖게 했습니다. 제아무리 신일지라도 법률 문제에 있어서 아무도 당할 수 없는 변호사만큼은 그들의 이익을 잘 감당해 줄 수 없지 않을까 두려웠던 모양입니다.

그러한 생각으로부터 한 걸음만 더 나아가면 내가 하나님을 불러대는 것은 무능한 탓이라는 결론에 이르게 됩니다. 나의 고객들은 그 한 걸음을 내디뎌서 차츰 그 숫자가 줄어들었습니다. 그래도 어쩌다 변론을 하는 일이 없지 않았고, 때로는 내가 하는 말을 나 자신이 믿지 않는다는 걸 잊어버리고, 제법 잘하기도 했습니다. 내 자신의 목소리에 끌려서 그 뒤를 따르는 것이었지요. 여느 때처럼 정말로 하늘 높이 날지는 못했지만 땅 위로 조금 떠올라 저공 비행을 했습니다.

직업 관계가 아니고서는 별로 사람들과 만나지도 않았고, 한두 여자와의 낡은 관계를 그럭저럭 이어가고 있었습니다. 정욕이 섞이는 일이 없이 말하자면 순전한 우정만으로 밤을 같이 지내는 일도 있었습니다만 지루함도 견뎌 내고 상대방이 하는 말조차 듣는 둥 마는 둥 하는 게 좀 색다른 점이었지요. 그러자 살도 좀 찌고 이제 위기도 다 사라졌나 보다 싶었습니다. 앞으로는 나이만 먹으면 되었지요.

그런데 어느 날 여행중에 대서양 횡단선을 탔었어요. 어떤 여자 친구를 데리고 떠났었는데, 그 여행이 나의 몸이 다 나았음을 축하하기 위한 것이라는 말은 하지 않았습니다. 물론 상갑판에 있었지요. 갑자기 검푸른 바다 위 저 멀리 흑점이 하나 내 눈에 띄었습니다. 곧 얼굴을 돌려 버렸지만, 나의 가슴은 두근거리기 시작했습니다. 다시금 억지로 눈을 돌려서 보려고 했더니, 그 흑점은 사라졌습니다. 나는 고함을 질러 바보처럼 구원을 청하려고 했었는데 그러자 다시 그게 보였어요. 그건 항해중인 배가 버리고 간 무슨 폐품의 하나임에 틀림없었습니다. 그렇지만 나는 그것을 차마 보고 있을 수 없었어요. 그 순간 곧 나는 투신 자살자를 생각했던 것입니다.

그때 나는 사람이란 오래 전부터 진실임을 알고 있는 생각을 결국 받아들여야 하는 것처럼 아무런 저항도 없이 다음과 같은 사실을 깨달았습니다. 즉 몇 해 전에 내 등 뒤 세느 강 위에서 울렸던 그 부르짖음이 강물을 타고 도버 해협으로 운반되어 넓은 바다의 끝없는 공간을 거쳐 세계를 돌아다니며 그 날까지 거기서 기다리다가 나와 만나게 되었다는 것을 깨달았습니다. 그놈은 바다거나, 강이거나, 요컨대 내가 받을 세례의 쓰디쓴 물이 있는 곳이라면 어디에서나 나를 기다리기를 계속하리라는 것도 나는 알았어요. 여기서도 우리는 물 위에 있는 게 아닙니까? 평탄하고 단조롭고 끝이 없고 육지와의 한계도 뚜렷하지 않은 물이지요. 우리가 암스테르담에 도착하리라는 것을 어떻게 믿을 수 있겠어요. 우리는 이 넓디넓은 성수반으로부터 영원히 빠져 나갈 수 없을 겁니다. 귀를 기울여 보세요. 보이지 않는 갈매기들의 울음 소리가 들리지 않습니까? 우리들을 향하여 부르짖는 것이라면 우리들에게 무엇을 바라는 걸까요?

그런데 저것들은 내가 완전히 낫지 못했다는 것, 나는 여전히 어려움에 처해 있어 무슨 도리를 강구해야겠다는 것을 결정적으로 깨달은 그 날, 이미 대서양 위에서 울고 있던 것과 같은 갈매기들입니다. 영광스러운 생애가 끝나자 분노와 몸부림도 끝났습니다. 무릎 꿇고 자기 죄를 인정할 수밖에 없었습니다. 고난 속에 살 수밖에 없었습니다. 참 당신은 중세 사람들이 고난실이라고 부르던 땅 속의 감방을 모르시지요. 대개는 한 번 들어가면 일생 동안 거기에 파묻히게 마련이었는데 그 감방이 다른 것들과 다른 점은 그 교묘한 크기에 있었어요.

높이는 일어서 있을 만하지 못했고, 넓이도 드러누울 만큼 되지 못했거든요. 그러니 거북한 몸가짐으로 비스듬히 서서 살 수밖에 없었지요. 잠들면 일종의 전락(轉落)이었고, 깨어 있을 때는 웅크려야 했습니다. 간단한 고안이었지만 그야말로 천재적이라 아니할 수 없습니다. 매일매일 죄인은 몸을 꼼짝할 수 없게 하는 구속으로 말미암아 자기는 죄인이며 무죄는 즐거이 두 팔과 두 다리를 펼 수 있는 것에 있다는 걸 깨닫게 되었습니다. 산꼭대기나 상갑판에 올라가는 일이 잦던 사람이 그러한 감방에 틀어박힌 것을 상상할 수 있겠습니까? 뭐라고요? 그런 감방에 살면서도 무죄일 수 있었을 거라고요? 그런 일은 있었을 법하지도 않습니다. 전혀 있었을 법하지 않아요. 그렇지 않으면 나의 논리는 무너져 버리고 말 겁니다.

죄없이 곱사등이 노릇을 하게 된다는 것, 그러한 가정은 나로서는 결코 할 수 없습니다. 게다가 우리는 어느 누구의 무죄도 단언할 수 없는 반면에 모든 사람의 유죄를 확실히 단언할 수 있습니다. 인간은 누구나 다른 모든 사람들의 죄를 증언하고 있습니다. 이것이 나의 신념이요 또 나의 희망이기도 합니다.

종교라는 게 훈계를 한다든지 계명을 선고한다든지 하게 되면, 벌써 틀린 겁니다. 죄를 만들어 내고 또 벌을 주고 하는 데 신은 필요하지 않습니다. 인간들이라면 족하고 더구나 우리들 자신이 그걸 돕습니다. 마지막 심판에 관한 이야기를 하셨는데 실례지만 그런 건 우습다고 난 생각해요. 나는 버젓이 마지막 심판을 기다립니다. 나는 그보다도 지긋지긋한 것, 인간들의 심판을 알고 있어요. 그들에게는 정상 참작 같은 것도 없고 선량한 동기라도 죄로 몰리게 됩니다.

요즈음 어느 나라 국민이 저희들이 지구상에서 으뜸 가는 국민이라는 것을 증명하기 위해서 생각해 냈다는 가래침 감방 이야기는 들으셨겠지요. 죄수가 선 채로 틀어박혀서 옴쭉달싹도 할 수 없는 궤짝처럼 만든 감방 말입니다. 시멘트 껍질 속에 죄인을 묶어 놓는 억척 같은 문은 턱을 받치고 있지요. 그러니까 죄수는 얼굴만 보이게 마련인데, 그 얼굴에다 지나가는 간수들이 맘대로 가래침을 뱉거든요. 죄수는 감방 속에 끼어 꼼짝할 수가 없으니까 얼굴을 닦을 수도 없습니다. 눈을 감는 건 허락되어 있지만 말이에요. 그게, 여보세요, 인간의 고안입니다. 그 알뜰한 걸작을 만들어 내는데 신의 도움은 필요하지 않았습니다.

그렇다면? 그러니 신의 유일한 효용성은 무죄 결백을 보증하는 일이고, 종교라는 것을 나는 일종의 대대적인 세탁으로 보고 싶습니다. 사실 그랬던 적도 있었습니다만 그건 기껏해야 3년 동안의 일이었고, 또 종교라고 불리지도 않았습니다. 그 뒤 비누가 모자라 우리들의 주제는 더러워지고, 모두 서로 욕지거리를 하는 판이지요. 모두가 하찮은 녀석이요, 모두 벌받아 마땅한 녀석이라 얼굴에 침이나 서로 뱉고, 어서 고난실로 가서 처박힐 수밖에 없죠! 누가 먼저 침을 뱉느냐, 문제는 그뿐입니다. 큰 비밀을 하나 가르쳐 드리지요. 여보슈, 마지막 심판일랑 기다리지 마세요. 그건 날마다 있는 일이에요.

아니, 아무것도 아닙니다. 이 빌어먹을 습기 때문에 몸이 좀 떨릴 뿐입니다. 게다가 이젠 다 왔습니다. 자, 먼저 나가시지요. 하지만 좀더 기다려 주세요. 그리고 저와 같이 가십시다. 아직도 이야기가 끝나지 않았어요. 계속해야겠습니다. 이어간다는 게 퍽 어려운 일입니다. 여보세요. 어째서 그 사람을 사람들이 십자가에 못 박았는지 아십니까? 지금 당신이 아마도 생각하고 계실 그 사람을 말이에요. 물론 많은 이유가 있었지요. 한 사람의 인간을 죽이는 데는 언제나 이유가 있는 법이니까요. 그 반면에 한 인간이 사는 것을 정당화하기는 불가능합니다.

그렇기 때문에 범죄를 변호하려는 자는 언제나 있지만, 무죄를 변호하려는 자는 그저 어쩌다 있을 뿐입니다. 그런데 2천 년 이래로 아주 그럴싸하게 설명되어 온 이유 말고도 그 끔찍스러운 죽음에는 하나의 커다란 이유가 있었답니다. 왜 그걸 사람들이 그렇게도 조심스럽게 숨기고 있는지 알 수 없어요. 진정한 이유는 그 자신이 완전히 결백하지 못하다는 것을 알고 있었다는 사실입니다. 사람들로부터 손가락질받던 잘

못의 짐을 짊어지고 있진 않았지만 무엇인지는 몰라도 그는 다른 잘못
을 저질렀던 것입니다.

　정말로 그 자신이 그걸 몰랐을 까닭이 있겠습니까. 결국 자기 때문에
일어난 일이었으니까 말입니다. 아무 죄도 없는 사람들의 학살 이야기
를 그는 듣고 있었을 것임에 틀림없습니다. 그의 부모가 그를 안전한 장
소로 옮기고 있었을 때 학살당한 유대 나라의 어린이들이 그의 탓이 아
니라면 왜 죽었겠습니까? 물론 그것을 그가 바란 것은 아니었지요. 그
피비린내나는 병졸들과 두 동강으로 잘린 어린아이들을 생각만 해도 그
는 끔찍스러워 못 견뎠을 겁니다. 그렇지만 그의 성품으로서는 그들을
잊어버릴 수 없었으리라고 나는 확신합니다.

　그리고 그의 모든 행동에 보이는 그 슬픔, 그것은 자식들의 죽음으로
인해 애통해하고 온갖 위안을 거부한 라헬의 목소리를 밤마다 듣던 자
의 어찌할 수 없는 비애가 아니고 무엇이겠습니까? 곡소리가 어둠 속에
들려 오고, 라헬은 자기 때문에 죽은 자식을 부르는데, 그는 살아 있었
더란 말입니다.

　그러한 것을 알고 인간에 관한 모든 것을 터득한 그가 남을 죽게 하
는 것보다 자기가 죽지 않는 것이 죄가 더 무거울 줄이야 누가 생각했
겠습니까? 밤낮으로 결백한 죄와 마주 대하고 있던 그에게는 그대로 배
겨낸다는 일이 너무나 어려워졌습니다. 차라리 끝장내 버리고, 자기 변
호를 하지 않고 죽는 편이 나았던 것입니다.

　그리하면 외로이 살지 않을 수 있을 것이며 다른 데로, 자기를 부축
해 주는 이가 있을지도 모르는 곳으로 갈 수도 있을 것이었습니다. 그러
나 그는 부축을 받지 못했고 그것을 한탄하였는데, 끝끝내 딱하게도 그
말은 지워져 버렸습니다. 그렇습니다. 그의 탄식을 없애기 시작한 것은
아마 제삼복음서의 작자일 것입니다. '어찌하여 나를 버리셨나이까?' 이

것은 반항의 부르짖음이 아니겠습니까? 그러니 가위로 잘라 버렸지요! 하긴 누군가 아무것도 없애 버리지 않았던들 그 사실이 별로 눈에 띄진 않았을 거예요. 그처럼 검열관은 자기가 금지하는 말을 오히려 퍼뜨리는 결과가 됩니다. 세상의 질서란 알 수 없는 것이지요.

어쨌든 검열을 받은 그 사람은 배겨내질 못했습니다. 이건 나 자신이 잘 알고 하는 말입니다. 순간마다 어떻게 하면 다음 순간까지 목숨을 이어갈 수 있을는지조차 알지 못하던 때가 나에게도 있었어요. 그렇습니다. 이 세상에서 전쟁을 할 수도 있고, 사랑을 맺을 수도 있고, 인간들을 괴롭힐 수도 있고, 신문에 이름을 낼 수도 있고, 또는 그저 뜨개질을 하며 이웃 사람의 험구를 할 수도 있습니다만, 어떤 경우에는 그대로 배겨낸다는 것, 그저 그대로 계속하기만 한다는 것이 초인이 아니었습니다. 그건 틀림없어요. 그는 죽음의 고통을 외쳤습니다. 그렇기 때문에 어이없이 죽은 그를 나는 사랑합니다.

불행한 일은 그가 우리들을 외롭게 남겨 두고 갔다는 사실입니다. 그래서 우리들은 무슨 일이 있든지, 고난실에 처박혀 있을 때라도 그가 알고 있던 것을 알면서, 그러나 그가 한 대로 하지도 못하고, 그처럼 죽지도 못하고 목숨을 계속 이어가고 있는 겁니다.

물론 사람들은 그의 죽음을 이용해 보려고 하긴 했습니다. 어쨌든 천재적인 말이었어요——'너희들은 깨끗하지 못하다. 그건 틀림없는 사실이다. 그런데 한 사람씩 할 순 없어! 한꺼번에 그걸 십자가에서 청산하기로 한다!' 그렇지만 오늘날엔 더 먼 데에서도 단지 남의 눈에 띄려고 십자가에 기어오르는 사람들이 너무나 많습니다. 남의 눈길을 끌기 위해서 오래 전부터 십자가에 매달려 있는 사람을 좀 짓밟는 일이라도 필요하다면 저지르는 형편입니다. 너무나 많은 사람들이 자애심을 실천에 옮기기 위해서 너그러움을 버리기로 했어요 아아, 이 무슨 옳지 못한 일이란 말입니까! 그에게 가해진 이러한 부정을 생각하면 가슴이 죄는 듯합니다!

하아, 옛날 버릇이 다시 나와 변론을 하려 드는군요. 용서하십시오. 까닭이 있어서 그러는 겁니다. 여보세요, 여기서 좀더 가면 '지붕 밑의 주님'이란 이름의 박물관이 있습니다. 이 지방 사람들은 옛날에는 묘지를 지붕 밑에 만들었습니다. 여기에서는 지하실이 물에 잠기니까 할 수 없어요. 그렇지만 지금은 그들의 주님은 지붕 밑에도 지하실에도 없습니다. 그들은 주님을 자기들 마음 속 깊숙한 곳에 있는 재판정에 올려놓았어요. 그리고는 매질을 하고 특히 심판을 합니다. 주님의 이름으로 심판하지요. 그 사람은 죄지은 여인에게 부드럽게 말했었습니다——'나도 너를 죄인으로 단정하지 않는다'고. 그렇건만 그들은 죄인으로 단정을 내리고 아무도 용서하지 않습니다.

주님의 이름으로 네가 받아야 할 것은 이것이다. 주님? 그는 그렇게 많은 것을 요구하지 않았어요. 그는 다만 사람들이 그를 사랑해 주기를 바랐을 뿐입니다. 물론 그를 사랑하는 사람들도 있습니다. 기독교 신자들 가운데에도 있어요. 그렇지만 그 숫자는 셀 수 있을 정도로 적습니다. 그는 그것을 미리 알고 있었으며 그에게는 유머 감각이 있었습니다. 베드로, 아시다시피 겁쟁이던 그 베드로가 그를 부인했지요.

"나는 저 사람을 모릅니다. 당신이 무슨 소릴 하는지 모르겠소……."
정말 베드로란 녀석도 너무 했습니다.
그래서 그리스도는 빗대어 말했지요.
"나는 이 반석 위에 내 교회를 세우겠노라."
그보다 더 심한 핀잔이 어디 있겠어요. 그렇지 않습니까? 그래도 그들은 힘이 솟았습니다!
"보라, 그의 말과 같도다!"

정말 그는 그렇게 말했어요. 문제를 잘 알고 있었던 겁니다. 그리고는 영원히 가 버렸는데, 뒤에 남은 사람들은 입으로는 용서하고 마음 속에는 판결을 품고 죄를 선고하고 있습니다.

이제는 연민도 존재하지 않게 되었다고는 말할 수 없으니까요. 아니 오히려 누구나 그칠 줄 모르고 연민을 부르짖습니다. 다만 아무에게도 무죄 판결을 내려 주지 않습니다. 무죄란 건 깡그리 없애 버리고, 심판 관들이 우글거리고 있어요. 온갖 종류의 심판관들, 그리스도의 편에, 또는 그 반대편에 서는 심판관들——그런데 고난실에서 서로 화해가 이루어져—— 은 결국 같은 패들입니다. 기독교도들에게만 책임이 있는 게 아니니까요. 다른 사람들도 거기에 뛰어들었어요. 이 고장에서 데카르트가 몸을 의지했던 집 가운데 하나가 무엇이 됐는지 아십니까? 정신병자 수용소가 되었답니다. 그렇습니다. 광증이 널리 가득 차고 온갖 해가 저질러지고 있습니다. 우리들 자신도 물론 거기에 끼지 않을 수 없습니다. 내가 아무것도 용서하지 않는다는 걸 당신도 알아차렸을 것입니다.

그리고 당신도 같은 생각을 가졌다는 것을 나는 알고 있습니다. 따라서 우리들은 모두 심판관이므로 모두 서로 남의 눈에는 죄인이고, 우리들 식으로 졸렬한 그리스도여서, 하나씩 십자가에 못 박히게 마련인데, 여전히 그 까닭을 모르지요. 적어도 나 클라망스라는 사람이 탈출구, 유일한 해결책, 요컨대 진리를 발견하지 못했더라면 우리들은 모두 그렇게 되고 말 것입니다.

아니, 이제 그만하겠습니다. 걱정 마십시오! 게다가 헤어질 때도 됐습니다. 내 집까지 다 왔으니까요. 고독 속에서 피로도 곁들이면 별수 있습니까. 예언자로 자처하게 되기가 일쑤지요. 사실 그게 나의 참 정체입니다. 돌멩이와 안개와 썩은 물의 광야로 도망쳐 온 어리석은 시대에 어울리는 허수아비 예언자, 속에는 열과 술이 들어차서 곰팡이 낀 문에 등을 붙이고, 낮은 하늘을 향해 손가락을 쳐들고 심판을 견디지 못하는 율법 없는 인간들에게 저주를 퍼붓고 있는, 구세주를 갖지 못한 엘리야지 뭡니까? 인간들은 정말 심판을 견디지 못합니다.

그리고 모든 문제는 거기에 있어요. 율법을 따르는 자에게는 심판은 그가 믿고 있는 질서로 그를 옮겨 주는 것이어서 두렵지 않습니다. 그렇지만 인간의 가장 큰 고통은 율법 없이 심판받는 일입니다. 그런데 그러한 고통을 우리는 겪고 있어요. 본디 있어야 할 재갈을 잃은 심판관들은 함부로 날뛰며 미친 듯이 달립니다. 그러니 어떡합니까. 녀석들보다 앞서려고 해 볼 수밖에 없지요. 그러자니 대소동입니다. 예언자들이며 구제자들이 자꾸 불어나 다시없는 율법이거나 완전 무결한 조직을 들고 나와 지구에 인종이 끊어지기 전에 도착하려고 서둘러 댑니다. 다행히 내가 먼저 도착했어요! 나는 처음이자 마지막입니다. 내가 율법을 선고합니다. 요컨대 나는 고해 판사예요.

네, 네, 내일 이 훌륭한 직업이 어떤 일을 하는 것인지 이야기해 드리지요. 모레 떠나시겠어요? 그럼 시간이 급하군요. 제 집으로 오세요. 초인종을 세 번 누르십시오. 파리로 돌아가십니까? 파리는 먼 곳, 아름다운 곳입니다. 잊어버리지 않았습니다.

바로 지금 같은 계절의 파리의 황혼이 기억에 남아 있습니다. 가볍게 살랑거리는 저녁이 검푸르게 그을은 지붕들 위로 내려덮이고, 거리에는 한동안 소음이 일고, 강물은 상류로 거슬러오르는 듯하지요. 그럴 때면 길바닥에서 서성거리곤 했었어요. 녀석들도 틀림없이 지금 서성거리고 있을 겁니다. 노곤한 마음으로 기다리는 여자나 간소한 집으로 발길을 서두르는 척하면서 서성거리는 거지요……아아! 대도시를 서성거리는 고독한 인간이 어떤 것인지 아십니까?

자리에 누운 채로 맞게 되어 죄송합니다. 대수롭진 않습니다. 열이 좀 있는 데 약삼아 진을 마십니다. 이러한 발작엔 습관이 되었어요. 내가 교황이었을 적에 걸린 건데 아마 말라리아라는 것일 겁니다. 아니, 농담 같지만 반은 진담이에요. 당신이 어떻게 생각하고 있는지 압니다. 내가 하는 이야기에서 거짓말과 정말을 가리기란 여간 어려운 일이 아니라고 생각하시겠죠. 당신의 생각은 정말 옳습니다. 나 자신이……나와 가까이 지내던 어떤 사람은 인간을 세 종류로 나누었습니다.

첫째는 거짓말을 할 수밖에 없다기보다는 숨길 것이 아무것도 없는 편이 낫다고 생각하는 사람들, 그 다음엔 아무것도 숨길 것이 없다기보다는 거짓말을 하는 편이 낫다고 생각하는 사람들, 끝으로는 거짓말을 하고 아울러 비밀도 지키는 편이 좋다고 생각하는 사람들, 내가 어느 쪽에 가장 잘 들어맞는지는 당신의 판단에 맡기겠습니다.

어쨌든 그런 건 상관없지 않겠습니까? 거짓말도 결국은 진실의 길로 이끄는 게 아닐까요? 그리고 참말이건 거짓말이건 내 이야기는 모두 같은 목적으로 향하고 있다는 겁니다. 같은 뜻을 가진 게 아니겠어요? 그러니 어느 경우에나 과거와 현재의 나에게서 의미심장한 것이라면 거짓말이든 참말이든 무슨 상관이 있겠습니까? 때로는 참된 말을 하는 사람보다 거짓말하는 사람의 정체가 더 잘 드러나보이는 일이 있습니다. 진실은 빛과 같아서 눈을 아찔하게 합니다. 거짓말은 반대로 아름다운 황혼과 같아서 모든 것을 뚜렷하게 해 줍니다. 어쨌든 거짓말이란 걸, 어떻게 생각하시든지 당신 맘대로 생각하실 일이지만 나는 포로 수용소에서 교황에 임명되었어요.

좀 앉으세요. 방 안을 둘러보시는군요. 장식은 아무것도 없지만 깨끗합니다. 베르메르의 그림에서 가구나 냄비를 치워 버리면 이럴 테지요. 책도 없습니다. 옛날에는 내 집의 절반쯤 읽은 책이 가득 찼었습니다.

거위 간을 뜯어 먹다가 나머지를 버리게 하는 녀석들이나 마찬가지로 유쾌하지 못한 노릇이지요. 게다가 이제는 참회록 같은 것밖엔 흥미가 없는데, 참회록의 저자들이란 무엇보다도 참회를 하지 않기 위해서, 자기들이 알고 있는 것을 조금도 털어놓지 않기 위해서 참회록을 씁니다.

그들이 짐짓 털어놓을 것처럼 할 때는 경계해야 합니다. 시체를 분장하려는 것이니까요. 제 충고를 들어두세요. 그래서 나는 딱 잘라 버렸어요. 책이며 소용없는 물건들은 다 집어치우고, 깨끗하고 관처럼 왁스를 칠한 필수품만 있으면 그만입니다. 그리고 이렇게 딱딱하고 깨끗한 시트를 깐 네덜란드의 침대에선 벌써부터 수의를 입고 순결에 묻혀 죽음을 맞이할 수도 있습니다.

내가 교황이었을 때의 사건들을 알고 싶으세요? 모두 평범한 일들이지요. 이야기해 드릴 만한 힘이 있을는지 모르겠습니다. 해 보죠. 열도 좀 내리는 것 같습니다. 아주 오래 전 이야깁니다만, 아프리카에서 지낼 때의 일이에요. 로멜 장군 덕분으로 전쟁이 한창이었지요. 나는 거기에 섞이진 않았었어요. 안심하세요. 그 전에도 유럽 전쟁의 소용돌이에는 등을 돌렸습니다. 물론 동원은 됐었지만 전투는 해 본 일이 없습니다. 어떤 의미로는 유감스럽게 생각합니다. 여러 가지 일들이 많이 달라졌을지도 모르니까요. 프랑스 군대는 나를 전선으로 보낼 필요를 느끼지 않았어요. 나에게 요구한 일이란 물러가는 데에 참가하는 일 뿐이었습니다. 그 뒤 나는 파리로 돌아와서 독일 사람들을 봤습니다. 그 무렵 소문이 떠돌기 시작한 레지스탕스 운동에 마음이 끌렸습니다. 그와 거의 때를 같이 해서 나는 내가 애국자라는 것을 알게 되었습니다. 웃으시는군요. 웃을 이야기가 아닙니다. 그걸 알게 된 것은 지하철의 샤틀레 역에서였습니다.

개 한 마리가 그 미로에서 헤매고 있었어요. 큼직하고 털이 거칠고 한쪽 귀가 찌부러진 그 개는 재미있어 보이는 눈초리로 껑충껑충 지나가는 사람의 정강이를 따라다니며 냄새를 맡고 있었습니다. 개는 언제나 모든 것을 용서해 주니까요. 나는 그 개를 불렀습니다. 그랬더니 그 녀석은 반가운 듯이 엉덩이를 흔들면서 내게서 몇 미터쯤 떨어진 곳까지 와서 망설이고 있었어요. 그때 걸음걸이가 활발한 젊은 독일 병사가 내 옆을 지나쳐 개 앞에 이르자, 그 녀석의 머리를 쓰다듬었습니다. 개는 서슴지 않고 여전히 기쁜 낯으로 그 병사의 뒤를 따라 그와 함께 사라졌습니다.

원통한 마음과 심정과 그 독일인 병사에 대해 느낀 나의 분노로 보아, 그것이 애국적인 반응이라는 것을 느끼지 않을 수 없었어요. 만약에 그 개가 어느 프랑스 사람을 따라갔더라면 아무런 생각도 하지 않았을 겁니다. 나는 그 상냥한 개가 어느 독일 연대의 마스코트가 된 광경을 상상했고, 그러자 화가 나서 도저히 견딜 수 없었습니다. 반응 검사의 결과는 의심할 여지가 없었어요.

나는 레지스탕스 운동에 관한 정보를 얻을 생각으로 남부 지구로 갔습니다. 그렇지만 거기에 가서 실정을 알게 되자 망설이지 않을 수 없었습니다. 그러한 모험은 내 생각으로는 좀 허황한 일, 말하자면 낭만적인 일 같았습니다. 특히 지하 운동은 내 기질에도 맞지 않고 바람이 시원스레 부는 산꼭대기를 좋아하는 내 취미에도 맞지 않았다고 생각됩니다. 밤낮을 가리지 않고 지하실에서 베나 짜고 있으라는 것이나 다름없는 것 같았고 게다가 결국은 난폭한 놈들이 와서 나를 몰아내고, 먼저 내가 짠 베를 찢어 버린 다음 나를 다른 지하실로 끌고 가 때려 죽일 것만 같았어요. 그러한 땅 속의 영웅주의에 몸을 바치는 사람들에게는 탄복했습니다만, 나로서는 그들을 따를 수가 없었습니다.

그래서 나는 런던으로 가리라는 막연한 생각을 가지고 북아프리카로

건너갔습니다. 그러나 아프리카에 가 보니 정세가 뚜렷하지 못하고, 서로 맞서고 있는 파들이 나에게는 어느 편이나 다 옳은 것 같아 가담하는 것을 뒤로 미뤘습니다. 당신의 표정을 보니 당신으로서는 중요한 의미가 있다고 보시는 자세한 이야기들을 내가 너무 간단히 한다고 생각하시는 모양이구려. 하지만 나는 당신이란 인물을 당신의 진가에 따라 판단했기 때문에, 그런 이야기들이 당신에게 더 명확해지도록 일부러 그렇게 했습니다. 어쨌든 나는 마침내 튀니지로 갔는데, 다정한 여자 친구 하나가 일자리를 구해 주었습니다. 영화계에서 일하는 아주 똑똑한 여자였어요. 그 여자를 따라 튀니지로 갔던 것인데, 연합군이 알제리아에 상륙한 다음에야 그 여자의 진짜 직업을 알았습니다.

그 여자는 어느 날 독일군에 체포되고 나도 걸려들었지요. 그 여자가 어떻게 되었는지 모릅니다. 나는 폭행은 조금도 당하지 않았지만 혹심한 불안을 겪고 나서 그것이 치안을 위한 조치라는 것을 알게 되었습니다. 그리고는 트리폴리에 감금되었는데 그 수용소에서는 핍박보다도 목마름과 궁핍에 더 고통을 느꼈습니다. 그 실정은 이야기하지 않겠습니다.

우리들 20세기 끝무렵의 사람들은 이야기하지 않아도 그러한 종류의 장소를 얼마든지 상상할 수 있습니다. 150년 전에는 사람들이 호수며 숲에 감격했었지만, 오늘날 우리에게는 감방의 서정이 있습니다. 그러니 상상에 맡기겠습니다. 몇 가지 세목만 덧붙이면 될 것입니다. 더위, 곧바로 내리쬐는 태양, 파리, 모래, 부족한 물.

한 젊은 프랑스 사람이 나와 함께 있었는데 그는 믿음을 가지고 있었어요. 그래요. 정말 옛이야기 같은 이야기입니다. 뒤클랭 같은 녀석이라고 할까요. 그 사람은 싸우기 위해서 프랑스에서 에스파니아로 갔었어요. 그런데 카톨릭 신자인 프랑코 장군이 그를 가두어 버렸고, 말하자면 콩밥마저 로마 교황의 축복을 받고 있다는 것을 보자, 그는 깊은 슬픔 속에 빠져 버렸습니다.

그 뒤 바다 위를 떠다니다가 어쩌다 닿게 된 아프리카의 하늘도 수용소의 한가한 나날도 그 슬픔으로부터 그를 끌어 내지는 못했습니다. 그리고 고민과 태양은 그를 정상적 상태로부터 좀 벗어나게 했습니다. 어느 날 납덩이가 녹아서 흘러내릴 지경인 텐트 밑에서 우리들 여남은 명이 파리가 우글거리는 속에서 허덕이고 있을 때, 그는 그가 로마 인이라고 부르던 사내를 상대로 또다시 지독한 욕을 늘어놓았습니다. 그는 여러 날째 깎지 않은 수염에다가 얼빠진 눈초리로 우리들을 둘러보고 있었어요. 헐벗은 상반신은 땀으로 뒤덮였고, 두 손은 앙상하게 드러난 늑골 위에서 피아노 건반을 두드리듯 떨고 있었습니다.

그러면서 말하기를 옥좌에서 기도나 할 것이 아니라 불행한 사람들과 함께 사는 새로운 교황이 필요하다는 것이었습니다. 그리고 그건 빠를수록 좋을 것이라고요. 넋나간 눈으로 머리를 휘저으면서 우리를 바라보고,

"그래, 될 수 있는 대로 빨리!"
하고 그 말을 되풀이했어요. 그러다가 갑자기 조용해지더니 침통한 목소리로 그 교황은 우리들 가운데서 뽑아야 할 것이고, 나쁜 점과 좋은 점을 고루 갖춘 완전한 사람으로 정해야 할 것이라고 말했습니다.

그리고 그 교황이 자기의 마음과 다른 사람들 마음 속에 고통의 공동체를 유지해 나가도록 하기만 한다면 그에게 무조건 따라야 한다는 것이었습니다.

"우리들 가운데서 누가 결점이 가장 많은가?"
하고 그는 말했습니다. 장난삼아 나는 손가락을 들었는데 그렇게 한 사람은 나 하나뿐이었어요.

"그럼 쟝 바티스트에게 맡기기로 하자."

아니 그렇게 말하진 않았습니다. 그 무렵 나는 다른 이름을 가지고 있었으니까요. 어쨌든 그는 내가 한 것처럼 자기 자신을 지적한다는 일은 가장 큰 미덕을 전제로 하는 것이라고 말하면서, 교황으로 나를 뽑을 것을 제의했습니다. 다른 사람들도 찬성했습니다.

그들도 장난삼아 한 일이지만 그래도 엄숙한 그 무엇이 없지도 않았습니다. 사실은 뒤클랭 격인 그 친구 말에 모두 좀 감명을 받았을 겁니다. 나 자신도 아주 장난으로만 생각하지 않았으니까요. 첫째로 예언자다운 그의 이야기가 옳은 것처럼 생각되었고, 게다가 태양이며 넌덜머리나는 노동이며, 물을 얻기 위한 다툼 등으로 해서, 요컨대 우리들은 좀 머리가 돌았던 거지요. 어쨌든 나는 그 의견을 받아들여 몇 주일 동안 교황의 직분을 차츰 진심으로 맡아 보게 되었습니다.

무슨 일을 했었냐고요? 아, 그저 그룹의 우두머리랄까 세포의 서기쯤 되는 셈이었지요. 아무튼 다른 사람들은, 신앙심이 없는 축들까지도 나에게 무조건 따르는 습관을 가지게 되었습니다. 뒤클랭은 고민을 계속하고 있었습니다. 나는 그의 고민을 다스렸지요.

그때 나는 교황 노릇을 한다는 게 사람들이 보통 생각하는 것처럼 그리 쉬운 일이 아니라는 걸 알았습니다. 어저께도 당신에게 우리들의 형제인 재판관들에 대한 멸시감을 터뜨리고 나서 다시 그 생각이 났었어요. 수용소에서 가장 큰 문제는 물을 나누어 주는 일이었습니다. 정치적으로 또는 종교적으로 뭉친 몇몇 다른 그룹들이 있어, 저마다 저희편에 유리하도록 했습니다. 그래서 나도 우리쪽 사람들에게 유리하게 하지 않을 수 없었습니다만, 그건 벌써 현실에 대한 하나의 양보였지요. 우리들 사이에서도 완전한 평등을 유지할 수는 없었습니다.

동지들의 건강 상태라든가, 노동 실적에 따라서 어떤 사람을 우대할 수밖에 없었습니다. 그러한 차별은 끝이 없습니다. 그런데 정말 이제는 피곤합니다. 그 무렵의 일은 다시 생각하기도 싫습니다. 한 마디로 말하자면 어느 날 죽어 가는 친구의 물을 마셔 버려 그만 모든 일을 잡쳐 버렸답니다.

아니 뒤클랭은 아니었습니다. 이미 그는 죽고 없을 때의 일이라고 생각됩니다. 그는 스스로 음식을 너무 안 먹었어요. 그리고 만약에 그가 살아 있었더라면, 그를 생각해서라도 나는 좀더 참았을 겁니다.

사실 나는 그를 사랑했었으니까요. 정말, 적어도 내 생각으로는 그를 사랑했던 것 같아요. 그런데 한 가지 확실한 일은 물을 마실 적에 나는 어차피 죽게 될 사람보다 내가 더 다른 사람들을 위해서 필요하며 나는 그들을 위해서 살아야 한다고 내 생각을 합리화했었다는 사실입니다.

그렇게 해서 제국이며 교회는 죽음의 태양 밑에서 태어나는 겁니다. 어저께 내가 한 이야기를 좀 고치기 위해서 그것이 꿈이었는지 생시였는지 이제는 확실히 알 수도 없는 이 모든 일을, 지금 이야기하는 도중에 내 머리에 떠오른 중대한 생각을 모조리 말해 드리지요. 그 중대한 생각이란 교황을 용서해야 하리라는 겁니다. 첫째로 교황은 누구보다도 용서를 받아야 할 필요가 있기 때문이고, 둘째로는 그로서는 그것이 자기를 향상시킬 수 있는 오직 하나의 길이기 때문입니다.

오! 문을 잘 닫으셨습니까? 그래요, 어디 좀 봐 주세요. 죄송합니다. 나에게는 빗장에 대한 일종의 변태 심리가 있어요. 언제나 잠들 때쯤해서 생각해 보면 빗장을 질렀는지 안 질렀는지 알 수가 없습니다. 밤마다 확인을 하려고 일어나지 않으면 안 됩니다.

앞에서 말한 것처럼 뚜렷한 건 아무것도 없는 법이에요. 이와 같은 빗장에 대한 불안을 겁먹은 소유주의 반응이라고는 생각하지 마세요. 옛날에는 내 집에도 자동차에도 자물쇠를 채우는 일이 없었고, 돈을 금고에 넣어 두는 일도 없었습니다.

나는 소유물에 집착하지 않았었어요. 정말은 무얼 가진다는 걸 부끄럽게 여겼었지요. 사교계에서 잡담을 하다가도,

"여러분, 재산이란 살인이나 다름없습니다."

하고 외치는 일도 있었답니다. 재산을 돈없는 훌륭한 사람에게 나누어 줄 만한 아량이 없어서, 있을지도 모르는 도둑의 손이 미치는 곳에 놓아 두는 셈이었지요. 그렇게 해서 우연이 부정을 고쳐 주기를 기대했던 겁니다. 그런데 지금은 가진 것이라곤 아무것도 없습니다.

그러니까 내 물건의 안전을 걱정할 필요는 없지만 나 자신과 내 마음의 안정이 걱정스러워요. 그리고 또 내가 임금이요, 교황이요, 재판관인 이 꽉 막힌 조그만 세계의 문을 나는 꽉 닫아 두고 싶은 겁니다.

그런데 저 벽장을 좀 열어 주십시오. 네, 거기 그 그림을 보세요. 모르시겠어요. '결백한 재판관들'입니다. 놀랍지 않으세요? 그러고 보니 당신의 교양에도 결함이 있는 모양입니다그려? 그렇지만 신문을 읽으신다면, 기억하실 거예요── 1934년에 강의 생 바봉 대성당에서 반 아이크의 저 유명한 병풍 '신비로운 어린 양'의 한쪽이 도난당한 사건 말입니다. 그 한쪽이 바로 '결백한 재판관들'이라고 불리는 그림이었지요. 성스러운 동물을 경배하려고 말을 타고 오는 재판관들을 그린 겁니다.

그 그림은 교묘한 모사(模寫)로 대치되었습니다. 원화를 찾아 내지 못했으니까요. 이것이 바로 그거예요. 아니, 나는 아무 관계도 없습니다. 며칠 전에 당신도 본 일이 있는 멕시코시티의 단골 가운데 하나인 그 녀석이, 어느 날 밤 취해 가지고 술 한 병 값으로 고릴라에게 팔아 버린 겁니다. 나는 주인에게 처음엔 그것을 어울리는 곳에 걸도록 권했었습니다.

그래서 오랫동안, 온 세계에서 그들을 찾고 있는 판이었는데, 저 경건

한 재판관 나리들은 멕시코시티에서 주정꾼들과 기둥서방들 위에 자리 잡고 있었답니다.

그러다가 내 요청에 따라서 고릴라는 여기에다 맡겨둔 거예요. 그 녀석은 좀 좋아하지 않는 눈치였지만, 내가 사건의 경위를 설명해 주었더니 겁을 집어먹었어요. 그때부터 저 존경할 만한 사법관들은 나의 유일한 벗 구실을 해 주고 있습니다. 그 곳 카운터 위에 어떤 빈 자리를 저들이 남겼는지 보셨지요.

왜 이것을 되돌려 주지 않았느냐고요? 아하! 당신은 형사 같은 반사 신경을 가지고 계시군요! 만약에 이 그림이 내 방에 있었다는 사실을 마침내 누가 알게 된다면 예심 판사에게 할 것과 마찬가지 대답을 당신에게 해드리지요.

첫째로 이것은 내 소유물이 아니고 멕시코시티 주인의 것이며, 대사교가 가질 수 있는 것을 그가 가져서 안 된다는 법은 없기 때문입니다. 둘째로 '신비로운 어린 양'을 보며 그 앞을 지나가는 사람들 가운데 모사와 원화를 구별할 수 있는 사람은 아무도 없고, 따라서 내 탓으로 손해를 입은 사람은 아무도 없기 때문이고, 셋째로 이렇게 감춰 두면 나는 가장 높은 자리에 설 수 있기 때문입니다. 가짜 재판관들이 세상 사람들의 감탄의 대상이 되어 있는데, 진짜 재판관들은 나만이 알고 있으니까요. 넷째로는 이렇게 해둠으로써, 나는 감옥에 보내질 기회를 얻을 수도 있을 것이며, 이러한 생각에는 유혹마저 느끼게 되니까요. 다섯째로 이 재판관 나리들은 어린 양을 만나러 가는데, 이미 어린 양이나 결백성은 없으며, 따라서 이 그림을 훔친 교묘한 범인은 거역하지 말아야 할 알지 못할 정의의 일꾼이기 때문입니다.

끝으로 이리하여 우리는 질서를 되찾을 수 있기 때문입니다. 결백은 십자가 위에, 정의는 벽장 속에, 이렇게 정의와 결백이 결정적으로 나뉘게 되었으니 나는 나의 신념에 따라 자유 행동을 취할 수 있단 말입니다. 수많은 실망과 모순을 겪고 나서 들어앉게 된 고해 판사란 어려운 직업을 나는 정직하게 수행할 수 있을 터이고, 당신이 떠날 때도 되었으니, 이제는 이 직업이 어떠한 것인가를 이야기 해야겠습니다.

그러기에 앞서 몸을 일으키고 숨을 좀 편히 쉬게 해 주십시오. 아! 참 피곤합니다! 저 재판관들을 자물쇠로 채워 잠가 주세요. 고맙습니다. 고해 판사의 일을 지금 이 순간에도 나는 하고 있습니다.

보통 나의 사무실은 멕시코시티에 있습니다만, 본디 중대한 천직들이란 일터 밖으로 이어지는 법입니다. 침대에 누워서도, 열에 들떠서도 나는 일합니다. 그리고 이 직업이란, 하는 게 아니라 늘 숨쉬는 겁니다. 사실 지나간 닷새 동안 내가 당신에게 그렇게 길게 이야기한 것이 그저 장난삼아 한 일이라고는 생각하지 마십시오. 아니에요. 옛날엔 쓸데없이 빈 말을 퍽 많이 지껄였습니다만 지금의 내 이야기에는 일정한 방향이 있어요. 물론 웃음을 그치게 하고 빠져 나갈 길이 없어 보이더라도 자신의 심판을 회피하려는 생각에 따라서 방향이 정해져 있습니다.

심판을 회피함에 있어 가장 큰 장애는 우리들 자신이 누구보다도 먼저 자신의 죄를 알고 있다는 사실 아니겠습니까. 그러니까 먼저 조그마한 죄라도 모든 사람에게 무차별하게 넓혀 나갈 필요가 있습니다. 그러면 벌써 조그마한 죄가 좀 희미해지니까요.

누구에게도 변명은 있을 수 없다, 이것이 나의 출발점의 원칙입니다. 선량한 동기며 동정할 만한 잘못, 실수며 참작해야 할 만한 정상(情狀), 이 모든 것을 나는 인정하지 않습니다. 나는 축복을 해 주는 일도 없고, 사면을 베풀어 주는 일도 없습니다. 그저 셈을 하고 나서는 '합계가 얼마이다. 너는 배덕자다, 너는 색마다, 너는 거짓말쟁이다, 너는 남색광이다, 너는 예술가다.' 하는 식입니다.

그렇게 또박또박 따지지요. 철학에 있어서나 정치에 있어서나 나는 인간의 무죄를 거부하는 이론에 찬성하고 인간을 죄인으로 다루는 방법에 찬성합니다. 보시다시피 나는 명철한 노예 제도 지지자입니다.

노예 제도 없이는 결정적인 해결이 있을 수 없습니다. 나는 곧 그걸 깨달았어요. 옛날엔 나도 입만 벌리면 자유를 이야기했었습니다. 아침 식사 때 빵에다가 발라 하루 종일 그걸 씹고 다니면서 자유의 맛이 그윽하게 풍기는 입김을 세상에 퍼뜨리고 다녔었지요. 반대 의견을 가진 자들에게 나는 그 어마어마한 말로 후려갈기고 그것을 내 욕망과 권력의 도구로 삼았습니다.

침대 속에서 여자들의 잠든 귀에다 대고 그 말을 소곤거리면 여자들도 쉽게 뻗어 버리더란 말입니다. 그 말을 살그머니……허어, 흥분해서 너무 도가 지나쳤습니다. 그렇다곤 하지만, 자유를 더 공정하게 사용한 적도 있었고, 두서너 번 그걸 지키려고 한 일도 있었습니다. 철없는 짓이었지요. 그 때문에 목숨을 바칠 정도는 아니었지만, 약간의 위험을 무릅쓰기까지 했었어요. 그러한 경솔한 짓을 한 건 용서하셔야 할 겁니다. 내가 무슨 일을 하고 있는지 나 자신도 몰랐었으니까요. 자유라는 것이 무슨 상 같은 것도 아니고, 샴페인으로 축하하는 훈장 같은 것도 아니라는 것을 나는 몰랐었어요. 또 무슨 선물이나 입술을 즐겁게 해 주는 달콤한 과자 상자도 아니라는 것을. 아니고말고요. 반대로 자유는 고역이지요. 참으로 외롭고 넌덜머리나는 장거리 경주입니다.

샴페인도 없고 다정스럽게 마주 보며 술잔을 들어 줄 친구도 없습니다. 침울한 방 속에서 외로이, 재판관들 앞 좌석에 홀로 자리잡고 있을 뿐입니다. 그리하여 자기 자신과 같은 사람들의 심판 앞에서 자신이 홀로 결정을 내려야 합니다. 모든 자유 끝에는 판결이 기다리고 있습니다. 그렇기 때문에 자유는 너무나 무거운 짐이요, 열이나 괴로움이 있든지,

아무도 사랑하는 사람이 없을 적에는 더구나 그렇습니다.

아아! 여보세요. 신도 주인도 없이 고독한 사람에게는 나날의 무거운 짐은 지긋지긋한 법입니다. 자기의 지배자를 택하지 않으면 안 됩니다. 신은 이미 유행에 뒤떨어졌으니 말입니다.

게다가 이 신이란 말에는 이미 아무 뜻도 없습니다. 일부러 그런 말을 써서 남의 비위를 거스를 필요는 없을 겁니다. 가령 여간 근엄하지 않고 이웃은 물론 무엇이나 사랑하는 저 모럴리스트들, 그들을 그리스도 교도의 상태와 구별짓는 것은 결국 아무것도 없습니다. 다만 교회에서 설교를 하지 않는다는 점만이 다를 뿐입니다. 개종하면 될 것을 하지 않는 까닭은 무엇일까요? 당신 생각엔 어떻습니까. 아마도 다른 사람들에 대한 체면, 그렇습니다. 사회적 체면 때문일 테지요. 그들은 스캔들이 일어나기를 바라지 않는 까닭에 본심을 드러내지 않으려고 합니다. 나는 밤마다 기도를 드리는 어느 무신론자와 알게 된 일이 있었습니다. 그렇다고 해서 그의 행동에는 조금도 다름이 없었습니다. 책 속에서 신에 대하여 하는 소리는 어떠했겠습니까! 이름은 생각 안 나지만 어떤 사람의 표현을 빌리자면 마구 써갈기는 것입니다.

어느 자유 기고가에게 그 사실을 알렸더니 악의를 가지고 한 일은 아니었지만, 그 사도는 팔을 하늘로 쳐들고,

"조금도 새로운 이야긴 아닙니다. 그들은 모두 그 모양이니까요."
하고 탄식하는 것이었어요. 그의 말을 믿는다면 자기가 쓴 책에 서명하지 않을 수만 있다면 우리 나라 저술가의 80퍼센트는 신의 이름을 쓰고 경배하리라는 겁니다.

그렇지만 그의 말에 따르면 그들은 자신을 사랑하기 때문에 서명하고, 서로 미워하기 때문에 아무것도 경배하지 않는다는 겁니다. 그러면서도 심판만은 안 하고 배기지 못하니까 도덕을 내세웁니다. 요컨대 녀

석들은 덕스러운 악마주의의 무리지요. 참말 야릇한 시대입니다! 그러니 머리들이 어수선한 것도 놀랄 일은 아니고, 나무랄 데 없는 남편이었을 때에는 무신론자였던 나의 어느 친구가 간통을 하게 되자 종교를 가졌다는 사실도 놀랄 것은 못 됩니다.

아아! 음험한 졸때기 희극배우, 위선자 녀석들! 그렇지만 가엾기도 하군요. 여보세요. 정말 어느 녀석이나 모두다 그래요. 하늘에다 불을 지를 적에도 그렇습니다. 무신론자이건, 독실한 신자이건, 모스크바 파(派)이건, 보스턴 파이건, 모두 대대로 이어온 그리스도 교도들입니다. 그렇지만 이제는 아버지도 규칙도 없습니다! 우리는 자유로워졌습니다. 그러니 저마다 자기 힘으로 어떻게든지 해야 할 것인데, 그들은 무엇보다도 자유와 그에 따르는 판결을 바라지 않으니까 벌을 달라고 애원하며 무시무시한 규칙을 꾸며 내고 교회를 대신할 화형대를 쌓아올리는 일에 광분합니다. 사보나롤라 같은 녀석들입니다. 그런데 그녀들은 죄만 믿고 은총은 믿지 않습니다. 물론 생각은 하지요. 은총, 그것은 그들도 바라는 것이란 말입니다. 긍정, 신뢰, 삶의 행복, 그런 걸 바랄 것이고, 또 녀석들은 감상적이니까 결혼의 약속이라든가, 순결한 처녀라든가, 정직한 사내라든가, 음악 같은 걸 바라는지도 모를 겁니다. 가령 감상적이 아닌 무얼 꿈꾸었는지 아십니까? 온 마음과 몸을 불사르는 완전한 사랑, 밤낮으로 계속되는 끊임없는 포옹 속에서 쾌락과 흥분의 5년을 보내고 다시 죽었으면 하는 거였죠. 오호라!

그런데 티없는 약혼 시절도 끊임없는 사랑도 없으니 폭력과 채찍을 휘두르는 짐승 같은 결혼일 수밖에 없지요. 요는 모든 것이 어린애에게 있어서처럼 단순해지고, 모든 행동이 명령에 따르게 되고, 선과 악이 강압적으로, 따라서 명확하게 규정되는 일입니다.

야만인 같은 기질을 가졌고 게다가 손톱만치도 그리스도 교도가 아닌 나도(그들 가운데 첫 번째 사람에 대해서는 우정을 느끼고 있습니다만), 그것에는 찬성입니다. 파리의 다리 위에서 나 역시 자유가 무섭다는 것을 알았으니까요. 그러니까 그것이 누구든지간에, 하늘의 계명을 대신할 지배자는 대환영을 받습니다.

'감정적으로 이 곳에 계신 우리 아버지……우리의 지도자, 달갑게 엄하신 우리의 상전, 오! 준엄하고 사랑받고 인도자이시여……'

결국 그러니까 요는 자유를 버리고 회한 속에서 자기보다 더 불량한 녀석에게 무조건 따르는 겁니다. 우리들이 모두 죄인이 되면, 그때는 민주주의가 실현될 겁니다. 외롭게 죽어야 한다는 것에 대한 앙갚음을 해야 한다는 일은 별도지요. 죽음은 고독한 것이지만 굴종은 집단적입니다. 다른 사람들에게도 우리들과 마찬가지로 허물이 있다. 그것이 중요한 겁니다. 결국 모두 모이게 되는 거지요. 그러나 무릎을 꿇고 머리를 숙이고 말입니다.

사실 사회를 닮아서 살아가는 것이 상책 아니겠습니까? 그러자면 사회가 나를 닮아야 하지 않겠습니까? 위협, 불명예, 경찰 등은 그러한 닮음을 보장하기 위한 비적(秘蹟)입니다. 업신여김당하고 꼼짝할 수 없이 얽매이게 되면, 나는 나의 역량을 마음껏 발휘할 수 있고 그대로의 나의 인생을 향락할 수 있고, 요컨대 자연스러울 수 있습니다. 여보세요. 그렇기 때문에 나는 자유를 성대하게 예찬하고 나서 곧 그것을 누구에게든지 맡겨 버려야 하겠다고 슬그머니 결심한 거예요. 그리하여 기회 있을 적마다 나는 멕시코시티 교회당에서 설교를 하고 따르도록, 굴종의 안락을 겸허하게 빌도록 대중에게 권유하고 있습니다. 굴종을 참된 자유라고 말해도 괜찮으리라는 각오를 하고서 말입니다.

그렇지만 나는 얼빠진 놈은 아닙니다. 노예 제도가 당장에 실현되지는 않으리라는 것은 나도 알고 있습니다. 그것은 먼 앞날에 이룩될 혜택

가운데 하나일 것입니다. 그때까지 나는 현재에 대처하여 적어도 잠정적으로나마 무슨 해결책을 찾지 않으면 안 됩니다. 그래서 나는 내 어깨 위에 내리덮이는 심판을 가볍게 만들기 위해서 그것을 모든 사람에게 넓혀 가는 다른 방법을 하나 찾아보아야만 했던 겁니다.

그 방법을 발견했어요. 창문을 좀 열어 주십시오. 여간 덥질 않군요. 너무 열진 마세요. 춥기도 하니까요. 나의 생각은 간단하면서도 풍요합니다. 자기의 햇볕에 몸을 쬘 권리를 얻기 위해서 모든 사람들을 목욕물 속으로 밀어넣자면 어떻게 해야 할 것인가? 현대의 많은 저명 인사들처럼 설교단에 올라서서 인류를 저주해야 할까? 그건 매우 위험합니다! 어느 날 밤, 비웃음이 느닷없이 터지고 맙니다. 남에게 내리는 판결이 결국은 이편 얼굴로 곧장 튀어와 상당한 상처를 입히게 됩니다.

그렇다면 어떻게 해야 하느냐고요? 들어 보십시오. 희한한 방법이 있습니다. 지배자들과 그들의 채찍이 나타날 때까지, 우리들은 승리를 거두기 위하여 코페르니쿠스가 한 것처럼 추리를 역전시켜야 하리라는 것을 나는 깨달았습니다. 자기 자신은 심판하지 않고 남을 심판한다는 것은 불가능한 일이므로, 남을 심판할 권리를 얻기 위해서 먼저 자신을 통렬히 비판할 수밖에 없습니다. 심판자는 모두 마침내는 죄인이 되고 마니까, 길을 반대로 잡아 죄인의 직책을 다하여 나중엔 심판자가 될 수 있도록 해야 할 거예요. 내 이야기를 아시겠습니까? 좋습니다. 그런데 더 분명히 이해하실 수 있도록 내가 어떻게 일을 하는지 이야기하지요.

먼저 나는 변호사 사무소를 닫아 버리고 파리를 떠나 여행을 했습니다. 이름을 다른 것으로 갈고 손님이 조금 있을 어느 고장에서 자리를 잡아 볼 생각을 했어요. 세상에는 그러한 고장이 많이 있습니다만 우연과 편의와 운명의 장난과 또 일종의 고행에 대한 필요성으로 인해서 물과 안개의 수도, 운하가 코르셋을 입힌 듯하고 유달리 번잡하며 온 세계에서 몰려온 사람들이 찾아드는 도시를 고르게 되었습니다.

나는 사무소를 뱃사람들이 오가는 구역의 어느 바에 차렸습니다. 항구의 고객은 천차만별입니다. 가난한 사람들이 호화로운 곳에 가는 일은 없지만 의젓한 사람들은 이곳 저곳을 떠돌다 언제나 당신도 보신 것처럼 적어도 한 번쯤은 평판이 좋지 않은 장소에 닿게 마련입니다. 나는 특히 부르주아를, 어쩌다가 우연히 발을 들여놓게 되는 부르주아를 노립니다. 그들은 내가 최대한의 능률을 발휘할 수 있는 상대라고 할 수 있습니다. 나는 능란한 솜씨로 그러한 상대방과 더불어 가장 세련된 말투를 끌어 냅니다.

그처럼 나는 얼마 전부터 멕시코시티에서 나의 유익한 직업에 종사하고 있는데 먼저 당신도 경험하신 것처럼 될 수 있는 대로 자주 공공연한 고백을 합니다. 나는 쉴새없이 자신을 고발합니다. 어려운 일은 아닙니다. 이제는 외우고 있을 정도이니까요. 그렇지만 주의하세요. 나는 쑥스럽게 마구 가슴을 두드리면서 자책하진 않습니다.

그렇게 하는 것이 아니라 이야기를 부드럽게 하고, 수많은 뉘앙스를 붙이고, 여담도 섞고, 요컨대 이야기를 듣는 사람의 기질에 맞추어 그로 하여금 효과를 더 한층 높이게 하는 겁니다.

나에 관한 일과 다른 사람들에 관련된 일을 섞기도 하고, 누구에게나 공통되는 점, 우리들이 다 함께 겪는 고통의 경험, 우리들이 모두 가지고 있는 약점 따위를 들어 이야기 하기도 하고 어엿한 것, 내 속에서도 다른 사람들 속에서도 날뛰고 있는 현대인이라는 것을 논의 대상으로 삼기도 합니다.

그것들을 가지고 나는 모든 사람의 것이며 동시에 누구의 것도 아닌 초상화를 만들어 냅니다. 말하자면 그건 하나의 가면인데 사육제에서 볼 수 있는 것들과 아주 닮은 것으로, 뚜렷하면서도 단순화된 것이어서

사람들은 그것을 보며, '이것 보게, 어디서 만난 적이 있는 녀석인데!'
하고 생각하게 됩니다. 오늘 저녁처럼 초상화가 다 되면 나는 그것을 보
이고 비탄을 금치 못하며,
　“이것이 나의 꼴입니다!”
하고 말하지요. 논고가 끝난 것입니다. 그러나 그와 더불어 내가 나의
동시대 사람들에게 보이는 초상화는 거울이 되어 버립니다.
　재를 뒤집어쓰고, 지그시 머리털을 쥐어뜯고, 손톱으로 얼굴을 할퀴면
서, 그러나 날카롭게 눈을 부릅뜨고, 나는 모든 인류 앞에 버티고 서서
끊임없이 내가 일으키는 효과를 꿰뚫어 보고는 나의 치욕을 추려 이렇
게 말합니다.
　“나는 말단 가운데서도 가장 말단인 놈이었습니다.”
　그리고는 이야기 도중에 슬그머니 나라는 말로부터 우리들이라는 말
로 옮겨갑니다.
　“우리들의 꼴을 보십시오.”
하고 말하는 대목에 이르면 일은 다 된 셈이어서, 나는 그들의 정체를
폭로할 수 있습니다.
　물론 나도 그들과 마찬가지요, 우리들은 모두 같은 흙탕물 속에 빠져
있지요. 그렇지만 나는 그것을 알고 있다는 우울성을 가지고 있으니까,
나에게는 이야기할 권리가 있는 셈입니다. 그게 유리하다는 것은 물론
아시겠지요. 자신을 고발하면 할수록 당신으로 하여금 당신 자신을 심
판하도록 만들어 버리는데, 그것이 나에게는 위안이 되거든요. 아아! 정
말 우리들은 야릇하고 가련한 존재입니다. 조금이라도 자기의 지나온
삶을 돌이켜본다면, 스스로 놀라고 스스로 자기 자신을 괘씸하게 여기
게 될 기회는 참으로 많습니다. 한 번 해 보세요. 당신 자신의 고백을
크나큰 형제애를 가지고 틀림없이 들어 드리겠습니다.

웃지 마십시오. 물론 당신이 상대하기 어려운 손님이라는 건 처음부터 알았습니다. 그렇지만 어차피 당신도 그렇게 하고야 말 겁니다. 그건 피할 수 없는 일이에요. 다른 사람들은 대개 이성적이라기보다는 감상적이어서, 한 번에 꼼짝 못하게 할 수 있어요. 지성이 강한 사람들은 시간이 걸리지만, 그들에겐 방법을 철저히 설명해 주면 됩니다. 그들은 잊어버리지 않고 다시 생각을 하게 됩니다.

어느 날에 가서든지 마지막엔 반은 장난삼아, 반은 어지러운 마음을 못 이겨 일을 시작하게 돼요. 당신은 지성이 강할 뿐만 아니라 닳기도 한 것 같군요. 그렇지만 닷새 전보다 오늘은 당신 자신에 대한 만족감이 덜하다는 건 사실이지요? 이젠 당신이 나에게 편지를 보내 주시든지, 나를 다시 찾아 오시든지 하리라고 여기고 기다리겠습니다.

당신은 틀림없이 다시 돌아오실 테니까요! 전혀 달라지지 않은 나를 발견하게 될 것입니다. 내게 어울리는 행복을 찾았는데 내가 달라질 까닭이 어디 있겠습니까? 나는 이중성을 한탄하지 않고, 그것을 받아들이기로 했어요. 오히려 그 속에 나는 자리잡고 들어앉아, 일생 동안 찾아온 편안함을 거기서 발견한 겁니다.

요는 심판을 회피하는 것이라고 했는데, 정말은 그 말엔 이가 맞지 않는 구석이 있습니다. 중요한 건 이따금 큰 소리로 자기 자신의 추악함을 공개할 셈치고 무엇이든지 하고 싶은 일을 무엇이나 다하게 되었는데 이제는 웃음소리는 들리지 않습니다. 나는 생활을 바꾸지 않고 여전히 자신을 사랑함으로써 다른 사람들을 이용하고 있습니다. 다만 잘못을 모두 털어놓기 때문에 전보다 가벼운 마음으로 그런 일을 다시 할 수 있고 자신의 본성과 흐뭇한 회한(悔恨)을 이중으로 즐길 수도 있습니다.

해결책을 발견한 뒤로 나는 무엇에나 몸을 맡기고 있습니다. 여자에

도, 오만에도, 권태에도, 원한에도 그리고 지금도 몸이 달아오르는 것을
흐뭇하게 느끼고 있습니다만, 이 신열에게도 드디어 군림하게 되었습니
다. 그것도 영원히, 나는 다시금 꼭대기를 발견한 셈인데, 거기엔 나밖에
오를 수 없고, 거기서 나는 모든 사람들을 심판할 수 있습니다. 이따금
밤이 정말 아름다울 때는 멀리서 웃음소리가 들려 와서 다시 의심을 품
기도 합니다만, 그러면 재빨리 인간이고 무엇이고 모든 것을 나 자신의
결함의 무게로 짓눌러 버리지요. 그리고 나는 다시 원기를 얻습니다.

　그러니까 나는 언제까지라도 당신이 멕시코시티에 경의를 표시하러
나타나기를 기다리겠어요. 그런데 이 이불을 좀 젖혀 주십시오. 숨을 쉬
어야겠습니다. 다시 오시겠지요. 내 기술의 세세한 점까지 보여 드리겠
습니다. 당신에게 일종의 애정을 느끼니까요. 자신들이 추악하다는 걸
내가 밤새도록 그들에게 가르쳐 주는 장면을 볼 수 있으실 겁니다. 하긴
오늘 밤부터 또 시작하겠습니다. 하지 않고는 못 배기고, 또 그 가운데
한 녀석이, 알코올 탓도 있고 하여 쓰러져서는 가슴을 두드리는 그 순간
을 놓치고는 견딜 수 없습니다.

　그렇게 하면 무엇보다도 나 자신이 커지는 것을 느낄 수 있거든요.
커져서 자유로이 숨을 쉬고, 산 위에 서 있게 되고, 눈 아래로는 벌판이
널따랗게 내려다보이지요. 자기 자신을 만물의 아버지인 신으로 느끼는
그 도취감! 그리고 그릇된 생활과 품행의 결정적인 증명서를 줄 때의
그 도취감! 나는 나의 흉악한 천사들에게 둘러싸인 채 네덜란드의 하늘
꼭대기에 서서, 최후의 심판을 받으려는 사람들이 짙은 안개와 물을 헤
치고 나에게로 올라오는 것을 바라봅니다.

　그들은 서서히 떠오르는데, 벌써 그 가운데 첫 번째 사람이 내게 다
다른 것을 봅니다. 손으로 절반쯤 가린 그의 얼빠진 얼굴에는 인간 조건
에 대한 슬픔과 그것을 피할 길 없는 데서 오는 절망이 새겨져 있습니

다. 나는 그들을 사면함이 없이 가엾게 여기고, 용서하지 않고 이해할 뿐, 그리고 무엇보다도 아아! 사람들이 마침내 나를 경배한다는 것을 느낍니다.

네, 나는 꿈틀거리고 있어요. 어떻게 가만히 누워 있을 수 있겠습니까? 나는 당신들보다 더 높은 곳에 있어야 하겠거니, 그런 생각을 하면 몸이 저절로 솟아오릅니다. 그러한 밤이면, 아니 차라리 그러한 아침이면—— 왜냐 하면 전락(轉落)은 새벽녘에 일어나는 것이니까요—— 나는 밖으로 나가 흥분된 발걸음으로 운하를 따라 걷습니다. 희멀건 하늘에는 날개구름이 엷어지고 비둘기들은 더 높이 떠오르고 지붕 위의 장밋빛 여명이 나의 창조의 새로운 하루를 알려 줍니다.

담라크의 큰길에선 첫 전차가 눅눅한 공기 속에서 딸랑거리며 유럽 한 끝에서 삶을 깨우치는 종소리를 울립니다. 그 시각에 온 유럽에서는 나의 신하들인 몇 억의 인간들이 일터를 향해 가야만 합니다. 그러할 때 나는 나도 모르게 나에게 매여 있는 온 대륙 위로 상념을 타고 떠올라 아침 햇빛을 압상트처럼 마시며 거친 연설에 도취되어 나는 행복합니다. 행복하단 말이에요. 내가 행복하다는 걸 믿지 않아서는 안 됩니다. 죽기라도 할 만큼 나는 행복해요! 오오! 태양, 바닷가, 그리고 무역풍에 흔들리는 섬들, 생각만 해도 가슴아픈 청춘!

다시 눕겠습니다. 용서하십시오. 너무 흥분했던 것 같습니다. 누구에게나 어리둥절할 때가 있고, 옳은 삶의 비결을 발견했을 때라도 자명한 일에도 의심을 품게 되는 일이 있습니다. 나의 해결책은 물론 이상적인 것은 아닙니다. 그렇지만 제 삶이 마음에 들지 않아 그것을 바꿔야겠다는 것을 알았을 적에 선택의 자유는 있을 수 없지요. 안 그래요? 어떻게 다른 사람이 될 수 있겠습니까? 불가능한 일입니다. 그러자면 적어도 한 번은 아무도 아닌 사람이 되어야 할 것이고, 자기를 잊어버리고 어떤 사람이 되려고 해야 할 것인데, 그걸 어떻게 할 수 있겠습니까? 너무 괴롭히지 말아 주세요. 어느 날 카페의 테라스에서 내 손을 붙들고 놓지 않으려던 그 늙은 거지와 나는 거의 비슷합니다.

"아아! 선생님 나쁜 놈은 아닌데 빛을 못 보게 됐어요."
하고 그 거지는 말했었습니다. 우리는 빛을, 아침을 잃었고, 자기 자신을 용서하는 깨끗한 결백성을 잃어버린 겁니다.

보세요. 눈이 내립니다! 아아! 나는 가야겠어요. 백야(白夜)에 잠든 암스테르담, 눈덮인 작은 다리 밑의 비췻빛 어스름한 운하, 인기척 없는 거리, 소리 없는 나의 발걸음, 이것이야말로 내일의 흙탕이 다가오기 전에 잠시나마 누릴 수 있는 순결한 정경일 것입니다. 커다란 눈송이 같은 것이 유리창에 휘날리는 걸 보세요. 틀림없이 비둘기들일 겁니다. 마침내 밑으로 내려올 생각을 한 모양입니다. 운하도 지붕도 두꺼운 날개의 이불로 덮어 버리고 모든 창가에서 파닥거리고 있습니다.

굉장한 침입입니다. 좋은 소식을 기대합시다. 선택받은 자들 뿐만 아니라 모든 사람들이 구원을 받을 것이오. 부귀도 고통도 골고루 나뉘어지고, 가령 당신은 오늘부터 나를 위해 밤마다 방바닥에 눕게 될 것입니다. 모두가 한결같이 거문고를 울리게 될 것이지 뭡니까! 만약에 하늘에서 수레가 내려와 나를 실어 간다면, 또는 갑자기 흰 눈에 불이 붙는다면 당신은 어리둥절할 겁니다. 그건 믿을 수 없는 일이라고요? 나도 믿지 않습니다. 그렇지만 어쨌든 나는 나가야겠습니다.

네, 네, 가만히 있겠습니다. 걱정 마세요! 그런데 내 감상이나 흥분을 너무 믿어서는 안 됩니다. 계획적인 것이니까요. 자, 이제는 당신이 이야기할 차례가 되었으니 내 열렬한 고백의 목적 가운데 하나가 이루어졌는지 어떤지 알 수 있겠군요. 사실 나는 지금도 내 이야기를 듣는 분이 형사여서 '결백한 재판관들'의 도난 사건으로 나를 체포해 주기를 기대하고 있습니다. 그러나 다른 일로는 아무도 나를 체포할 수 없습니다.

그렇지만 그 도난 사건으로 말하자면 법률에 어긋날 뿐만 아니라, 나도 그 공범으로 몰리도록 모든 일을 꾸며 놓았습니다. 나는 그 그림을 감추어 두고 있으면서 보고 싶어하는 사람에겐 보여 주고 있거든요.

그러니 당신이 나를 체포해 주신다면 좋은 계기가 될 겁니다. 아마 뒷일을 맡아서 해 줄 사람이 있을 터이고, 가령 나는 목을 잘리게 될지도 모르고, 그러면 죽음이 두렵지 않게 될 테니까 구원을 받을 수 있을 테지요.

그때엔 모여든 군중 위로 아직 살아 있는 듯 내 머리를, 그들이 알아볼 수 있도록, 그리고 내가 다시금 그들을 지배할 수 있도록 쳐들어 주십시오. 그렇게 되면 모든 것이 끝나고, 광야에서 울부짖으며 거기서 나오기를 거부하는 사이비 예언자의 생애를, 보이지도 알려지지도 않은 채 마무리지을 수 있을 겁니다.

그렇지만 물론 당신은 형사가 아닙니다. 그렇다면 일은 너무나 쉬울 겁니다. 뭐라고요? 아아! 그럴 줄 알았어요. 당신에게 이상한 애정을 느꼈었는데 까닭이 있었군요. 당신도 파리에 가서 변호사란 재미있는 직업을 가지세요! 우리들이 같은 족속의 사람이라는 걸 알고 있었습니다. 우리들은 결국 모두 비슷비슷하지 않을까요? 미리부터 대답을 알면서도 늘 똑같은 의문과 맞대고 끊임없이 어느 누구에게 하는 것도 아니건만 줄곧 지껄이고들 있지 않습니다까? 그러니 이야기해 주세요—— 어느 날 저녁 세느 강가에서 당신에게 어떠한 일이 일어났으며, 어떻게 하여 당신의 목숨을 건지는데 성공하였는지 그걸 말씀해 주세요.

여러 해 동안 밤마다 내 머릿속에서 울리던 그 말, 그리고 이제 드디어 당신의 입을 통하여 내가 하게 될 그 말을 당신 자신이 해 주십시오.

"오오! 아가씨여! 내가 이번에 우리들 두 사람을 함께 구원할 수 있도록 다시 한번 물 속에 몸을 던져 주렴!"

다시 한번! 어때요! 무슨 경솔한 이야기겠습니까? 여보세요.

만약에 그 말을 곧이 듣는다면 어떻게 되겠어요? 정말 그대로 해야
할 테죠. 아이구 떨려……물은 몹시 차갑거든요! 그렇지만 마음놓읍시
다. 이제는 때가 늦었습니다.

영원히 때는 늦었어요. 잘 된 일이지 뭡니까! World Best

《이방인 *L'etranger* ・전락 *La Chute*》 바로 읽기

조화(調和)와 균형(均衡)의 작가

전후 프랑스 문학에 있어 최대의 존재는 사르트르지만 어떤 의미에서 현대인에게 사르트르보다도 카뮈가 더욱 호소력이 있어 보이는 것은 그의 성실성 때문일 것이다. 따라서 카뮈에게 '신(神) 없는 성인(聖人)' 또는 '현대의 증인'이라는 명예로운 칭호가 부여되는 이유도 바로 여기에 있을 것이다. 그러므로 그가 우리에게 많은 아쉬움을 남기고 타계하기까지의 업적을 다시 한번 살핀다는 것은 곧 우리들 자신의 고민과 희망과 위대성을 재확인하는 것이 될 것이다.

카뮈는 1913년 11월 7일 프랑스의 식민지였던 알제리의 콩스탕틴 현(縣) 몽드비에서 태어났다. 가난한 농사꾼이었던 아버지 뤼시앵 카뮈는 아들이 태어난 다음 해에 1차 세계 대전에 참가하였다가 마른 전투에서 전사했다. 어머니 카트린 생투아는 스페인 출신으로 프랑스 어를 전혀 몰랐다. 그녀는 남편이 죽은 후 두 아들 뤼시앵과 알베르를 기르기 위해서 갖은 고생을 다하지 않으면 안 되었다. 두 아들을 데리고 알제리 시의 서민들이 사는 동네 벨쿠르에 있는 친정 어머니의 아파트로 가서 배우 출신의 오만한 늙은 친정 어머니와 포도주 통 만드는 것을 직업으로

삼고 있는, 거의 벙어리와 다름없는 남동생과 함께 방 두 개에 다섯 식
구가 사는 가난한 생활을 해 나갔다. 그러나 그들은 불만을 품거나 남을
부러워하거나 원망하지 않고 빈곤을 견뎌 나갔다. 후에 카뮈가 "내가 자
유를 마르크스 속에서 배우지 않은 것은 사실이다. 나는 가난 속에서 자
유를 배웠다"고 술회했듯이 가난한 생활이었지만 카뮈는 고향에 대해서
일평생 변함없는 사랑을 바쳤다.

카뮈는 1918년에서 1923년까지 초등학교 과정에서 뛰어난 재능을 나
타내어 담임 교사 루이 제르맹의 총애를 받았다. 그의 재능을 아깝게 여
긴 담임 교사가 그에게 특별히 개인 지도를 해 주기까지 하였다. 노벨
문학상 수상 연설이 책으로 출판되었을 때 카뮈는 이 책을 옛 스승에게
바쳐 깊은 감사를 표명했다.

1923년에서 1930년까지 알지에 중고등학교 시절에는 성적이 우수하
여 장학생으로 공부했으며 축구팀에서 골키퍼로 활약하면서 운동에 열
중했다. 그러나 17세 되던 해에 폐결핵의 첫 발작이 일어나서 좋아하던
운동을 단념해야 했을 뿐만 아니라, 1930년에서 1936년까지의 대학 생
활에도 적지 않은 지장을 받았다. 그러나 불행중 다행인 것은 철학자이
며 교수인 장 그르니에를 알게 되어 그의 영향을 받고 철학과 문학에
뜻을 둔 사실이다. 이 스승과 제자간의 우정은 평생을 두고 꾸준히 계속
되었다.

한편 20세에 결혼했으나 1년만에 이혼하고 공산당의 회교도 해방 운
동에 공면하여 알지에 지구 공산당에 입당한다. 거기서 그는 공산당의
회교도에 대한 선전을 맡게 되지만 곧 당의 정책 변경에 싫증을 느껴
탈당, 공산당과의 관계를 끊어 버렸다.

알지에 대학교의 학생 시절에 그는 장학금을 받았으나 집으로부터
생활비를 받을 수 없었던 그는 여러 가지 아르바이트를 해야만 했다. 대

학의 기상반에 들어 남부 지방의 기압 상태 조사에 참가하기도 하고, 자동차의 부품 판매원 노릇도 하고, 《이방인》의 뫼르소처럼 해운업자에게 고용되기도 하고, 현청의 사무원 노릇을 하기도 하면서 순수한 대학 생활에서는 해 볼 수 없는 귀중한 체험을 했다.

이렇게 힘들고 바쁜 생활 가운데에서도 지드, 말로, 몽테블랑 등 많은 작가들의 작품을 탐독했고, 체코슬로바키아, 이탈리아로 여행을 했고, 알지에 문화관을 주관하기도 했으며, 특히 연극 활동에 참가하기도 했다. 아마추어 극단을 꾸며서 배우로 무대에 서기도 하고 연출도 했으며 말로와 도스토예프스키의 작품을 각색하기도 했다. 그리고 이때 수필집 《표리(表裏)》를 쓰기 시작하면서 정치극 《아스튀리의 반란》을 공동 집필했다.

1936년 플로티노스와 성 아우구스티누스의 작품을 통해 본 헬레니즘과 그리스도교와의 관계를 쓴 졸업 논문 〈그리스도교와 신 플라톤 주의의 형이상학〉이 통과되었다. 이 시기의 카뮈는 앙드레 말로에 관한 평론을 쓰려고 시도해 보기도 하였다. 당시의 대학 교수 자격 시험 응시는 건강하지 않으면 안 되었다. 그는 17세 때 앓던 폐결핵 재발에 시달려 철학 교수 자격 시험을 단념했다. 졸업 후에는 파스칼 피아의 추천으로 극좌파의 기관지인 일간지 「알지에 레퓌블리캥」 신문사에 입사하여 잡보 기사에서 논설에 이르기까지 모든 부분의 기사를 쓰면서 여론의 옹호자로서의 태도를 견지해 나갔다.

1938년에는 인생과 자연의 결합을 주제로 한 서정적 에세이 《결혼》을 발표했다. 여기서 그는 알제리 풍경의 강한 인상을 정열적으로 그리고, 반짝이는 대낮의 태양을 쬐며 미지근한 바닷물에 잠겨 자연과 한 덩어리가 되는 인간의 희열(喜悅)을 그렸다. 이 싱싱한 청춘의 노래는 그보다 한 해 전인 1937년에 나온 최초의 수필집 《표리》와 죽은 후에 출판

된 수첩 1 〈태양의 찬가〉와 함께 그의 지중해적인 사상과 감정의 형성을 보이는 중요한 문헌이 되었다.

제2차 세계 대전이 일어나자, 카뮈는 군대에 들어가기 위해 지원했으나 건강 상태가 나빠서 받아들여지지 않았다. 1940년에는 오랑 출신의 처녀 프랑신 포르와 재혼한다. 그들 사이에는 나중에야 아들 딸 쌍둥이가 태어났다. 그 해 「알지에 레퓌블리캥」에 카뮈가 집필한 북아프리카 문제에 관한 기사가 당국의 비위를 건드려서 카뮈는 알지에에 머물러 있을 수 없게 되었다. 다시 한번 파스칼 피아가 추천하여 「파리 수아르」 신문사의 기자로 입사하여 1941년 6월까지 근무했다. 그는 이때 《이방인》을 탈고하고 에세이 《시지프스의 신화》를 쓰기 시작했는데, 때마침 독일군의 파리 입성이 있었다. 에세이 《시지프스의 신화》가 탈고되었으며 1942년 갈리마르 출판사를 통해 《이방인》을 출간하는 한편, 말로, 지드, 사르트르 등과도 사귀었다.

당시에 그는 「콩바」 지에 관여하며 독일군 점령하에서 레지스탕스 운동에 참가하고 있었는데, 이때 비밀리에 출간된 《이방인》은 2차 세계 대전 전후에 발표된 어떤 작가의 어떤 작품보다도 선풍적인 반향을 불러일으켰다. 《이방인》은 현대 사회의 메커니즘 속에 처져 있는 모순과 현대인의 생활 감정 가운데에 잠긴 부조리(不條理)의 의식을 명확하게 표현한 작품이며, 고독감과 인생의 모순을 고백적 감상 형식으로 해설한 《시지프스의 신화》와 함께 큰 감동을 불러일으켜 광범위한 독자를 확보하여 일약 카뮈의 이름을 국제적인 것으로 만들었다.

카뮈는 빈곤과 병고를 철저히 체험한 소년 시절부터 끊임없이 죽음의 관념에 위협당하며 생과 사, 자신의 세계와의 모순, 대립에 괴로워했다. 자연 속에 묻혀 있을 때에도 도취와 불안을 깨닫고, 사회에 있어서는 절망을 느끼면서도 종교에 의지하지 않고 이 세상에서의 행복을 추구하는 숙명적인 부조리의 의식을 지니고 있었다. 이러한 자기의 사색 과정으로부터 인간은 생과 사의 모순 사이에서 살도록 운명지어졌다고 생각하여 죽음이 있음으로써 삶에 가치가 있고 삶은 사랑스러운 것이라고 논했다. 삶에의 절망이 없이는 삶에의 희망도 없다. '부조리의 철학'은 이러한 인식에 바탕하여, 인간은 싸우고 반항하면서 살아야 함을 가르치는 사상이다. 커다란 바위를 위를 향해 끝없이 밀어 올리는 시지프스, 모든 것을 거부하고 사형대에 오르는 《이방인》의 뫼르소는 카뮈가 창조한 이 부조리의 인간 전형, 바로 그것이다.

그 후 카뮈의 부조리의 사색은 전쟁, 점령, 수용소, 저항 운동 등 극한 상황 속에서 보고 들은 것과 체험에 의해서 더욱 다듬어진다. 그 이후 그는 폭력과 부정을 제거하고, 인간을 비참한 경지에 빠뜨리며, 인간성을 빼앗고, 인간의 존엄을 더럽히는 등의 사태에 의연히 맞서게 되었다. 이와 같은 사실은 그가 「콩바」지의 파리 주재 기자로 있으면서 갈리마르 출판사의 교정 위원으로 입사하고 「콩바」지의 지하 발행을 꾀하는 한편 《독일인에게 보내는 편지》를 비밀 간행한 것을 보아도 쉽게 알 수 있다.

한편 그 동안에도 작품은 쉬지 않고 발표했다. 1944년에 발표된 희곡 《오해》는 고향의 암담한 잿빛 생활을 피하여 남쪽의 밝은 빛을 미치도록 동경하는 여인 마르타의 범죄를 그린 것으로 그리 큰 성공을 거두지는 못했다. 그러나 1945년에 제라르 필라프가 주연을 맡아서 공연한 《칼리굴라》가 대성공을 거둠으로써 희곡 작가로서의 재능도 인정받게 되었다. 《칼리굴라》는 숙명에 반항하여, 사회의 관례와 도덕에 역행하여 절대적인 자유를 추구하다 자멸하는 폭군의 비극을 다룬 작품이다.

1947년에 이르러서는 장편 《페스트》가 발표되었는데, 이 작품은 《이방인》 이상으로 카뮈의 명성을 높였다. 이 작품이 간행된 며칠 후에 '비평가 상'이 수여되었을 때 이 때문에 이 상도 유명해질 것이라고 사람들이 말했을 정도로 《페스트》에 대한 사람들의 열광은 대단한 것이었다. 이 작품에 이르러서는 사회악에 도전하는 그의 적극적인 태도가 강하게 표출되어 있다. 부조리의 체험과 인식의 차원을 넘어서 인간을 절멸시키는 악과의 투쟁을 우의(寓意)적으로 다루었다. 카뮈는 전쟁 반대, 사형 반대의 입장에 섰으며, 특히 전쟁에 의한 인간의 대량 학살이나 사상범의 극형에 반대했다.

이 소설에서는 이제까지와 같은 인간의 부조리에 대한 개인적인 저항이 아니라 집단적인 반항이 그려져 있다. 페스트 균에 의해 한 도시가 봉쇄되어 유언비어가 나돌고 암시장이 번창하는 상태는 바로 전시의 파리이고, 선의의 사람들이 괴질과 싸우다 쓰러져가는 광경은 전시의 저항 운동이나 혁명기의 내란을 연상시킨다. 따라서 이 소설의 우의(寓意)는 장소나 시간을 초월하여 각국의 유사한 사건에 적용되고, 여기에 그려진 동지적 연대감과 희생적 정신에 의한 행동은 숱한 독자의 감동을 불러일으켰다. 카뮈는 이 작품의 성공으로 전후 세대의 정신적 지주로서 부각되었다.

계속해서 발표한 《계엄령》은 같은 주제를 극화한 희곡이며, 평론 《반항적 인간》은 근대의 니힐리즘의 비판이며, 그것에 대한 반항을 논한 것이다. 그가 주장하는 반항은 결코 혁명적인 행동이 아니라 차라리 점진적인 개혁을 지향하여, 극좌(極左)와 극우(極右)의 절대주의에 굴하지 않고 항시 폭력을 부정하며 중용을 터득한 수단을 사용하는 끈질긴 저항이다. 무신론자인 그는, 신을 절대시함으로써 인간다운 자유와 희망이 사라지게 되는 것을 싫어하지만 마찬가지로 역사를 절대시하는 마르크스주의, 스스로를 절대시하는 사상적, 예술적 니힐리즘에도 반대한다. 혁명가는 결국 권력을 동경하여 압제자가 되지만, 반항적 인간은 정의를 바라고 인간성을 존중하며 미를 사랑해야 한다는 것이 그 근본적인 사고 방식이다. 즉 그에 있어서는 내일의 정의를 위해서 오늘의 부정이 이루어지는 것은 용서될 수 없다.

희곡 《정의의 사람들》 가운데의 테러리스트는 목적을 위해 수단을 가리지 않는 혁명가들과는 달리 폭군을 암살하는 경우에도 죄없는 사람이 말려들 위험이 있으면 그 행동을 단념한다. 여기서 그와 같은 반항적 태도는 자기 기만이며 소극적인 것이라는 장송의 비난을 계기로 사르트르와의 사이에 사상적, 정치적인 논쟁이 벌어져 10년 가까이 계속된 두 사람의 우정은 깨어지고 말았다.

격렬한 논쟁을 치르고 나서 카뮈는 몇 편의 번안극을 발표했을 뿐 문학, 정치면에서 몇 해 동안 침묵을 지켰다. 그러나 인간의 비참에 대항하는 운동에는 적극 참여하여 1954년에는 7명의 튀니지아 인 사형수 구호 운동에 서명하고, 1953년의 동베를린 폭동, 1956년 10월의 부다페스트 봉기 때에도 공식적인 태도를 표명했다. 그러나 카뮈에게 있어서 가장 괴로운 시련은 그 후에 일어난 알제리 전쟁이었다. '그것은 나에게는 개인적인 불행이다.' 라는 말을 쓰고 있는 것을 보아서도 그의 고통은 가히 짐작이 간다. 그러나 마음과는 달리 알제리 전쟁 때는 가능한 한 정치적 발언을 삼갔다. 모두가 그의 '반항적 인간' 으로서의 사고 방식의 소산이다. 알제리 문제에 대한 1939년에서 1958년까지의 카뮈의 태도는 《시사론집》 제3권에 수록되어 있다.

4년 동안의 침묵을 깨고 1956년에는 '반항적 인간' 의 논리를 거꾸로 써서 그린 풍자 소설 《전락》을 발표했다. 이어서 1957년에는 단편집 《추방과 왕국》을 발표했다. 이 밖에도 카뮈는 많은 소설, 희곡, 수필집을 발표하고 사르트르와 더불어 실존주의 문학을 대표하는 작가가 되었다.

1957년 10월 17일 카뮈의 전 작품에 대하여 노벨 문학상 수상이 결

정되었다. 이때 카뮈의 나이는 44세였고 역대 노벨 문학상 수상자 중 최
연소자였다. 같은 해 12월 10일 수상식 석상에서 행한 연설에서 카뮈는
'나로서는 내 예술 없이는 살 수가 없다. 그것이 나에게 필요한 것은,
그와는 반대로 그것이 나를 어느 누구와도 갈라 놓지 않고 있는 그대로
모든 사람들과 똑같은 수준에서 내가 살 수 있게 해 주기 때문이다'라
는 그의 태도를 밝혔다.

　카뮈는 새로운 장편 소설 《최초의 인간》의 구상을 마치고 집필을 시
작했을 때, 프로방스 지방의 루르마랭에 있는 소유지에서 휴가를 마치
고 돌아오다가 1960년 1월 4일 불의의 자동차 사고로 사망했다. 그의
친구 미셸 갈리마르가 운전하던 차가 파리 동남방 몽트로의 빌르블레뱅
근처 르 그랑 프로사르에서 플라타너스를 들이받았다. 이때 카뮈의 웃
옷 주머니에는 파리 행 비행기표가 들어 있었다.

《이방인 L'etranger 》

　평범한 월급쟁이 뫼르소는 어머니가 죽은 다음 날 여자 친구와 해수
욕을 하며, 희극 영화를 본 뒤 하룻밤을 같이 지낸다. 어느 날 바닷가에
서 친구와 말다툼을 하고 있던 아라비아 사람을 권총으로 사살한다. 체
포되어 재판에 회부되지만 왜 죽였느냐는 재판관의 질문에 '태양 때문'
이라고 대답한다. 그는 재판관에게도, 검사에게도, 변호사에게도, 나아가
서는 모든 일상사에 대해서까지 무관심한 태도를 보인다. 판결은 사형
이었다. 그는 재판도, 세상도 얼마나 부조리하고 우스꽝스런 것인가를
느끼고 교화 신부(敎化神父)도 거부한 채 고독한 이방인으로서 사형될
날을 기다린다. 사형 집행의 전날 밤 '과거에도 행복했지만 지금도 역시
행복하다'고 말하며 '증오심을 발하여 자기의 사형 집행을 보기 위하
여' 단두대 둘레에 많은 군중이 모여 줄 것을 원한다. 그리고 독방의 창

으로 내려다보이는 별빛 찬란한 하늘, 자연, 인간에 대해 무관심한 것처럼 보이고, 그것이 그의 인생에 대한 무관심과 일치한다고 생각되어 스스로 행복하다고 느낀다.

《이방인》은 그리 긴 소설은 아니지만 상당한 기간을 두고 구상되고 집필된 것으로 여겨진다. 카뮈의 '비망록'을 보면 1935년 5월부터 벌써 '여러 해를 비참하게 살고 난 다음에 아들이 어머니에게 보이는 야릇한 감정'이라는 것을 적어 놓았고, 1936년 1월에는 간결하게 적혀 있는 여섯 개의 이야기 속에 사형수의 이야기가 나오며 또 한두 부분이 대칭을 이루는 형태를 갖추도록 소설이 구상된 일이 있었음을 알 수 있는 대목이 있다. 1939년에 완성되었으나 포기되고, 1971년에야 사후 발표된 습작 《행복한 죽음》의 주인공은 뫼르소라는 이름이었는데 그것은 카뮈가 항상 매혹된 우주의 두 가지 위대한 힘, 바다(mer)와 태양(solei)을 합성하여 만든 것으로 생각되며, 그 후신이 바로 《이방인》의 뫼르소인 것이다. 1936년 3월에는 벌써 '비망록'에 중요한 주제가 기록되어 있다. 그리고 8월의 기록에는 《이방인》이라는 제목까지 찾아 낸 흔적이 있다.

1938년 5월에는 마랑고의 양로원에 은퇴한 노파의 죽음과 장례에 관한 이야기가 있고, 1940년에는 살라마노와 그의 개 이야기가 나오며, 5월에는 '이방인은 끝났다'는 말이 적혀 있다. 카뮈 자신은 《이방인》에 대해서 '이 책의 의미는 두 부분의 대응 속에 들어 있다'고 말했는데 이 말은 똑같은 살인 이야기를 제1부에서는 그것을 저지른 사람이 이야기하고 제2부에서는 사회가 판단하는 것으로 전개해 나가려고 했다는 뜻으로 해석할 수 있을 것이다. 주인공 뫼르소는 여러 가지 사회적 상황이 자신에게 어떤 반응을 보여 줄 것을 기대하고 있는지 전혀 알지 못한다.

사회는 그가 어머니의 장례식에서 자식으로서 마땅히 가져야 할 감정을 나타내 보이고 장례식이 끝난 다음에는 어느 정도의 근신 기간을 두었다가 여자 친구와 관계를 맺어야 하며 직장에서는 승진하고 싶어한다는 시늉을 해 보이고 여자 친구에게는 빈 말로라도 사랑한다는 말을 해 줄 것을 기대하고 있는 것이다. 그러나 뫼르소는 시종 무감각한 태도를 보인다. 그는 아랍 인과 시비를 벌이고 있으며 별로 떳떳하지 못한 직업에 종사하는 아파트의 이웃 사람이 졸라대는 바람에 그와 친구가 되고 그 친구와 반목하고 있는 아랍 인과 마주쳐 대치하다가 대낮의 사정없이 내리쬐이는 태양 때문에 눈이 아물거려서 아랍 인을 사살하게 된다.

이 우발 사고는 일련의 비합리적 상황 때문에 일어났다는 것은 명백하다. 그런데 재판에서는 살인이 계획적인 것인지 아닌지에 따라서 유죄 또는 무죄의 판결이 나도록 되어 있다. 그러나 검사가 밝혀 낸, 뫼르소가 어머니의 장례식 때 보인 감정적 반응과 장례식 직후의 뫼르소의 행동은 사회가 위험시하고 충분히 적대시할 만하다. 따라서 배심원들은 그에게 사형 판결을 내린다. 뫼르소 자신은 전에 자기가 저지른 행동과 검사가 법정에서 재구성한 자신의 범죄 사이에 아무런 관련도 찾아 낼수 없어서 마치 방관자 같은 심정으로 사람들이 자신의 운명을 결정짓는 것을 본다. 일단 사형 선고가 내리자, 뫼르소는 인간이 이 세상에서 처해 있는 상황의 부조리성을 충분히 의식하고 이에 반항을 하려고 하는 것이다.

카뮈가 《이방인》에서 취급한 주제는 이와 같은 부조리에 대한 가장 깊은 통찰이며 가장 신랄한 고발인 것이다. 사르트르의 말을 빌리면 《이방인》은 '건조하고 깨끗한 작품, 외관상으로는 무질서하게 보이지만 잘 짜인 작품이며 너무나 인간적인' 작품인 것이다.

이 작품이 발표된 당시는 2차 세계 대전이 일어나 프랑스뿐만 아니라 세계 각국이 사회적·정신적으로 혼란한 기류에 휩싸여 있었다. 양차대

전을 통하여 인간의 가치관은 급변하였고, 사람의 목숨이란 그렇게 귀중하지 않은 것처럼 수없이 죽어 갔다. 《이방인》이 발표되자 실존주의의 문학적 승리로써 세계적으로 실존주의 작품의 선풍을 불러일으켰다. 《이방인》이 현대의 대표적인 작품의 하나로 애독되는 것은 그것이 부조리에 직면한 인간의 굴욕을 잘 표현하고 있기 때문이다.

카뮈 연보

1913년　11월 7일, 프랑스 령 알제리의 콩스탕틴 현(縣) 몽드비에서 태어남.

1914년(1세) 제1차 세계 대전이 발발하여 참전했던 아버지 뤼시앵 카뮈가 마른 전투에서 전사함. 어머니 카트린 생투아, 할머니, 삼촌과 함께 알지에 시 빈민가 벨쿠르에서 생활함.

1918년(5세) 벨쿠르 공립 초등학교에 입학.

1923년(10세) 10월, 장학생으로 알지에 중학교에 진학.

1930년(17세) 대학 입학자격 국가 고시에 합격하여 알지에 대학에 입학. 대학 축구단에 입단하여 선수 생활을 하던 중 지병인 폐결핵의 증상이 나타나기 시작함.

1931년(18세) 알지에 대학 문학부 상급반에 등록하여 철학자이며 교수인 장 그르니에를 알게 됨.

1933년(20세) 결혼.

1934년(21세) 결혼한 지 1년 만에 이혼하고 알지에 지구 공산당에 입당.

1935년(22세) 공산당을 탈당하고 알지에 방송 극단에 끼여 순회 공연을 다님. 수필집 《표리(表裏)》를 기고하고 노동 극단을 창설. 정치극 《아스튀리의 반란》을 공동 집필함.

1936년(23세) 졸업 논문으로 플로티노스와 성 아우구스티누스의 작품을 통한 헬레니즘과 그리스도교와의 관계를 쓴 〈그리스도교와 신 플라톤 주의의 형이상학〉이 통과. 알지에의 샤를로 출판사에서 《아스튀리의 반란》이 출간됨. 말로에 관한 평론을 집필하려고 시도. 작가, 연출가, 배우로 활약하면서 도스토예프스키, 지드, 빌드락 등의 작품을 각색하고 상연함.

1937년(24세) 건강상의 이유로 철학 교수 자격 시험에 실패. 샤를로 출판사에서 《표리》를 출간함.

1938년(25세) 「알지에 레퓌블리캥」 신문이 창간되자 신문 기자로 입사하여 이탈리아, 오스트리아 등을 여행. 인생과 자연의 결합을 주제로 서정적 에세이 《결혼》을 발표. 희곡 《칼리귤라》의 집필을 시작함.

1939년(26세) 《이방인》의 집필을 시작.

1940년(27세) 재혼. 파리에 진출하여 「파리 수아르」 지의 기자로 일함. 9월, 《시지프스의 신화》 제1부를 탈고하고 독일군의 파리 입성으로 알지에로 돌아가 오랑 시의 사립학교 교사가 되다.

1941년(28세) 《시지프스의 신화》를 탈고. 《모비 딕》의 영향을 받고 소설 《페스트》를 시작함.

1942년(29세) 갈리마르 출판사에서 《이방인》을 출간. 저항 운동 기관지 「콩바」에 관여하며 레지스탕스 운동에 참가. 《시지프스의 신화》를 출간. 두 책의 출판으로 사르트르의 칭송을 들음.

1943년(30세) 「콩바」 지의 파리 주재 기자로 일하면서 갈리마르 출판사 교정 위원으로 입사. 《독일인에게 보내는 편지(상)》을 비밀리에 간행함.

1944년(31세) 5월, 독일인 점령하의 파리에서 희곡 《오해》의 상연에 성
　　　　　공함. 「콩바」지의 주필이 되어 파스칼 피아와 함께 「콩바」지
　　　　　를 이끔. 《독일인에게 보내는 편지(하)》를 간행. 그 해 점령군
　　　　　으로부터 파리가 해방됨.

1945년(32세) 에베르토 극장에서 《칼리귤라》를 상연.

1947년(34세) 7월, 소설 《페스트》를 출간하여 큰 호평을 받음. 비평가 상
　　　　　을 수상함.

1948년(35세) 마리니 극장에서 《계엄령》을 상연함.

1949년(36세) 12월, 에베르토 극장에서 《정의의 사람들》을 상연함. 에세
　　　　　이 《반항적 인간》의 집필을 시작함.

1950년(37세) 《반항적 인간》을 탈고함.

1951년(38세) 10월 《반항적 인간》을 출간. 사르트르와의 사이에 사상적
　　　　　정치적인 논쟁이 벌어져 이후 두 사람은 결별함.

1952년(39세) 11월, 프랑코 정부의 가입에 항의해서 유네스코에서 탈퇴
　　　　　함. 오스카 와일드 전집에 '감옥 속의 예술가' 라는 제목으로
　　　　　서문을 집필함.

1953년(40세) 6월, 동베를린 폭동이 일어나자 카뮈는 폭동 민중을 옹호
　　　　　함. 7월, 모든 정치 활동에서 물러나 연출가로 복귀함.

1954년(41세) 《여름》을 출간함.

1956년(43세) 헝가리 봉기에 접하여 격렬하게 구소련을 고발함. 5월, 풍
　　　　　자 소설 《전락》을 출간함.

1957년(44세) 3월, 《추방과 왕국》 출간함. 10월 17일, 스톡홀름의 왕실 아
　　　　　카데미에서 카뮈에게 노벨 문학상을 수여키로 결정하고 그 해
　　　　　12월 10일 노벨 문학상을 수상함. 《스웨덴의 연설》을 출간함.

1959년(46세) 2월, 앙투안 극장에서 도스토예프스키의 《악령》을 각색하

여 상연함. 소설 《최초의 인간》의 집필을 준비함. 10월 《악령》
의 지방 순회 공연을 개시함.
1960년(47세) 1월 4일, 파리 동남방 몽트로의 빌르블레뱅 근처에서 불의
의 자동차 사고로 사망함.

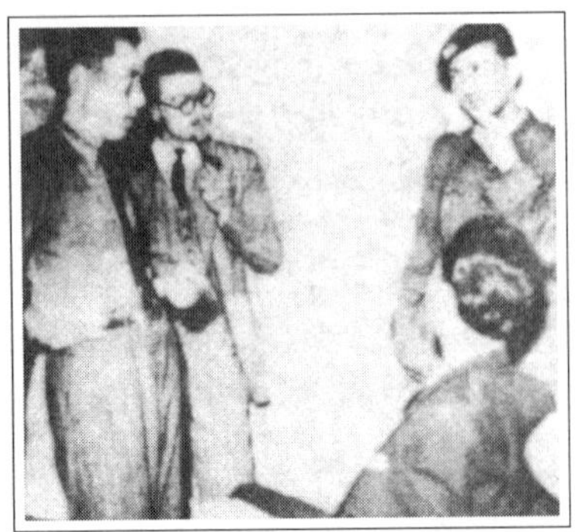

▲ 앙드레 말로(군복 차림)와 카뮈가 전쟁중에
　도 논쟁을 하고 있는 모습

▲ 알제리 전투에서 병사들과 함께한 카뮈

▲ 1957년 노벨문학상을 수상한 카뮈

◀ 《시와 연극선언》 초고의 일부분

Hyewon World Best
황금을 바구니에 가득 담아
후손에게 물려 주는 것보다
한 권의 책을 가르쳐 주는 것이 낫다.
재물은 쓸수록 없어지지만
지식과 지혜는 사용할수록 늘어나기 때문이다.

Hyewon World Best

황금을 바구니에 가득 담아
후손에게 물려 주는 것보다
한 권의 책을 가르쳐 주는 것이 낫다.
재물은 쓸수록 없어지지만
지식과 지혜는 사용할수록 늘어나기 때문이다.